the girls who traumatized me keep gazing at me,
but alas, it's too late.

# 2

나에게 **트라우마**를 준 여자들이
**힐끔힐끔** 보고 있는데,
유감이지만 이미 **늦었습니다**

# 2

미도 유라기 지음

# 프롤로그

"웅…… 아…… 여긴…… 유키토?"

몽롱한 의식 속, 사랑스러운 아들이 내 얼굴을 물끄러미 들여다보고 있었다.

"아, 일어났네. 엄마, 목은 안 말라? 눈 밑에 다크서클이 잔뜩 꼈는데."

어느새 침대에 누워 자고 있다. 분명 거실에 있었는데…….

아들이 가져온 청량음료를 입에 머금어 목을 적셨다.

"갑자기 쓰러져서 깜짝 놀랐어. 수면 부족 같던데 괜찮아?"

몸을 일으키려는 나를 말린다. 그 언제나와 같은 다정함이 기뻤다.

"미안……. 바로 아침 식사를 차릴게."

시계를 확인하자 10시를 넘어가고 있었다. 보아하니 1시간 정도 잔 모양이다.

"벌써 차려 뒀어. 휴일이니까 느긋하게 지내."

도무지 기분이 나아지지 않는다. 겨우 머리가 돌아가기 시작했다.

──그러자 공포가 몰려들었다.

그렇다, 어젯밤에는 한숨도 잠들지 못했던 것이다. 서서히 기억이 되돌아온다.

봉투에서 꺼낸 종이 한 장.

설마 하고 생각했다. 내가 잘못 본 것이기를 기도했다.

하지만 연거푸 확인해봐도 달라지는 건 없었다. 종이에 기재된 '정밀검사 필요'라는 글자.

현기증이 나서 바닥에 털썩 무릎을 찧었다. 공포심에 이성을 잃었다.

유방암 검진. 주로 40대부터 받는 것이 추천된다. 나도 안심할 수 없다.

무엇보다 조모가 유방암이었다. 친족 중에 환자가 있는 경우 유전될 위험이 있다던가.

불안을 씻어내려고 받았는데 악몽이 기다리고 있었다.

카테고리 3. 다급히 검색해본 결과 '양성일 가능성이 높지만 악성일 가능성도 배제할 수 없다'고 한다. 몇 %의 확률로 유방암 가능성이 있는 셈이다.

불과 몇 %. 하지만 그건 나를 절망에 빠뜨리기 충분했다.

조바심. 서둘러 검사 예약을 잡으려 했지만 몸이 경직돼 움직이지 않았다.

난데없이 눈앞에 들이닥친 죽음에의 공포.

생의 끝, 인생의 끝판. 언젠가 찾아올 종언.

하지만 그것을 납득하기에 나는 아직 너무 젊었다.

막연한 미래. ──지금 내가 세상에서 사라지면, 남은 아이들은 어떻게 되는 거지?

싫어! 싫어! 싫어! 사라지기 싫어! 사라지기 싫다고! 나한테는 아직 하고 싶은 일, 해야 할 일이 산더미처럼 많은데!

소리 없는 절규를 애써 억눌러 참는다.

내가 사라진다, 이 세상에서. 누구에게나 동등하게 찾아오는 필연. 하지만 지금은 안 된다.

하다못해 아이들이 성인이 될 때까지는 지켜보게 해줘. 난 아직 죽고 싶지 않다고!

무섭다. 아이들과 이별하는 것이, 영영 만날 수 없게 된다는 것이. 결국엔 대화를 나눌 수도 없고 만질 수도 없게 된 채 온기를 잃고 외로이 죽어가겠지.

미련과 한을 남기고. 끊임없이 변하는 생사관. 내 앞에 바로 놓인 현실.

두려움이 플래시백 되고, 몸이 딱딱하게 굳는다.

"괜찮아. 집안일은 내가 해둘 테니까. 누나는 아직도 자고 있는걸 뭐. 그러니까 엄마도 잠깐 눈이라도 붙여. 수면 부족은 미용의 천적이라는 말도 있잖아."

"……유키토."

아들의 말에 제정신으로 돌아왔다. 배려해주고 있다. 이런 나를.

그런데도 나는 이 아이에게 아무것도 해줄 수 없었다. 눈물이 배어 나왔다.

내가 남기고 갈 수 있는 건 저축한 돈과 생명 보험금. 차와 이 집. 유산 안에는 유가증권 등도 포함돼 있다. 아이들을 고생시키지 않으려고 그동안 노력해온 결과다.

자식들이 성인이 될 때까지는 충분히 쓸 수 있는 금액을 남기고 갈 터다. 그래도!

"……헤어지기 싫어."

매달리듯 떨리는 손을 뻗어 아들을 만졌다. 그러자 살며시 마주 잡아 주었다.

후회가 치밀었다. 그간 헛되이 흘려보낸 16년이.

다시 시작할 시간은 얼마든지 있었다. 회복할 수도 있었을 터다.

그걸 시도하지 않았던 건 나다. 나는 이 아이에게 엄마를 남겨 줄 수 없다.

나와 만든 추억, 엄마에게 사랑받았다는 증명. 확실한 애정.

지금은 아직 알릴 수 없었다. 가족에게 괜한 걱정을 끼치고 싶지 않으니까.

정밀검사 결과가 나올 때까지는 부디, 부디 이대로——.

"부탁이야…. 옆에 있어줘."

"무서운 꿈이라도 꿨어? 아니면 업무 중에 힘든 일이라도 있었다거나. 늘 고마워. 불쾌한 일은 잊어버리는 게 제일이야. 그렇지, 자장가라도 불러줄까? 아니지, 이 경우에는 모장가인가? 그럼 노래도 보사노바풍으로 부르는 게…….."

약해진 나를 위로해준다. 나에게는 과분한 훌륭한 아들이다.

"있지…… 너무 불안한 일이 생겨서 잠을 이루지 못했어. 같이 옆에서 자주지 않을래? 너랑 함께 있으면 안심할 수 있으니까."

체온이 따스하다. 불안과 공포가 밀려 나간다. 이토록 쉽게 기분을 진정시킨다. 조금 전까지는 그렇게 두려웠는데, 꺾이려고 하는 마음을 감싸 안아준다. 원래라면 내가 그렇게 해줘야 하는데 말이다.

늘 애정을 받기만 하다 후회했을 때는 이미 늦어 있다. 그래도 나는!

——너를 사랑해.

나를 지켜 주는, 내가 제일로 사랑하는 믿음직스러운 남자아이.

The girls who traumatized me keep glancing at me, but alas, it's too late.

# 제1장 「때늦음에서 한 걸음」

망연자실이란 이걸 뜻하는 말인가. 아무리 내 멘탈이 모스 경도 10을 자랑하고 세계에서 가장 단단한 경도를 지닌 비비빅만큼 최강이라고 해도 충격을 받는 경우는 있는 법이다.

얼마나 충격이었으면 무릎도 웃고 있다. 무릎 "꺄하하하하하!"

스스로 불을 지른 뒤 자신을 처벌하는 완벽한 조작러.

그것이 바로 나, 방화단속반 코코노에 유키토다.

소꿉친구인 스즈리카와 히나기를 구하기 위해 악평을 조작해 퍼뜨린 끝에 지금은 당대에서 제일가는 교내 최고 악당이 된 나지만, 전교생에게 따돌림당하기를 이제나저제나 기다리고 있는데도 효과는 좀처럼 발휘되지 않고 있었다. 이렇게까지 했으니 앞으로는 조용하고 평온한 아싸 외톨이의 삶을 살 수 있을 줄 알았는데, 예상이 빗나가도 한참 빗나갔다.

내가 바라던 결과는 초대를 받고 그룹으로 놀러 갔는데 대화에도 끼지 못해서 내가 없어도 상관없지 않을까 하는 진리를 깨닫고 슬그머니 그 자리를 뒤로하는 공기 같은 존재가 되는 것이었지만, 열심히 자작한 회심의 계획도 전혀 의도대로 굴러가지 않았다.

하지만 이것도 내 부실한 뒷심이 원인이다. 소문이 퍼지면 나를 피하리라 예상했던 히나기와 누나는 소동 이후로 오히려 거리를 좁혀왔다.

히나기에게는 거리를 둘 것을 제안했지만, 단호하게 거절당하고 말았다.

사토와 미야하라도 걸핏하면 우리 반으로 놀러 오고 있는 중이다.

이런 상황에서 악평에 설득력을 더하기란 어려운 일이었다. 효과 반감. 결국 끝까지 철저하지 못했던 내 잘못이라 할 수 있다.

전교생에게 배척당한다는 야망은 여기서 무너졌다. 다음의 한 수가 필요했다.

하지만 생각해보면 당연할지도 모른다. 내가 아무리 쓰레기고 나쁜 일에 대한 소문은 빠르게 퍼진다고 해도 직접적인 연관이 없는 사람이 보기에는 아무래도 상관없는 일이었다.

어차피 새빨간 타인. 무관심한 존재에게 굳이 노력을 할애할 가치나 시간은 없다.

그리하여 그다지 달라진 게 없는 나날을 보내고 있지만, 아무래도 내 주변 사람들은 현 상황에 불만이 많은 듯했다. 특히 당사자들을 필두로 한 반 아이들은 내 오명을 씻어내겠다며 팔뚝을 걷어붙이더니 과장에 과장을 더한 미담을 퍼뜨리고 있었다. 21세기를 살아가는 음유시인이신지?

내 목적과 정확히 반대되는 행동이라 솔직히 달갑지 않은 친절이었지만, 순수한 선의에 초를 치는 못난 짓을 할 수는 없으니 방치할 수밖에 없다는 것이 원통했다.

"손수건 잘 챙겼어?"

"네."

그리고 오늘도 역시 누나인 유리 씨와 사이좋게 손을 잡고 등교 중이다.

악플 소동의 범인이 나라는 게 들킨 뒤 과보호 레벨이 나날이 올라가고 있다. 일부러 주변 사람들 보란 듯이 붙어 다녀서 소문이 사실무근임을 증명하고 싶은 거겠지.

"도시락도 챙겼지?"

"네."

그리고 나는 그 모습을 본 순간 이미 사태가 망했음을 직감했다. 여태껏 본 적이 없을 정도로 화가 난 것이다. 분노한 나머지 치천사로 승격한 게 분명했다.

심지어 누나는 히나기를 천적처럼 싫어하고 있었다. 내게 허락된 일이라고는 필사적으로 용서를 구하는 것뿐이다.

"기분은 어때?"

"High*."

여기서 더 심기를 거스를 수는 없다. 무슨 말을 듣건 무심하게 대답을 되풀이한다. 절대 변명이나 반론을 해서는 안 된다. 왜냐면, 무섭잖아.

"나 좋아해?"

"네."

"어디가 좋아?"

"폐**."

--------

\* 일본어로 '네'라는 뜻을 가진 '하이'와 발음이 같다.
\*\* 肺(폐), 일본어로 '네'라는 뜻을 가진 '하이'와 발음이 같다.

"갖고 싶은 거 있어?"

"아기*."

"흐, 흐응. 너 그렇게 내가 갖고 싶어?"

"네?"

"알았어. 조금만 각오할 시간을 줘. 밤까지는 대답할 테니까."

"……음? 저기 잠깐만요, 그게 무슨 말씀이시죠?"

건성으로 대답하는 사이 대참사가 나고 있었다.

무슨 뜻이지? 가르쳐줘, 무슨 뜻이야?!

"누나가 힘을 내볼게."

의미심장한 미소도 미스테리어스하고 아름답네. 라고 말하고 있을 때가 아니야!

현관 입구. 잡고 있던 손이 떨어지고 누나가 자신의 교실로 향한다.

"아무쪼록 그것만은! 제발, 부탁이니까아아아!"

두 사람의 새끼손가락을 연결하고 있던 실이 풀린다. 이것은 격노한 누나가 멱살을 잡더니 '그렇게 나랑 절연하고 싶으면 그래 주마' 하고는 감아둔 것이다. 실이라기에는 상당히 두껍고 단단하다. 폭탄을 해체하는 장면에서 자주 보던 빨간색과 파란색의 그거다. 말하자면 운명의 붉은 실이라기보다는 운명의 붉은 VVF 전선이랄까.

이것도 절연이라고 치는 게 맞나 싶지만, 안쪽 전선을 손상시키지 않고 피복을 벗기기가 은근히 어렵다. 튼튼해 보인다는 이유로 고른 모양인데, 과연 그런 문제일까.

---

* 胚(배), 일본어로 '네'라는 뜻을 가진 '하이'와 발음이 같다.

"안녕, 코코노에 유키토! 여전히 누나랑 사이가 좋아 보이네!"

떠나가는 누나를 황급히 쫓아가려는데 열혈 선배가 불러 세웠다.

"실은 살짝 의논할 게 있는데, 시간 돼?"

"안 돼요."

"됐으니까, 좀 들어줘."

질질 3학년 교실로 끌고 간다. 이 학교에 내 평온은 없는 건가?


"유키토, 무슨 일 있었어? 되게 아슬아슬하게 도착했네."

"세상 물정을 모르는 3학년한테 설교해주고 왔어."

안면에 태양광 패널 설치가 의무화 된 남자는 오늘도 친환경적이
었다.

"아침부터 뭘 하고 있는 거야, 넌……."

"그 뒤에 몰상식한 2학년한테 애원하고 오긴 했는데, 전달이 잘
됐는지 걱정되네."

묘하게 기분이 좋아 보이던 누나의 모습에 일말의 불안감이 스쳐
지나갔다.

"유키토가 상식을 논하다니 오늘은 태풍이 오려나?"

"히나기."

"앗, 미안! 비꼬려고 그런 건 아냐. 내가 할 말은 아닌데, 그치."

아차 싶었는지 얼굴을 흐리는 소꿉친구의 착각을 정정했다.

"오늘은 흐림 뒤 맑음이야. 오후부터는 날이 갠다더라."

"바로 그거라고, 유키토."

소꿉친구가 어이가 없다는 듯이 눈살을 찌푸렸지만, 그게 뭔데?

"그건 그렇다 치고, 이제 좀 있으면 인터하이*잖아. 어떡할 거야?"

"너도냐, 상큼 미남."

열혈 선배 히무라 선배처럼 반짝이는 기대로 가득 찬 눈동자.

하지만 현실은 비정한 법이다. 어떡하고 자시고, 무슨 일을 할 수 있겠어?

인터하이 예선이 다음 달 말로 다가왔다고 해봤자, 약소 농구부와는 인연이 없는 얘기다. 지금 상황을 봐선 1회전 탈락은 확실했다.

원래라면 이 시기의 대화는 1학년과는 별로 상관이 없지만, 안타깝게도 부원수가 간당간당한 농구부에서는 1학년도 여유롭게 주전이 되어버린다.

내가 할 수 있는 일이라 봐야, 히무라 선배의 고백이 결실을 맺을 수 있도록 도움을 주는 게 고작이다.

애초에 농구를 다시 시작한 것도 히나기와 시오리의 각오에 답해주고 싶었던 내 아집에 지나지 않는다. 달라지고 싶었다. 달라지지 않으면 안 된다고 생각했다.

그때 품었던 감정은 이미 사라진 지 오래다. 지금은 어떤 기분이었는지조차 기억나지 않았다. 오로지 그 사실만 남아 있다.

좋아한다는 말에 기뻐하기는 했다. 다시금 누군가를 좋아해보고 싶었다. 그런 당연함을 회복하고 싶었기에 선택한 길이다.

미안하지만 열혈 선배나 상큼 미남이 말하는 대회 따위에는 눈곱만큼도 관심이 없었다.

그러니 달성하고 싶은 무언가나 목표가 있을 리 만무했다.

---

* Inter-high, 전국 고등학교 종합 체육대회의 약칭.

나는 미래를 위해 노력하는 것에서 의의를 느끼지 못했다.

그 부분에서는 코우키나 다른 부원들과는 명확한 온도 차이가 있다. 상큼 미남의 기량이 아무리 뛰어나다고 해도 농구는 결국 단체 경기다. 혼자서는 아무것도 되지 않고 연습시간도 부족하다. 선배들도 매일 필사적으로 연습하는 강호 고등학교를 상대로 연승할 수 있으리라는 생각은 하고 있지 않을 것이다. 그러니 우리들로 뭘 할 수 있겠는가.

"큭큭큭. 좋은 생각이 떠올랐어."

"여전히 표정이 너무 진지해서 전혀 웃는 것처럼 안 보이는데?"

아까부터 대화에 끼고 싶어 안달 중인 시오리도 남자 농구부 매니저로 완전히 녹아들었다고 말하기는 아직 힘들었다. 이러면 또 내가 팔을 걷어붙일 수밖에 없나.

◆

방과 후. 오늘의 동아리 활동 내용은 지극히 심플했다.

"나한테서 공을 빼앗으면 종료. 빼앗을 때까지 계속. 자, 간단하지?"

같은 학년인 코우키와 이토뿐만 아니라 열혈 선배들도 포함돼 있다.

참고로 약소하고 부원도 적은 농구부는 체육관 한구석에서 몰래 활동 중이었다.

"그게 다야?"

"그만해, 미호. 괜한 소리 하지 말라고!"

의욕에 가득 찬 열혈 선배나 상큼 미남과는 달리 그렇지 않은 부원도 있었다.

안 그래도 적은 인원이다. 온도 차이가 존재하는 건 별로 좋지 않았다.

하는 수 없지. 모두가 할 마음을 먹을 수 있게 여기서 협력을 한 번 받아야겠다.

"나한테서 공을 뺏는 데 성공하면 시오리가 전력으로 여우 댄스를 출 거야."

"무슨 소리를 하는 거야, 유키?!"

난데없이 여우 댄스를 추게 된 매니저 시오리가 경악에 찬 표정을 지었다.

"걱정하지 마. 날 믿어."

"으, 응. ……은 무슨, 역시 이상해! 왜 맘대로 약속을 해버리는 거야?!"

"다들 의욕이 날까 싶어서."

어쩌니저쩌니 해도 남성진들은 흥분하고 있었다.

역시 시오리다. 그야말로 매니저 효과라고 해도 과언이 아니다.

"그렇게 갑자기 말해도 난 춤 못 춰!"

"시간이라면 아직 많이 남았잖아. 나도 보고 싶고 말이야. 컁컁."

"뭐?"

나는 부랴부랴 스마트폰을 체크하기 시작하는 시오리를 곁눈질한 뒤 다시 시선을 돌렸다.

"뭐가 인터하이야. 그 물러 터진 근성을 당장 바로잡아 주겠어."

"그럼 갑니다, 나홍."
"넌 하급생 주제에! 적당히 봐줄 줄도 몰라?!"
유키가 남자 농구부 부원들을 가르치고 있었다. 압도적인 실력 차이.

코트 위에서 활발하게 움직이는 유키가 좋다. 그때부터 줄곧 좋아했고, 지금은 더 많이 좋아한다.

나는 이 순간을 놓치지 않으려고 열심히 눈에 아로새겼다.

"보신 것처럼, 체격이 우월한 상대라도 중심을 허물어뜨리면 이렇게 쉽게 제압할 수 있어요."

"한 번 더하자, 유키!"
유키가 간단히 농구부 주장 히무라 선배를 거꾸러뜨리자 미호가 기세 좋게 파고들었다. 숨을 돌릴 틈도 없이 빠르게 전환되는 공방. 하지만 승부는 순식간에 났다.

"젠자아아아아앙!"
미호도 선배들처럼 쓰러져 시체 산의 일부가 되었다.

실력 차이를 증명하듯이 서 있는 사람은 유키뿐이었다. 딱히 신기할 것도 없었다. 나는 알고 있으니까. 그가 얼마나 금욕적으로 농구에 몰두해왔는지 말이다.

그런 전개가 5분이 되고 10분이 되자 그 이상한 광경에 어느새 체육관에서 활동하던 다른 동아리 부원들도 하던 일을 멈추고 먼발치에서 구경하기 시작했다.

"……멋지다."

내 입에서 저절로 말이 흘러나왔다. 정말로 새삼스럽지만.

이 모습이 보고 싶어서 민폐인 줄 알면서도, 그럴 자격이 없는데도 나는 그를 좇아 이곳까지 온 것이다.

이건 말하자면 꿈의 연장이었다. 행운이 겹친 덕에 허락된 로스타임.

나는 속에서 울컥 치미는 충동이 시키는 대로 소리를 질렀다.

"다들, 힘내!"

지금 여기에서 중요한 건 유키에게서 공을 빼앗는 게 아니다. 그 사실은 다들 이해하고 있을 터다. 이건 알기 쉽게 주어진 시련이었다.

이 결과를 어떻게 받아들이고 앞으로 어떻게 할지를 결정하는 그런 시간.

"시오리, 저 한심한 녀석들을 같이 응원하자."

"으, 응!"

"허어접♥ 허어접♥"

"그건 응원이 아니라 도발 아냐?!"

"자 얼른, 너도 해!"

"허어접, 허어접! 이, 이런 말을 해도 괜찮은 걸까…."

"좀 더 소악마처럼!"

"허어접♥ 허어접♥"

"곤란한데……."

"왜 그래, 유키?"

"그게, 넌 발육이 너무 좋아서 소악마라고 하기엔 무리가 있거든."

"되게 당연하다는 듯이 성희롱을 하네?!"

입으로는 실없는 소리를 재잘거리고 있어도 움직임은 아주 기민하고 섬세했다.

"허억 허억. 아직…… 아직이야. 끝나지 않았다고, 유키토!"

미호가 휘청거리면서도 포기하지 않고 대항했다.

"코우키, 나랑 너 사이에 그렇게 큰 차이가 있는 건 아냐. 단순히 신체 능력만 비교하면 네 쪽이 더 위라고. 몸을 움직이는 방법부터 다시 배워봐."

"……몸을 움직이는 방법?"

결국 그는 무시하지 못했다. 그 다정함을 끝까지 숨기지 못했다.

"그래서 인터하이를 노릴 수 있겠어? 정말 가소롭기 짝이 없네. 잠깐? 가소롭다는 게 무슨 뜻이지? 검색해봐야겠다."

드리블을 하며 한손으로 스마트폰을 만지작거리고 있다. 너무나도 노골적인 도발 행위. 하지만 아무도 그런 유키에게서 공을 빼앗지 못했다.

지금은 형편없이 약하지만 확실한 예감이 든다.

"앞으로 틀림없이 강해질 거야."

나는 누구에게라고 할 것 없이 혼잣말했다. 손 쓸 틈도 없이 격파당하고 있는 사람들의 분기로 가득 찬 표정.

실컷 농락당하고 별소리를 다 들었으니 분명 자존심이 너덜너덜해졌을 터다.

기진맥진한 와중에도 그 눈에는 아직 투지가 불타오르고 있었다.

"……역시, 좋아."

한 번은 내가 앗아가 버린 꿈. 염치없는 부탁이라는 건 알지만.

마음속에 품은 동경이 한층 더 세게 내 몸을 불태웠다.

그는 이렇게 행동으로 주위를 바꿔 나간다. 진심으로 만들어갔다.

하지만 그래서 더더욱 생각이 났다. 유키가 과거에 가르쳐줬던 것.

소꿉친구인 스즈리카와에 대한 감정을 떨쳐내기 위해 몰두한 농구. 그 마음이 이렇게까지 컸다는 것을. 마음을 대가로 얻은 강함. 주변을 집어삼키고 압도하는 경지로 몰아갈 만큼 강렬한 감정을 품고 있었다는 현실을 깨닫고 말았다.

"──지기 싫어."

나는 눈꼬리에 고인 눈물을 훔치며 그의 곁으로 달려갔다.

정확히 30분 동안. 끝까지 공을 지켜낸 유키를 향해.

나도 이렇게 강해지고 싶다고, 그렇게 속으로 다짐하며.

◇

패스트푸드점에 들어가 이곳에 온 목적이었던 인물을 발견하고는 재빨리 주문을 마쳤다.

"오, 코우키 잘 지내는 것 같네."

"오랜만이에요. 선배도 잘 지내시는 것 같네요."

"요즘은 감자튀김 라지 사이즈를 혼자서 다 못 먹게 돼서 말이지.

이제 젊지 않다는 걸 실감하고 있어. 자, 너도 먹어.”

“저랑 1살 차이밖에 안 나면서 무슨 소릴 하시는 거예요.”

여전한 모습에 저절로 표정도 풀어졌다. 한 살 연상에 중학교 때 같은 농구부였던 다이고 선배. 고등학교에 진학하고 나서도 강호교에서 주전을 유지하고 있다고 했다.

“요즘은 어때?”

애매한 질문. 이런 대화도 즐거울 만큼 하고 싶은 얘기가 많았다.

“매일 한껏 높아져 있던 코를 꺾이고 있어요.”

“네가? 와, 대단한 녀석이 있나 보네.”

그 녀석에게 당한 온몸이 근육통에 비명을 지르고 있다. 하지만 그 아픔이 기분 좋아 참을 수 없었다. 오래도록 잊고 있었던 갈망이 부글부글 솟구쳤다.

“그 녀석을 찾았어요.”

우리들만의 공통 인식. 우리들 사이에서 그 녀석은 한 사람밖에 없었다.

“그 녀석? ……그랬구나, 그 녀석. 너, 드디어 그리던 사람을 찾았구나!”

다이고 선배가 몸을 앞으로 기울였다. 선배들과 분해서 울었던 잊을 수 없는 여름의 추억.

꿈을 깨뜨리고 그 앞을 가로막은 건 나와 같이 당시 2학년이었던 남자였다.

그리던 사람. 묘하게 그럴듯하다고 생각하자 납득이 갔다. 그 녀석에게 지고 난 뒤부터 우리들은 그 녀석을 사랑했던 걸지도 모른다. 그 모습에 동경을 품고 있었다.

반드시 쓰러뜨려서 선배들의 원수를 갚자고 맹세하며 임했지만 그럴 기회는 오지 않았다.

"뼈가 부러졌다나 봐요."

"부상이었구나……. 그렇다면 할 수 없지."

3학년 여름. 응원하러 와준 선배들도 맥이 빠졌을 것이다.

전국 출전이 확정되고 사방이 환희로 들끓는 와중에도 우리들 속에는 그 녀석이라는 존재가 계속 앙금처럼 남아 있었다. 그 여름의 미련.

원망했던 건 아니다. 오히려 그 반대였다. 하루하루가 그저 즐거웠다.

전국으로 가는 것도 물론 목표였지만, 기를 쓰고 이기고 싶은 상대가 있다는 것, 넘어야만 하는 벽이 있다는 것에 더 몰두했다. 그러기 위해서 선배들과 필사적으로 연습하며 보낸 시간. 선배들이 졸업하고 자신이 부원들을 이끄는 입장이 되어 보낸 시간.

충실했다. 반짝이는 광채로 내 청춘을 물들였다. 말로 표현하면 진부하고 유치해 보일지도 모르지만, 청춘이란 건 원래 그런 법이니까.

그 시간을 준 그 녀석에게 감사할 따름이었다. 그래서 나는 용납할 수 없었다.

지금 그 녀석이 놓여 있는 환경을. 부당하게 멸시당하고 있는 현 상황을.

"그럼 너도 농구를 계속하는 거구나. 이거 기대되는데. 그래, 그 녀석이랑 같은 학교에 다니게 됐단 말이지. 고문 선생님한테 연습

시합을 잡아 달라고 얘기해봐야겠네."

"선배들이랑 시합할 수 있을 정도의 실력은 아직 없어요."

"오. '아직'이라는 건 그럴 생각은 있다는 뜻인가?"

"본인은 시합에는 별로 관심이 없어 보이지만요. 억지로라도 끌고 갈 거예요."

"실제 그 녀석은 어떤 사람이야?"

재차 어떤 인물인지 곰곰이 따져 봤지만, 그럴싸한 설명을 찾을 수 없었다.

말과 태도와 행동으로 타인을 거부하고 있는데도 그 녀석 주위에는 늘 사람이 끊이지 않았다. 나도 그중 한 사람이라는 자각은 있다.

그 이유가 뭔지 생각해보면, 그건 아마도 그 녀석이 아무리 타인을 거부해도 그 거부에 감정적인 혐오감이 전혀 섞여 있지 않기 때문일 것이다.

사람은 감정의 기운에 민감한 생물이다. 자신을 미워하는 상대에게 이유도 없이 스스로 다가갈 마음을 먹지는 않는다. 하지만 그 녀석은 아무도 싫어하지 않았다. 애초에 그런 감정 따윈 없는 것처럼. 그래서 다가가고 싶어진다. 건드려 보고 싶어졌다.

그렇지 않았다면 경계심이 강한 샤카도 같은 아이가 그 녀석을 따를 리가 없었다.

그렇게 한 번 건드리고 나면 옆에 있고 싶어졌다.

그릇이 큰 것이리라. 터무니없이, 모든 걸 받아들일 수 있을 만큼.

"모든 게 정반대라서, 내버려둘 수 없는 녀석이란 느낌일까요."

"그게 뭐야. 그래도 뭐, 나도 기대되기 시작했어. 그럼 기다리고 있을게, 코우키."

"그렇게 오래 기다리시게 하진 않을 거예요."

"초등학생처럼 들뜬 표정이나 짓고 말이야. 너도 좀 변했네."

"그런가요? 전 모르겠는데요."

"중학교 때는 닳고 닳은 느낌이었어."

"솔직해진 거예요."

"야, 남자 츤데레*는 꼴사나우니까 관둬라."

있잖아, 유키토. 지금 난 어떤 표정을 짓고 있는 걸까. 넌 내키지 않을지도 모르겠지만, 난 한 번 더 꿈을 좇아보고 싶어. 이번에는 고등학교라는 무대에서 너와 함께. 겨우 만날 수 있었으니까, 그 정도는 같이 해줘도 되잖아.

앞으로 펼쳐질 3년을 상상한다. 틀림없이 즐거운 날들이 기다리고 있겠지.

나는 그 뒤에도 다이고 선배와 근황 보고 및 시답잖은 이야기를 나누며 한때의 휴식에 몸을 맡겼다.

◇

"이상하지는 않겠지……?"

손거울로 확인하며 머리카락을 살짝 묶었다. 저도 모르게 웃음이 나올 것 같아 입술을 한일자로 꾹 다물었다.

"우쭐해하지 마, 카미시로 시오리!"

* 겉으로는 쌀쌀맞게 행동하지만 속으로는 좋아서 부끄러워하는 사람.

스스로를 나무라며 두근거리는 가슴을 가라앉히듯 가방에서 손목시계를 꺼냈다.

유리는 금이 가 있고 베젤은 도장이 벗겨져 있다. 침은 더 이상 움직이지 않았다.

시계로서의 기능을 잃은 지 오래됐다. 중학생이 된 기념으로 할아버지에게 선물 받은 것이지만, 3년도 되지 않아 망가지고 말았다.

소중히 아껴주지 못해서 미안. 속으로 혼잣말하며 시계를 살며시 어루만진다. 쭉 버리지 않고 보관했다. 버릴 수 없었다.

내가 육교에서 추락했을 때 유키가 지켜주었다. 나는 다치지 않았지만 지면에 세게 부딪쳤는지 그때의 충격으로 고장 나고 말았다.

문자판에 새겨진 건 그 순간의 시각. 바보 같은 내가 유키에게서 모든 걸 앗아간 그 시각이었다.

그래서 한시도 떼지 않고 가지고 다녔다. 이건 징계니까. 내가 한 짓을 잊지 않도록.

동아리 활동이 끝날 때쯤 유키를 기다린다. 이 시간이 너무나 행복했다. 행복해서 더 무서웠다. 또 잃어버릴까 봐. 또 잘못을 저지를까 봐.

원망해도 어쩔 수 없다. 미움받아도 하는 수 없다. 얼굴도 보기 싫다고 내치고 단죄해도 하나도 이상하지 않았다.

나는 그럴 만한 짓을 저지르고 말았으니까.

유키는 이렇게나 다정한데, 누구보다 다정해서 지금도 이렇게 행복한 시간을 주고 있는데. 그런데도 유키를 나쁘게 말하는 사람이 있다니 용서할 수 없어!

유키를 별로 좋게 생각하지 않는 사람도 많다. 그 소동 뒤로는 특히 현저해졌다. 딱히 폭력이나 괴롭힘으로 발전한 건 아니다. 다만 왠지 모르게 그런 낌새를 느끼는 일이 많아졌을 뿐이다.

그중에서도 도저히 용서할 수 없는 건 나를 걱정한다고 말하면서 유키를 안 좋게 말하는 사람들이다. 저도 모르게 손이 나갈 뻔한 걸 참느라 힘들었다.

……모난 돌이 정 맞는다는 게 이런 경우를 말하는 걸까? 한심해서 헛웃음이 나왔다. 유키를 때릴 망치 같은 건 없는데. 그런 짓을 했다간 자신만 너덜너덜해질 뿐이다.

세찬 분노. 가슴에 거뭇한 충동이 솟구친다. 유키가 도와준 덕에 스즈리카와도 사토도 미야라도 다치지 않고 끝났다.

다들 유키에게 고마워하고 있다. 그런데도 아무것도 모르고 그를 나쁘게 말한다.

그 사실이 가슴 아프고 화가 나서 용서할 수 없었다. 이 상황을 어떻게든 해결하기 위해 내가 할 수 있는 일이 있다면.

유키가 절대 고독에 빠지지 않도록, 그가 즐겁게 학교생활을 할 수 있도록, 그의 다정함에 보답하는 것, 그게 내가 할 수 있는 유일한——.

"뭐 해? 그거 옛날 생각 난다. 뭐야, 고장 난 거야?"

유키의 목소리에 황급히 고개를 돌렸다. 반사적으로 숨기려다 머뭇거렸다.

좋아하니까 겉치레에 신경을 쓰고, 좋아하니까 허세를 부리려고 한다. 좋아하니까 자신을 잘 보이고 싶어지고, 좋아하니까 걱정시키고 싶지 않다. 좋아하니까 얼버무리고, 좋아하니까 거짓말을 한다.

그런 작은 거짓이 쌓이고 쌓여서 결국 돌이킬 수 없는 사태를 초래하는 것이다.

이제 다시는 유키에게 거짓말을 하지 않겠다고, 그렇게 결심했잖아!

이 마음속 껄끄러움도 손목시계에 대한 것도 유키에게 얘기하자. 그는 늘 다정해서 어떤 황당무계한 얘기도 제대로 들어준다. 필요하면 대답을 주고, 부족하면 힌트를 주고, 자신도 모르겠나 싶으면 같이 생각해준다. 그러니까──.

"이 시계는, 그날 망가진 거야."

자신을 위장하지 않고, 있는 그대로의 내 모습으로 마주한다. 그게 성장한 나의 대답이다.


"⋯⋯그렇구나. 수리하기도 힘들겠네."

"아니. 이건 고치지 않을 거야. 이대로도 충분해. 잊어버리면 안 되니까."

시오리가 손에 들고 있는 손목시계는 낯이 익었다. 중학교 때 늘 착용하고 다녔던 걸 기억하고 있다. 고등학교에서 다시 만난 뒤에는 보지 못했는데, 설마 고장 났을 줄이야. 심지어 육교에서 추락했을 때 망가졌다고 한다. 반사적으로 끌어안고 구른 덕에 다행히 다치게 하진 않았다고 안심했건만, 시계까지는 지키지 못했던 모양이다.

게다가 무려 할아버지에게 선물 받은 중요한 물건이었던 것 같다. 면목이 없었다.

"내가 좀 더 신경을 썼으면 괜찮았을 텐데……. 미안."

"말도 안 돼! 유키는 아무 잘못 없어!"

시오리에게 그 사고는 트라우마다. 내가 아무리 개의치 않는다고 해도 그걸로 고분고분 납득할 수는 없을 것이다.

하지만 계속 과거 일에 얽매여 괴로워해서는 그녀도 앞으로 나아갈 수 없었다. 정지된 시계가 가리키는 그 시각에 영원히 정체돼 있을 뿐이다. 시오리도 고등학교에 입학했으니 반짝이는 청춘의 시간을 구가할 권리가 있다. 겨우 3년이라는, 지금밖에 없는 한정된 시간을.

"그렇지! 그럼 내가 시계를 선물해줄게."

"……뭐? 그러지 마, 유키. 그렇게 비싼 걸 받을 순 없어!"

"괜찮아. 돈은 걱정 안 해도 돼. 오히려 쓸 데가 없어서 곤란하던 참이니까. 실은──."

묘안을 떠올렸다. 골절로 입원해 있을 때 시오리의 부모님이 사과하러 오셨는데, 그때 입원비뿐만 아니라 상당한 액수의 위자료까지 넘겨받을 뻔했다.

아무리 나라도 그런 걸 받을 수는 없어서 사양했지만, 그러자 마음이 편치 않았는지 입원비에 금액을 추가로 덧붙이고 가는 바람에 조금 남은 여분을 받게 되고 말았다.

어떻게 해야 할지 몰라 방치하고 있었는데, 딸에게 쓴다고 하면 시오리의 부모님도 기뻐하겠지. 그녀의 근심을 씻어내고 앞으로 나아갈 계기가 된다면 그보다 더 나은 쓸모가 없었다. 나는 희희낙락하며 그렇게 설명했지만, 시오리는 납득해주지 않았다.

"절대로 그러지 마! 그 돈은 유키가——."

"내가 너한테 쓰기로 결정했어. 내가 어디에 쓰든 그건 네가 간섭할 일이 아니지."

"그런다고 기쁘지 않아……."

좋은 생각이라고 자화자찬했는데, 이 모습을 보니 도저히 받아 줄 것 같지 않았다.

시오리의 불만스러운 표정을 보며 생각했다. 한 번 망가진 관계는 결코 원래대로 돌아가지 않는다. 계속 천진난만하게 있을 수는 없다. 변해야 했다. 내가 그렇게 만들었다.

그렇다면 내가 할 수 있는 일은 그녀의 마음을 조금이라도 편하게 해주는 것뿐이다.

"그럼, 만들까? 기존에 나온 것들 말고, 너만의 손목시계를 말이야."

"만들어……? 유키가……?"

"부품을 하나부터 직접 만들고 싶지만, 그건 역시 시간도 걸리고 힘들 것 같으니까, 이제부터 고민해봐야겠지. 쇠뿔도 단김에 빼랬다고. 시작하자, DIY."

"자, 잠깐만, 유키! 난 그런——."

깨끗이 단념하지 못하고 저항하는 시오리의 등을 밀며 걸음을 재촉했다.

다시 한 번, 그녀가 환히 웃을 수 있도록.

시계 장인의 아침은 이르다. 뻥이고요, 평범한 고등학생입니다아 아아! 좀 앓는 소리를 해봤다.

이른 아침의 교실은 고요하다. 요 며칠 내내 30분 정도 일찍 등교해 작업에 몰두했다.

책상 위에는 정밀 드라이버와 핀셋, 3접점 스크류 오프너 등의 공구가 어지러이 널브러져 있었다. 공구 세트는 의외로 싸서 놀랐다. 수리 및 배터리 교체 시에도 사용하니 갖고 있다고 손해가 되지는 않았다.

"졸린 것 같은데. 일부러 날 따라서 일찍 등교하지 않아도 괜찮아."

"유키가 일찍 오는데 나만 모른 척할 순 없어. 그런데 왜 학교에서 시계를 조립하려는 거야?"

"집에서 작업하다가 누누우, 누나한테 들키면 어쩌려고!"

너무나도 두려운 상상에 손이 다 떨렸다. 안 그래도 등교 시간을 앞당기는 바람에 심기를 언짢게 만들었는데 들켰다간 확실히 이렇게 될 거다. (참고 사례)

"하? 왜 내 건 없는데? 너 나 무시해?"

"……무시 안 하는데요."

"왜 무시 안 해?*"

"무슨 말씀을 하시는 건지 이해가 잘…….''

"흐~ 웅."

"…….''

* 일본어로 '무시하다(嘗める)'는 단어에는 '핥다'라는 뜻도 있다.

"벌꿀을 바르고 올 테니까."

"우와아아아아아아아아아악!"

무, 무서워 죽겠다고……. 게다가 요즘은 어째 나보다 내 방에 있는 확률이 높은 것 같은 기분이 든단 말이지. 반드시 들킨다. 얼버무리는 건 불가능하다고 봐야 했다.

아무튼 시계를 직접 만들기로 한 뒤 재료들을 모으는 데 이만큼 시간이 걸리고 말았다. 기다리게 해서 미안. 이것도 다 철저히 해야만 직성이 풀리는 내 성격 때문이니, 이해해주길 바란다.

시오리의 취향에 맞춰 각 부품을 골랐는데, 적당히 타협하자니 시시해서 세세하게 사양을 정해 발주하느라 비용도 나름 제법 들었다.

예산이 넉넉해서 다행이었다. 이건 비밀이지만, 총 비용은 거의 여섯 자리다.

시오리의 생일은 7월이라 문자판의 일부를 탄생석인 루비와 티타나이트 조각으로 만들었다. 특징적인 건 시오리의 희망으로 실제 스톱워치 기능은 없지만 사고 당시의 시각을 서브 다이얼처럼 삽입해놓았다는 것이다.

그리고 일부 부품은 고장난 손목시계에서 이식하기로 했다.

나로서는 처음의 취지를 생각해봐도 시계를 볼 때마다 우울한 기분이 드는 건 아닐지 걱정스러웠지만, 시오리는 완강하게 물러서지 않았다.

첫 도전이기도 해서 복잡한 기능은 일절 탑재하지 않았다. 심플하게 시각만 표시할 뿐이다. 그래도 세상에 하나밖에 없는 특별한 손목시계가 되었다.

시침, 분침, 초침을 각각 평행이 되도록 겹쳐 나간다. 이 작업이 제법 힘들었다. 먼지가 들어가지 않게 꼼꼼히 블로우로 이물질을 제거하고 사파이어 글라스로 된 케이스를 단 뒤 뒷면의 뚜껑을 끼웠다. 여기까지 했으면 남은 작업은 이제 시계 줄을 다는 것뿐이다.

"움직였어! 움직이고 있어, 유키!"

"생각했던 것보다 잘됐네. 축하해."

후우, 이제야 어깨의 짐이 덜어졌다. 여기서 실패했다면 시오리를 볼 낯이 없었을 것이다. 나는 심호흡을 하며 능을 폈다. 집중하느라 몸이 뻐근했지만, 이 정도는 기분 좋은 피로감이라 할 수 있었다.

시오리를 돌아보자 엉엉 울고 있었다. 어째서?!

"왜 그래? 어디 마음에 안 드는 곳이라도 있었어?"

"아냐! 난, 이렇게 다정하게 대해줘도 유키에게 아무것도 돌려줄 수 없어……."

"보답을 바라고 한 일은 아닌데."

"그래도!"

포니테일도 서럽게 울고 있다. 나는 톡톡 머리를 다독였다.

"그럼 이제 더는 자책하지 마. 너도 너의 시간을 걸어가야지."

"……고마워. 평생 소중히 아낄게."

"시오리, 소중히 아낄 걸 착각하면 안 돼. 넌 갈아 끼우거나 수리할 수 없어. 다치면 평생 아물지 않을 상처를 입을 수도 있고, 장애가 남을지도 모른다고. 넌 물건이 아니니까."

"──응."

"다치지 않아서 다행이야."

"웃…… 흑…… 미안, 정말 미안해!"

둘만 있는 교실에서, 시오리는 마치 어린 소녀처럼 흐느껴 울었다.

내가 다쳤을 때도 이런 식으로 울었는데.

그래도 지금 그녀가 흘리고 있는 눈물은 틀림없이 그날과는 다른 눈물일 거라 믿고 싶었다.

◇

"포기하지 마! 포기하지 말라고, 열혈 선배! 그걸로 만족해? 고백할 거라고 말했잖아! 멋진 모습을 보여주고 싶다고 했잖아! 다 거짓말이었어? 그런 어중간한 마음이었냐고!"

"하아…… 하아…… 코코노에, 조금만 살살……."

"변명하지 마! 고백한다며? 뭘 위해서 해온 거야! 상상해봐! 그렇게 한심한 모습을 보이는데 호감을 가질 리가 없잖아! 그래도 되겠어? 다른 남자한테 빼앗길지도 모른다고! 다른 남자에게 안겨 있는 타카미야 선배를 보고 싶은 거냐고!"

"스즈네에에에에! 우오오오오오오오오오오오!"

"그래, 처음부터 전력으로 임하라고! 죽기 살기로 한다고 안 죽으니까!"

"사랑해, 스즈네에에에에에에에!"

오늘도 농구부에서는 나, 코코노에 유키토 교관의 혹독한 훈련이 계속되고 있다.

농구는 무엇보다 체력이 가장 중요하다. 이기기 위해서는 기술도 필요하지만, 4쿼터 40분에 하프 타임까지 포함해 총 50분 동안 풀로 움직일 수 있을 만큼 튼튼한 체력이 뒷받침되지 않으면 뭘 해도 소용없다.

그만한 운동량을 소화하려면 우선 러닝 같은 기초체력 향상 메뉴부터 시작할 필요가 있었지만, 선배들은 연약했다.

이래서는 이길 수 있을 리가 없다. 애초에 1학년이 3학년한테 운동을 하라고 닦달하다니 이상하지 않아?

어떻게 돼먹은 거야, 이 동아리는! 내 안의 코페르니쿠스가 전회하고 있다. *

"멀쩡해 보이는 건 코우키 정도네. 이토는 무리인 것 같고."

"이 정도로 약한 소리를 할 것 같냐."

"좋아, 그럼 지금부터 나랑 다섯 바퀴 승부하자."

"어이, 자연스럽게 먼저 출발하지 말라고!"

"후하하하하하하하."

"그러니까 진지한 얼굴로 웃는 것 좀 그만해, 무섭단 말이야! 그보다 빠르잖아?!"

자고로 선빵 필승이랬다. 나는 날아가듯이 달려나갔다. 농구부는 지금 교사 외곽을 러닝 중이었다. 체력향상 메뉴 중 하나지만 농구부 연습 메뉴를 짜고 있는 사람은 나다. 부원들의 만장일치로 그렇게 됐다. 이유를 모르겠네.

애초에 학교에서도 약소 농구부에는 별로 신경을 쓰지 않았고, 고문인 안도 선생님도 전문가가 아니었기에 나에게 기꺼이 전체 훈련

* 코페르니쿠스적 전회(다른 말로는 코페르니쿠스 혁명이라고 한다)에서 따온 표현으로 상황이 원래 있어야 할 모습과 정반대라는 의미로 사용되었다.

을 맡겼다.

내가 권력을 휘두르는 자리에 앉았다는 소리다.


"토시로 바보야!"

"아하하하."

유키가 선배들을 도발해 승부욕을 짜내고 있다. 내 옆에서 히무라 선배가 좋아하는 사람, 타카미야 스즈네 선배가 얼굴을 새빨갛게 붉힌 채 응원하고 있었다. 견학하러 온 모양이다.

"야, 토시로! 1학년한테 지고 창피하지도 않아?!"

훈훈한 그 모습에 저절로 입꼬리가 올라갔다. 조금 전까지는 상상도 하지 못했다.

모든 일이 조금이지만 좋은 방향으로 움직이기 시작하고 있다는, 그런 생각이 들었다.

그래서 더더욱, 내게는 청산해두고 싶은 과거가 있었다.

마음속에 남아 있던 또 하나의 응어리.

유키를 둘러싼 환경은 가혹하다. 자신을 희생해 지킨 대가는 너무 컸다.

그러니 나도, 우리도. 언제까지나 그에게 도움만 받고 있을 수는 없었다.

"나도…… 정면으로 맞서야겠지."


◇

"와줘서 고마워, 스즈리카와."

"뭐야, 왜 불렀어? 유키토 때문인 건 맞지?"

다음 날. 나는 스즈리카와를 빈 교실로 불러냈다.

나에게는 매우 중요한 얘기지만 스즈리카와에게는 아닌 밤중에 홍두깨 같은 얘기였고, 이걸 전달하면 또 그녀를 고뇌하게 만들 것이었다. 그래도 말해두고 싶었다.

우리들이 이렇게 둘이서 진지하게 대화를 나누는 건 처음이다.

우리는 라이벌…… 이라고 할까, 서로가 서로를 별로 좋아하지 않았다.

하지만 지금은 그런 걸 상관하고 있을 때가 아니었다. 나는 손에 들고 있던 상자를 스즈리카와에게 건넸다.

안에는 호박색의 아름다운 브로치가 담겨 있었다. 내 보물이자 여태껏 소중히 보관했던 것이다. 하지만 착용한 적은 한 번도 없다. 착용하려고 해도 내 안의 감정이 그것을 허락하지 않았다.

손목시계를 살며시 어루만진다. 이것도 유키가 등을 밀어준 덕택이니까.

"예쁘네. 그런데 이게 왜?"

"이건 유키에게 받은 거야."

"……그래. 뭐야, 자랑하는 거야?"

"아냐! 이건 사실은 스즈리카와가 갖게 될 물건이었어."

"그게 무슨 뜻이야?"

스즈리카와가 의아한 기색으로 고개를 갸웃거린다. 그도 그렇겠지.

그녀는 이게 뭔지 모른다. 하지만 사실은 그녀야말로 이 브로치의 주인이었다. 나는 그것을 받았을 뿐. 내가 유키에게 갖고 싶다고 말했다.

그래서 그는 이걸 주었다. 하지만 진짜 소유자는 내가 아니다.

"이건 2년 전. 유키가 스즈리카와에게 고백하면서, 주려고 했던 거였어."


"이게……."

카미시로에게 받은 브로치. 설마 남아 있는 물건이 있었을 줄이야.

유키토의 어머니인 오우카 씨에게 들었다. 그가 고백 뒤에 전부 버려버렸다고. 추억과 기억. 나와 관련된 물건까지 싹 다 처분해버렸다고 말이다.

그 말을 듣고 쓰러져 울었던 게 기억난다. 나는 어리석게도 들떠 있었다. 선배와 헤어지면 금세 관계를 회복할 수 있을 거라고. 그때 억지로라도 그를 따라갔다면 일이 이렇게 되지 않았겠지. 그 뒤의 운명도 바뀌었을 텐데. 결국 천벌을 받았다.

멍청한 내가 벌을 받았을 뿐. 정신이 들었을 때는 이미 때가 늦어 있어서 돌이킬 수도 없었다.

지긋지긋한 2년 전을 회상했다. 그날 일, 그리고 히오리에게 들었던 말을.


──나라면, 절대 오빠를 슬프게 하지 않았을 텐데.

맞아, 그 애는 순진하고 솔직하니까, 나와는 달리 잘못된 선택을 하지 않겠지.

히오리라면 행복해질 수 있다. 히오리라면 행복하게 만들 수 있다.

누구나 축복할 만큼 이상적인 커플이 될 터였다.

히오리는 동경하고 있었다. 아니, 그건 나도 마찬가지다. 어린 시절부터 서로를 마음에 두고 있었던 소꿉친구가 맺어진다는 누구나 부러워할 아름다운 꿈 이야기가 확실히 존재하고 있음을 믿었고 농경했다.

선배와 사귄 사실을 들키고 히오리와 대판 싸웠다.

섹스했다는 소문이 퍼졌고, 지리멸렬하고 요령 없는 변명을 되풀이하는 내게 화가 치민 히오리는 일주일 동안 말도 걸지 않았다.

부모님에게도 들켜서 제대로 피임은 했냐는 질문을 받았을 때는.

비참했다. 지금 당장 사라지고 싶어질 만큼.

부모님도 내가 유키토를 좋아한다는 걸 알고 있다. 유키토도 옛날에는 자주 집에 놀러 왔다. 요즘은 별로 오지 않게 됐지만, 부모님도 그를 예뻐했다.

가족 같은 존재였기에 함께할 것을 추호도 의심하지 않았다.

히오리와의 싸움은 아직까지도 계속되고 있다. 그 뒤로 히오리는 나에게 신랄한 태도를 보이게 되었다. 처음 히오리의 속내를 들었을 때는 경악했다.

히오리는 자신의 첫사랑을 가슴에 묻으면서까지 나를 응원해주고 있었다. 그런데도 나는 그런 히오리의 마음을 짓밟았다. 동생이 자신의 사랑을 우선한다 해도 무어라 말할 수 없고, 말할 자격도 없었다.

그래도 히오리는 나를 도와주려고 움직여주었다. 내게는 과분한 동생이다.

"카미시로, 나한테는 그걸 받을 자격이 없어. 네가 받았으면 그건 네 거야."

카미시로 시오리. 그녀가 나를 불러냈을 때는 대체 무슨 얘길 하려나 싶었는데, 그 내용은 뜻밖이었다. 그녀가 손에 들고 있는 브로치를, 유키토가 그때 나한테 주려고 했다고?

하지만 그걸 부정한 건 나다. 내가 받을 자격은 없었다.

"스즈리카와는 그걸로 만족해? 이건 유키가 너한테……."

"응. 한 번 그 애를 부정했던 내가 받을 순 없으니까. 게다가 분명 너랑 어울린다고 생각했으니까 건네준 걸 거야."

"그럴까……."

"그걸 받지 못한 건 내 잘못이니까. 그래도, 그래서 이제 나는 절대 실수하지 않을 거야. 내 마음에 거짓말을 하지 않을 거야. 유키토를 돌아보게 만들 거야."

그건 결의다. 2년 가까이 앞이 보이지 않는 어둠 속을 계속 걸어왔다. 출구가 보이지 않는 지옥에서 터널 안을 방황해왔다. 그래도 걸음을 멈추지 않았던 건, 양보할 수 없는 것이 있었기 때문이다.

히오리에게도 양보할 수 없는, 다시 한 번 전하고 싶은 말이 있었기 때문이다.

카미시로가 눈을 동그랗게 떴다. 그녀에게도 내 마음이 전해진

걸지도 모른다.

"나도, 나도 지지 않을 거니까!"

"넌 라이벌이구나."

"아하하, 라이벌이 너무 많은 것 같다는 느낌도 들지만 말이야. 있지, 스즈리카와, 괜찮으면 나랑 친구가 돼주지 않을래?"

"넌 그래도 괜찮겠어? 유키토는 양보하지 않을 거야."

"유키 때문만이 아니라, 내가 스즈리카와랑 친구가 되고 싶어!"

붙임성이 있고 천진난만한 미소. 카미시로가 원래 가지고 있던 매력으로 흘러넘치고 있다.

입학 직후와는 천지차이였다. 그래서 더더욱, 그 본모습을 흐려지게 할 만큼 그녀에게 유키토란 존재가 컸다는 것도 깨닫고 말았다.

"좋아. 이제부터는 사랑의 라이벌로 정정당당하게 싸우자."

"응!"

친구로서. 만약 유키토가 그녀를 선택한다면 나는 순순히 축복해 줄 수 있을까?

무리라고 생각한다. 내 안의 우선순위는 유키토밖에 없으니까. 그날부터 그것만을 위해 오늘까지 살아왔으니까. 하지만 그건 카미시로도 마찬가지겠지.

그러고 보니 나는 그 뒤로 친구 관계도 소홀히 해왔다.

그런 것에 신경 쓸 여유가 없었다. 우울에 빠져 주변을 살피지 않았다.

즐거움을 느낀 날이 하루도 없었으니까. 하지만, 지금은 조금이라도 더 시야를 넓힐 필요가 있을지도 모른다. 다시는 그를 잃지 않기 위해서라도.

카미시로가 내민 손을 잡았다.

그렇구나. 그날 이후 처음으로 나에게 친구가 생겼구나.

◇

일요일. 사쿠라이 일행은 약속한 시간보다 조금 일찍 역 앞에 모여 있었다.

모인 멤버들은 제각각으로, 남녀를 가리지 않고 다양한 면면들이 포진해 있다.

B반에서는 학급 내 서열이 진작 허물어졌기에 그룹 의식이 희박했다. 당연하게도 원인은 그 남자다.

시험 기간에 신세를 진 아이들도 많지만, 예를 들어 오타쿠 그룹의 아카누마 같은 아이들의 경우에는 코코노에 유키토가 과거 시험지를 보여준 답례로 누나에게 헌상할 신앙의 그릇 1/8 유리 피규어 (대천사Ver, 날개 6장)를 제작하던 중에 친해졌다.

다들 크건 작건 어떤 식으로든 관계를 맺고 있는 이들뿐이다.

표면적인 이유는 시험 뒤풀이지만 원래 목적은 따로 있다.

'코코노에 유키토를 위로하는 모임.' 발기인은 사쿠라이와 미호지만 이만한 숫자의 반 아이들이 모인 데서 코코노에 유키토의 인망이 엿보이고 있었다.

본인은 전혀 신경 쓰지 않는 모양새지만, 그래도 지금 코코노에 유키토가 놓인 환경은 결코 좋다고 말하기 힘들었다. 내심 상처 입었을 게 분명했다.

스즈리카와 히나기가 진실을 밝히면서 사쿠라이를 비롯한 다른 반 아이들도 알아버렸다. 무엇을 지키기 위해 왜 그런 행동을 했는지를. 너무나도 괴로운 선택.

그리고 그건 자신들이 안이하게 코코노에 유키토를 의지하고 말았기 때문이라는 사실도 이해했다. 자신들은 아무것도 하지 않은 채 문제 해결을 떠넘겼고, 그는 그 결과를 오롯이 짊어지고 있다. 누구를 원망하거나 힐난하지도 않고.

코코노에 유키토는 많은 것을 지켰지만, 본인만은 구하지 못했다. 그만 희생되었다.

그렇게 만든 건 자신들이다. 그를 몰아붙이고 말았다. 그 사실이 참을 수 없이 분했다. 그런 마음을 공통적으로 품고 있던 사람들에게 이 기회는 때마침 내려온 동아줄이나 마찬가지였다.

"미키, 앞머리 괜찮아 보여?"

"그래 그래, 귀여워 귀여워. 나도 좀 두근거리기 시작했을지도."

"대체 뭐야, 이 미묘하게 이상한 분위기는……."

"그거야…… 보다시피?"

쓴웃음을 짓는 미호와 타카하시. 이토도 있다. 스즈리카와와 카미시로까지 한자리에 모인 덕에 매우 눈에 띄는 화려한 무리를 형성하고 있었지만 어쩐지 긴장감이 감돌고 있다.

기대감과 반대로 긴박한 공기. 그도 당연했다. 오늘은 놀랍게도 그 코코노에 유키토가 초대에 응해 같이 놀러 가기로 한 날이었다.

그야말로 일대 사건이었던 것이다.

"코코노에가 진짜로 오는 건 맞아? 믿기지 않는다고 할까 실감이 안 나는데, 평상시의 코코노에는 어떤 느낌이야?"

"어떤 느낌이냐고 해도…… 유키는 평소랑 다름없을 거라고 생각하는데……."

"평소랑 다름없을 거라는 건, 오늘 살아서 돌아갈 수는 있는 거야, 우리?"

"코코노에가 무슨 자연재해라도 돼?!"

무감각한 일상에 지속적으로 파란을 몰고 오는 남자, 코코노에 유키토는 이제 좋은 의미로든 나쁜 의미로든 학교에서 가장 유명한 학생이 됐다. 같이 논다고 해도 무슨 일이 벌어질지 알 수 없었다.

"어떤 옷을 입고 올까?"

"전신 위장복을 입고 나와도 난 놀라지 않을 거야."

"오히려 엄청 패셔너블할 가능성은?"

"그럴 수도 있겠다. 그치만 괴상한 티셔츠 같은 걸 입고 있을 가능성도 배제할 순 없어."

"그래도 유리 선배는 미인이고 센스도 좋아 보이니까……."

일행이 아직 멀었나 하고 기다리고 있는데, 불현듯 미호의 스마트폰이 울렸다.

"어라? 유키토네. ──어쩐 일이야?"

잡담이 딱 멈춘다. 다들 귀를 쫑긋거리고 있었다.

"뭐?! 그게 무슨 소리…… 아아. 그래서, 응. 너, 그거 괜찮은 거야? 다친 데는? 경찰?! 어쩌다 그렇게……. 진짜냐…… 그래서?"

"불온한 단어밖에 안 들리는데…….."

"코코노에, 대체 무슨 일을 저지른 거야?"

"후우……."

미호가 전화를 끊었다. 차분한 표정을 짓고 있다. 그는 어떻게 전달할지 순간 고민했지만, 결국 그대로 솔직하게 말하기로 했다.

"미안한데 유키토는 못 올 것 같아."

"무슨 문제라도 생겼대?"

"헤드폰을 끼고 한 손에 폰을 든 채로 자전거를 타고 가던 여대생과 부딪쳤나 봐. 경찰도 와서 현장 검증 중이래."

"유키는 괜찮은 거야?!"

카미시로가 황급히 질문했다. 걱정스러운 기색의 사람들을 안심시키듯 미호가 말했다.

"응. 크게 다치지는 않았대. 경찰은 피해 신고서를 제출하라고 한 모양인데, 그 여대생이랑도 합의했다고 하네."

"다치지 않아서 다행이야……."

어색한 공기가 지배한다. 입을 연 건 미네다였다.

"저기, 그거, 진짜지? 우리랑 놀기 싫어서 둘러댄 건 아니겠지?"

그 느낌은 이 자리에 있던 사람들이 은연중에 품고 있던 것이기도 했다.

오늘 이 자리도 자신들이 억지로 마련한 거나 마찬가지다. 괜한 참견이었을지도 모른다. 부담을 느끼게 해버렸나 싶어 불안해졌다.

변명치고는 지나치게 거창하지만 뭘 하든 중요한 건 코코노에 유키토였다. 어느 쪽이든 코코노에 유키토가 오지 않는 이상 추측에 지나지 않았다.

　"아무리 그래도 이런 일로 거짓말을 할 녀석은 아닐걸."

　"유키토는 거짓말을 하지 않아."

　"그렇지, 미안!"

　미네다가 사과하는 와중에 다시 미호의 스마트폰으로 코코노에 유키토로부터 연락이 왔다.

　"이번엔 뭐야? ……유키토가 전화를 했어. 다들 즐겁게 놀아 달라고 하네."

　"즐겁게라니…… 이 분위기에서 그렇게 말해도."

　"그 녀석은 휴일에도 이런 일만 일어나는 거야?"

　"본인의 뜻이 아니야. 유키토의 체질 같은 거라서."

　"그동안 어떤 삶을 살아온 거야……."

　"묻고 싶지만, 듣는 게 너무 무서워."

　가라앉은 공기가 일행을 감쌌다.

　"하는 수 없지! 코코노에도 무사하다니까. 기왕 모인 거 일단 걱정은 내려놓고 놀자!"

　주역이 없는 건 아쉽지만, 다 같이 결심한 것이 있었다.

　그건 바로 그를 절대 고립시키지 않고 혼자 두지 않겠다는 다짐이었다.

　스즈리카와와 카미시로는 이번에야말로 자신들이 코코노에를 지키겠다는 사명감과도 닮은 강한 감정을 품고 있었다.

　실은 그것이 코코노에 유키토의 의도와 정반대라는 건 알 턱이 없었다.

"그래. 자세한 건 학교에서 물어보자. 그럼 갈까."

"기대하고 있었는데 말이야~."

"히히…… 여전히 수수께끼에 싸인 생태…… 히히히히. 미스테리어스."

"엇, 샤카도, 어느새?!"

일동은 와자지껄 얘기를 나누며 걷기 시작했다. 참고로 미네다를 비롯한 아이들의 걱정은 금세 해소되었다.

코코노에 유기도가 휘말린 자전거 사고가 이날 저녁과 마감 뉴스로 보도되고 다음 날 신문에도 실렸기 때문이다.

새로운 한 주가 시작될 때쯤에는 학교에서도 학생들에게 주의 환기를 시키게 되었던 것이었다.

# 제2장 「잃어버린 물건 찾기와 일상」

완충장치가 표준 탑재된 나지만, 지난주에는 정말로 큰일이 날 뻔했다.

지방이 없었으면 사망했을지도 모를 정도였다. 아니, 진짜로.

아싸 주제에 인싸 군단과 같이 놀 기회를 받았음에도 불구하고 성대하게 자전거에 치여 그 기회를 날려버렸다. 자동차가 아니라는 것만으로도 다행으로 여겨야 할지도 모르겠지만, 운이 좋은 건지 나쁜 건지 통 모르겠다.

정황이 악질적이라 경찰과 누나는 피해 신고서를 제출하라고 집요하게 설득했지만, 결국 합의로 마무리됐다. 상대방이 외국인 혼혈이라서 일본의 상식을 잘 몰랐던 듯하다. 부모님과 함께 사과하러 왔는데, 그렇게 울며 사과하니 내 쪽이 나쁜 짓을 하고 있는 것 같은 기분이 들었다. 다행히 다친 데도 없으니까. 앞으로 조심해주면 그걸로 된 거지.

그래도 아예 잘못을 묻지 않을 수는 없어서 합의금이라는 형태로 얼마간 보상을 받았기에 기껏 해준 초대에 응하지 못한 사과로 반 아이들에게 초밥과 피자를 쏘기로 했다. 학교로 배달을 시켰다가 생활 지도교사 산죠지 선생님에게 엄청 혼이 났다.

하지만 사고를 당한 것도 엄청 걱정해줬으니 마음씨 착한 선생님이다.

"넌 역시 대단해!"

언제 가도 그 자리에 있어서 비상계단의 지박령이라는 의혹이 급부상 중인 아르테미스 선배와 오늘도 같이 점심을 먹었다.

"무슨 말씀이시죠?"

"기억 안 나? 얼마 전에 네가 농구로 다른 애들을 묵사발로 만들었잖아."

짐작 가는 구석은 있었지만, 떠오른 의문이 그대로 입을 타고 나왔다.

"외톨이인 아르테미스 선배가 웬일로 체육관에 있었던 거예요?"

"외톨이가 아니라고 몇 번을 말해야 이해할 수 있으려나? 웅? 흐흥~. 이래 봬도 내가 배드 동아리거든!"

"밴드왜건 동아리요? 우승할 말에 편승하기만 하는 인생이 뭐가 재밌다는 건지."

"배드민턴 동아리라고! 멋대로 이상한 동아리에 입부시키지 말아줄래!"

"야키소바 빵이 쟁탈전의 대상이 되는 건 창작물의 세계뿐이에요. 전 사실 별로 좋아하지 않아요."

어째서 불량학생들은 야키소바 빵을 좋아하는 건지 모르겠다. 탄수화물에 씌인 마물일 뿐인데.

"그러니까 무시하지 말라고! 그럼 왜 야키소바 빵을 산 거야? 그리고 거짓말이 아니거든? 난 정말 배드민턴 동아리니까."

"하핫."

코웃음을 쳤다.

"그 경박한 반응은 뭐야?! 믿어줘! 믿— 어— 달— 라— 고—. 안 그래도 너 때문에 요즘 내가 발견되면 이득이 생긴다면서 희귀 캐릭터 취급을 당하고 있거든?"

간략화된 개구리가 그려져 있는 동전지갑에서 동전을 꺼냈다삐.

"……뭐 해?"

"이득이 생길까 싶어서 새전이라도—."

"됐거든! 네가 그런 행동을 할수록 다들 따라서 내 캐릭터가 잘못된 방향으로 확산돼간다고. 뭐, 그래도? 전보다는 반에서 대화하는 일도 늘고, 요새 인상이 좀 달라진 것 같다는 말도 듣고, 후배한테도 말을 걸기 쉬워졌다는 얘길 들어서 영 싫지만은 않지만 말이지."

"그게 싫어서 늘 여기에 있었던 거예요?"

"아니거든! 그러니까 딱히 반드시 싫다는 게 아니라—."

손가락 끝을 콕콕 찌르며 아르테미스 선배가 부끄러운 듯이 말했다.

"희귀 캐릭터…… 외톨이…… 달아나기 쉽다…… 다들 좋아하는…… 이득……."

거기서 번뜩 깨달음이 밀려왔다. 아무래도 지박령이 아니었던 모양이다.

"유키토?"

"외톨이 여신 선배, 경험치 주세요."

"이 자식이, 회심의 일격이나 받아라!"

"히이이이!"

코코노에 유키토는 사망했다.

"오오, 유키토어. 죽어버리다니 한심하구나."

"살아 있거든요."

벌떡 되살아났다. 그러자 외톨이 여신 선배가 표정을 흐렸다.

"그나저나 너도 고생이 많겠다. 내 주변에도 널 잘 알지도 못하면서 나쁘게 말하는 사람이 있어서 환멸이 나더라니까."

그만큼 성대하게 사고를 쳤으니 어쩔 수 없다. 그렇다고 해서 뭔가 직접적인 피해를 받은 건 아니다. 설령 눈에 거슬리고 불쾌하다고 해도, 외톨이 여신 같은 상급생들이 굳이 리스크를 짊어지면서까지 하급생의 일에 관여하려고 들지는 않을 것이다.

"그 사람들의 반응이 당연한 거예요. 그럼 이상한 건 외톨이 여신 선배인가?"

"정말! 이래 봬도 난 네 편이니까. 솔직히 넌 별별 소리를 다 듣고 있으면서도 남의 험담은 전혀 하지 않잖아. 그건 대단한 일이라고 생각해. 왠지 난 놀림을 받고 있는 것 같지만."

"존경하고 있어요. 어차피 전 인류의 밑바닥을 기어 다니는 처지라 주위는 전부 부럽게 올려다보는 대상이라서요. 강바닥 건너 불구경이랄까요."

"그 웃을 수 없는 자학만 안 하면 살짝 별난 좋은 애일 텐데 말이야……. 아, 참. 그런데 유키토 네 부모님은 이번에 학교에 오셔?"

"왜죠? 아직 아무 짓도 안 했는데요."

"아직이라니, 앞으로 뭔가를 더 할 셈이야? 이미 충분한 것 같은

데. ……그게 아니라, 슬슬 수업 참관 시기잖아. 못 들었어?"

"……수업 참관?"

외톨이 여신 선배가 경험치 대신 불시에 내던진 흉흉한 단어가 내 머릿속을 한없이 맴돌았다.

◇

"다들 알고 있겠지만 다음 달에 수업 참관이 있어. 출석 용지에 참석 여부를 기입 받아 와. 제발 창피하다고 직접 참석 안 함에 동그라미 치지 말고."

외톨이 여신 선배의 발언은 사실이었다. 그리고 뭘 해보기도 전에 제지를 당하고 말았다.

"오늘은 좋은 소식과 나쁜 소식이 있어."

몹시 우울해 보이는 사유리 선생님의 입에서 현실에서 해보고 싶은 대사 TOP3에 들어감직한 발언이 튀어나왔다.

"조만간 높으신 분이 시찰을 온다니까 기뻐해라. 1학년 담당은 이 반으로 정해졌어. 어째서일까? 이유가 뭔지 알겠어? 코코노에 유키토?"

"선생님이 아름답고 총명하시기 때문입니다."

"정답이야."

의문은 시원하게 풀렸다. 이것 참 다행이구만.

"그럼, 그렇게 알고."

"멋대로 끝내지 말라고."

"하지만 선생님이 아름답고 총명하신 건 사실이잖아요."

"너, 날 기쁘게 만들기 자격증은 1급이네."

"오오, 황송한 말씀입니다. 그런데 좋은 소식이란 건 뭔가요?"

"시찰에 뽑힌 거야."

"그럼 나쁜 소식은 뭔가요?"

"시찰에 뽑힌 거야."

"이거 한 방 먹었네요. 그럼, 그렇게 알고."

"끝내지 말라고! 지난번 시험에서 우리 반이 1학년의 기대주로 급부상해서 말이야. 덕택에 아주 바빠 죽겠어…… . 요 며칠 이런저런 귀찮은 소동이 벌어지긴 했지만, 만회할 기회가 왔어. 잘 부탁해."

"하지만 선생님. 저희들이 할 수 있는 일은 아무것도 없는데요…… ."

엘리자베스의 발언은 지극히 타당했다. 시찰을 온다고 해도 이쪽에서 뭔가 준비를 해야 하는 것도 아니라 할 수 있는 거라곤 마음을 굳게 먹는 것 정도가 다였다.

"너희들에게는 중요한 역할이 있어. 부디 거기 그 남자가 무슨 일을 저지르지 않도록 감시해줘."

"아하."

납득했다는 듯이 이곳저곳에서 아이들이 고개를 끄덕였다. 엘리자베스와 미네다도 내 쪽을 보며 고개를 끄덕였고, 상큼 미남도 고개를 끄덕이고 있다. 샤카도만이 히죽거리며 몰래 스마트폰으로 집에서 키우는 파충류 사진을 쳐다보았고, 당연히 나도 고개를 끄덕이고 있었다.

"왜 네가 제일 납득했다는 표정을 짓고 있는 거야⋯⋯."

쓴웃음을 짓는 시오리를 흘끗 본 히나기가 어이없어하는 기색으로 반 아이들 중 유일하게 태클을 걸었다.


"고등학교 수업 참관은 어떻게 생각해? 유키토 너네 부모님은 오신대?"

쉬는 시간. 상큼 미남이 나처한 기색으로 질문을 건넸다.

"어머니는 바빠서 안 오시지 않을까. 애초에 참석하는 게 일반적이야?"

돌이켜보면 어머니가 내 수업 참관에 온 건 과거를 통틀어 두 번밖에 없다.

그중 한 번은 한심한 모습을 보여서는 안 된다는 생각에 긴장해서 뒤쪽을 한 번도 쳐다보지 않은 채로 마쳤기에 전혀 기억에 없다.

예전에는 바쁜 어머니를 대신해 어머니의 동생인 세츠카 씨가 몇 번인가 와준 적이 있지만, 이제는 고등학생이 됐으니 그럴 필요성도 낮았다.

"하긴 그래. 중학교 때까지야 뭐 그렇다 쳐도, 고등학교니까~."

엘리자베스가 자연스럽게 대화에 끼어든다. 인싸의 의사소통능력은 언제 봐도 놀랍다.

아싸는 이럴 때 몰래 자는 척을 하면서 귀를 기울이는 게 보통이다. 참고로 나는 안면 미러 코팅이 말을 걸어오는 바람에 잠잘 기회를 놓쳤다.

"네 이놈 상큼 미남 용서치 않겠다."

"갑자기?"

"3학년 때야 입시 때문에 많이들 온다지만, 혹시라도 아무도 안 왔는데 우리 부모님만 와 있으면 창피할 것 같아."

"음~. 에리치, 진학률이 높은 학교는 참가율도 높은 모양인가 봐."

"왠지 방금 그냥 넘길 수 없는 호칭으로 날 부른 것 같은데?!"

"아, 실수!"

스마트폰으로 검색 중이던 미네다를 엘리자베스가 짤짤 흔들고 있다.

"우리 어머니는 오실 것 같아."

"엇, 아카네 씨가 오신대?"

머뭇거리며 대화에 동참한 히나기의 발언에 등줄기가 얼어붙었다. 히나기가 아파서 결석했을 때 짐을 가져다주러 갔다가 혼이 난 게 얼마 전 일이다. 어색해 죽을 게 분명했다.

"보답을 하고 싶다고 했으니까."

"기어이 보복을 하러 오시는구나."

꿀꺽 침을 삼켰다. 아무리 최선의 방법이었다고는 해도 내가 히나기를 비방해 상처 입힌 건 지울 수 없는 사실이다. 그녀의 부모 입장에서 보면 때려죽여도 시원찮을 상대라는 뜻이다. 골은 더 깊어져 있다.

"그게 뭐야. 엄마도 제대로 알고 있거든. 날 구해줬다는 거."

"제대로 알수록 미움받을 만한 짓만 한 것 같은데."

심지어 아카네 씨가 집에 오지 말라고 했는데도 약속을 어기고 말았다. 이것만은 변명의 여지도 없었다. 차라리 눈앞에서 바늘 천 개라도 삼키면 용서해주려나? 그전에 구급차를 부를 것 같지만.

약속을 어길 생각은 없었다. 더는 만날 일도 없고 옆에 있을 필요도 없다고, 그렇게 결론을 내린 뒤 전부 과거로 흘려보냈는데도.

그러니까 이건 다시 히나기와 엮이고 만 내 책임이다. 감수해야 할 질책이자 벌인 것이다.

"괜찮아. 유키토가 생각하는 그런 일은 없을 테니까. 있지, 사과의 의미로 엄마가 영화 티켓을 줬어. 같이 보러 갈래?"

"상어 영화야?"

"상어 영화는 아니지만."

내 불안감을 잠재우듯 히나기가 부드럽게 띤 그 미소는 그날처럼 여전히 아름다웠다.


온고지신이란 사자성어대로 학교의 7대 불가사의도 재고해야 할 때가 오고 있었다.

당직이 폐지된 지 오래된 현재, 심야에 교내를 어슬렁거리는 인체 모형 따위는 아무도 눈치채지 않는다. 오히려 그것을 목격하는 인간 이야말로 수상한 사람이었다. 너 누구야.

푸세식 화장실에서 수세식 화장실로 이행한 지금은 변기에서 손을 내밀 방법이 없고, 고학의 상징인 니노미야 킨지로*도, 지금은 보행 중 스마트폰타로가 되어 오히려 위험 행동을 조장한다는 평이나 들을 것이다. 복도에서 시속 100킬로로 쫓아온다는 테케테케는 더 말할 가치도 없었다. 그럼 테케테케가 뒤쫓는 녀석은 시속 몇 킬로

---

* 일본의 위인으로 과거에는 등짐을 진 채 책을 읽으며 걷는 모습의 동상이 학교마다 있어서 괴담의 대상이 되었다

로 달아나고 있는 거냐고! 아마 그 녀석도 인간이 아니겠지. 부탁이
니 올림픽에라도 나가 줘라. 게다가 복도는 그렇게 길지 않다. 속도
설정을 너무 과하게 했다고.

고로 이렇게 현대에 적합하지 않은 7대 불가사의는 유연하게 첨
삭을 해 나가는 게 맞다.

이쯤에서 현대를 살아가는 미스터리 헌터인 바로 나, 코코노에 유
키토가 주장하는 7대 불가사의 중 하나가 이것이다. '학생회실에 들
어앉은 파렴치 회장.'

"네가 나를 의지해줘서 기뻐."

실수했다는 걸 깨달았다. 제어장치가 없잖아. 미쿠모 선배는 대
체 어디로 간 거야?

고등학교의 수업 참관은 과연 어느 정도인지, 모르면 아는 사람에
게 물어보면 되겠지 두견새야.* 참고로 두견새는 휘파람새의 둥지
에 알을 낳는다고 한다. 늘어난 알의 개수만큼 휘파람새의 알을 땅
에 떨어뜨려 숫자를 맞춘다나.

간악무도한 탁란 행위, 그야말로 순수혈통의 씨를 말리는 불여우,
아니 불새인 셈이다.

아무튼, 그래서 경험이 풍부한 3학년의 지혜를 빌리려고 학생회
실로 왔건만 가장 중요한 상식인, 힐링 담당 미쿠모 선배가 자리에
없었다.

지금 이곳에는 내 천적인 파렴치 회장밖에 없다. 활력을 불어넣
어 줄 비타민 주사 미쿠모 선배가 없는 이상, 나약한 나는 매료에 당

---

* 전국시대의 3대 영웅인 오다 노부나가, 도요토미 히데요시, 도쿠가와 이에야스의 성격을 묘사했다
고 하는 울지 않는 두견새와 관련된 하이쿠(짧은 시)에서 따온 말장난.

한 히로인급 위기에 봉착해 있었다.

"유미는 직원실에 갔어. 아마 곧 돌아올 테니까, 기껏 온 김에 천천히 있다 가."

"갑자기 억양이 사라지셨는데요."

"무슨 소리지?"

"아뇨······."

깊게 파고드는 건 금물이다. 열정적인 환영을 받고 있지만, 이런 위험지대에 계속 머물러 있을 수는 없다! 신변의 위험을 감지하고 재빨리 빠져나가려 얼른 용건을 마쳤다.

"그렇군······. 우리가 1학년이었을 때는 참석한 학부모 수가 반에서 2할 정도였던 것 같아. 교육에 열을 올리는 학교는 또 다른 모양이지만."

"그렇군요."

"어. 남학생들은 아무래도 부끄럼을 많이 타는 편이니까. 보호자의 출석률은 여학생들 쪽이 높지 않을까?"

이러니저러니 해도 의지가 되는 케도 선배다. 역시 학생회장. 평가가 올라갔다!

아무튼 대략 2할 정도라고 치면, 딱히 어머니가 오지 않아도 문제는 없을 것 같다. 올해 들어 갑자기 경향이 바뀌지도 않을 테고.

나 같은 못난 자식 때문에 바쁜 어머니가 학교까지 방문하는 건 가슴 아픈 일이다. 하물며 세츠카 씨에게 대신 와달라고 할 가치는 더욱더 없었다.

"그런데 제 무릎에는 왜 앉아 계신 건가요?"

문제가 정리되어 홀가분한 기분이 든 참에 아까부터 신경이 쓰이던 부분을 질문해봤다. 어째서인지 내 무릎 위에 파렴치 회장이 앉아 있었던 것이다.

"나도 말이지, 너무 성급하게 굴었던 것 같다고 조금 반성하고 있어. 좀 더 관계를 돈독히 다져야 그런 일도 하기 쉬울 거라는 생각이 뒤늦게 들더라고. 그래서 말인데, 우리 둘의 거리를 좁히기 위해서 한번 이름이나 애칭으로 불러보는 건 어때? 내가 추천하는 호칭은 무츠키에서 따온 뭇짱이야."

"갑자기 너무 좁혔잖아, 뭇짱."

아, 역시 글렀다, 이 사람은. 평가가 수직으로 하락했다!

회장을 이름으로 부르는 건 허들이 높다. 선배고, 뭇짱이라는 애칭도 가급적 피하고 싶다. 학생회장이라 함은 이 학교의 보스. 그러니 나름대로 경의를 담은 호칭이 걸맞다고 생각하는데, 참 괴롭다.

"일단 물리적인 거리도 좁혀 나가야 하니까."

"평범하게 무거우니까 물러나 주실래요?"

"어때? 기쁘지 않아?"

"기뻐요."

그 질문에는 솔직하게 대답해둔다. 기쁘다는 사실은 변하지 않았다.

"그렇게 내 엉덩이가 신경 쓰여? 후훗. 무엇을 감추리오. 실은 요즘 좀 커지고 있거든. 코코노에 유키토, 이건 비밀인데, 내 골반은 순산형이야."

"너무 아무래도 상관없는 내용이라 머리에 안 들어오네요!"

생각지도 못한 비밀을 들었다. 그걸 알아서 뭐가 되는데!

"부끄러워하지 않아도 돼. 너도 그편이 기쁠 거라 생각했거든. 그럼, 알고 말고. 장래를 생각해서 말한 거야, 장래를. 난 미래까지 내다보고 있거든."

"그게 정말로 미래일까요?"

학생회장쯤 되면 배움이 얕고 재주가 변변찮은 나와는 보이는 세상이 다른가 보다.

"꺼림칙하면 너도 뭔가 비밀을 가르쳐줘도 돼. 그렇지, 내가 아는 너는 의미도 없이 그런 행동을 할 만한 사람이 아니었어. 가르쳐주지 않을래? 그건 대체 뭐였던 거야? 전혀 영문을 모르겠어. 정신을 차리니까 어느새 너만 나쁜 사람이 돼 있었지. 절대로 네게 해를 끼치지 않을 거라 맹세할게. 코코노에 유키토, 대체 진실은 뭐야?"

서서히 진지한 표정이 된 회장이 무릎에서 내려와 내 쪽으로 돌아섰다.

이제 와서 털어놓을 만한 진실이 있을 리가 만무하다. 눈에 보이는 것만이 전부였다.

"제가 쓰레기라서 그래요."

"그렇지 않아! 넌 또 누군가를──."

"무츠키, 기다렸지. ──엇, 코코노에?"

"미쿠모 선배, HIPBOSS가!"*

"그 북쪽 대지에서 감독을 맡고 있을 것 같은 애칭은 그만둬."

---

* 홋카이도 닛폰햄 파이터스 야구팀 감독 신죠 츠요시의 NPB(일본 프로야구) 등록명인 BIGBOSS에서 따온 말장난.

◆

　나는 어머니를 존경하고 있다. 존경하는 마음으로 말할 것 같으면 세계에서 유례를 찾아볼 수 없을 정도다.

　반성만이라면 원숭이도 할 수 있다는 말이 있는데, 그렇다면 존경은 어떨까.

　오랑우탄은 숲의 현자라 불리지만, 침팬지는 의외로 광폭하다던가. 무리의 우두머리가 존재하는 이상 의외로 동물 세상 쪽이 그런 쪽으로는 더 빡빡할지도 모르겠다. 하지만 생각해봤으면 좋겠다.

　우리 아파트는 어머니가 산 것이다. 나는 1엔도 보태지 않았다. 얹혀사는 처지니 월세 정도는 내야 마땅하다. 하지만 학비도 내지 않고 식비도 어머니가 내고 있다. 심지어는 용돈까지 타 쓴다. 필요 없다고 했지만 필요해질 때가 있을 거라며 고집스레 들려주었다.

　그 자비로운 영혼은 이미 성모라 불리어도 이상하지 않았다. 말해두지만 어머니의 이름은 오우카지 마리아가 아니다. 혹시 몰라서 말이지.

　얼마 전에는 이런 일이 있었다. 입학 직후, 아싸 외톨이라 교우 관계가 얕아서 연락처에 공백뿐이었던 내가 보기에 스마트폰은 돼지 목에 진주 목걸이였다.

　거기서 착안한 것이 '코코노에 유키토 스마트폰 불필요설'이다.

　실제로도 필요가 없는지 실험해봤다. 그 결과 실험 기간 중에 연락을 주고받은 건 상큼 미남과 히미야마 씨뿐이었고, 그것도 극히 적은 횟수에 지나지 않았다. 나는 이 결과를 토대로 밤에 퇴근한 어머니에게 나에게 스마트폰이 왜 필요 없는지에 대해서 역설했지만, 어머니는 기뻐하기는커녕 눈물을 흘리고 말았다. 이상하다. 이럴 리가 없는데.

통신비용도 어머니가 내고 있다. 나는 그런 쓸데없는 지출이 필요 없다고 생각했을 뿐인데 예상이 어긋난 거다.

나는 어머니를 울리는 일에 있어서는 여러모로 정평이 나 있다. 어머니 빨리 울리기 선수권에 나가면 우승을 거머쥘 게 분명하다.

그 뒤 울어서 눈이 퉁퉁 부은 어머니는 나를 놓아줄 생각을 하지 않았고, 밤이 깊어가는 통에 그대로 어머니의 침실에서 같이 잠을 자게 돼버렸다. 나는 긴장해서 뜬눈으로 밤을 지샜지만 어머니는 쿨쿨 잘만 잤다. 억울하다…….

늘 생각했다. 나에게 그럴 가치가 과연 있는가 하고. 이렇게 나열해보자 그저 어머니에게 기생하는 존재에 지나지 않았다. 나에게는 어머니의 투자를 받을 만한 가치가 없는 것이다.

나중에 투자금액을 전부 돌려줄 생각이긴 하지만, 이렇게 태평하게 하루하루를 보내다 보면 그 자체가 자신이 무가치하다는 증명인 것 같아서 왠지 미안한 마음이 들었다. 절대 정신을 놓아서는 안 된다. 단단히 긴장할 생각이다.

이 세상의 보편적인 상식으로 말하자면 '은혜'와 '보답'이다.

하지만 나는 은혜를 입었지 아무것도 보답하지 못했다. 이래서는 상호이익이 된다고 할 수 없다. 그 다정함을 그저 일방적으로 착취하고 있을 뿐이다.

──그래서 더더욱 생각이 드는 것이다. 내가 과연 여기에 있어도

괜찮은 걸까 하는.


"미안해. 동창회, 그렇게까지 늦지는 않을 거야."

"오랜만에 만나는 거니까 잘 놀다 와."

어머니는 다음 주에 고등학교 동창회에 참석하는 모양이다. 호오. 나도 먼 미래에는 동창회에도 참석하려나. ……는 개뿔, 그럴 리가 없지. 참석할 일이 생길 리가 없다고. 그러기는커녕 연락조차 오지 않을 것 같다. 그래서 뒤늦게야 개최 사실을 알게 되는 거지. 솔직히 그것도 그나마 나은 예상이다. 내가 보기엔 소식 불명으로 사망자 취급을 받고 있을 가능성이 제일 높았다.

"혹시 필요한 게 있거든 말해. 준비해놓고 갈 테니까."

"유키토한테 맡겨두면 돼."

아, 다 떠넘겼다. 다 큰 아가씨가 말이야, 그래도 되는 거냐고, 코코노에 유리! 그렇게 속으로 투덜거리는데, 누나가 번쩍 눈을 떴다. 힉! 늘 생각하는 거지만 어떻게 내 마음을 읽어내는 거지?! 무슨 전파라도 나오고 있는 건가?

"왜 그러니? 벌레라도 나왔어?"

"잠깐 이상한 전파가 느껴져서."

붕붕 손을 저어 보지만 눈에 보일 리가 없다.

"그렇지, 이번 주 주말에 어디 가고 싶은 데는 없어? 같이 외출하자."

"무리하지 않아도 되니까. 주말 정도는 푹 쉬어."

"그, 그래야지……. 학교는 어때? 뭐 난처한 일은 없고?"

"딱히. 잘 먹었어. 목욕하러 갈게."

셋이서 함께하는 저녁 식사는 늘 고요하다. 같은 여자인 어머니와 누나의 단란한 한때에 내가 남아 있으면 방해만 될 거라 식기를 정리하고 얼른 자리에서 일어났다.

안 그래도 피곤할 터인 어머니를 괜히 신경 쓰게 만들었다. 동창회에서 재밌게 놀다 와.

휴일 정도는 나 같은 건 신경 쓰지 말고 제대로 기력을 보충했으면 좋겠다. 이 정도로는 도저히 보답이라 할 수 없지만 그래도 가능한 범위 내에서 최선을 다하는 수밖에 없었다.

어머니도 아마 그걸 바라고 있을 테니까.


"자업자득이네."

"……."

소름이 돋을 만큼 싸늘한 딸의 말에 차마 반론도 하지 못했다. 떠나가는 사랑스러운 아들의 등에 대고 말을 걸려 했지만, 말은 형태를 이루지 못하고 안개처럼 흩어져 사라졌다. 불이 꺼진 듯한 식탁에서 오직 시선만이 모습을 찾아 헤매고 있었다.

최근 딸의 기분이 유난히 좋았다. 나와 달리 유리와 저 아이의 관계는 조금씩이나마 개선되어가고 있다. 부러워서 원망스레 딸을 쳐다보고 말았다.

그만한 균열과 단절을 극복할 줄이야. 도저히 극복할 수 없을 줄 알았는데.

하지만 극복해냈다. 유리 혼자만의 힘으로 해낸 일은 아니었을지도 모른다.

그래도 그것은 내 앞에 제시된, 희미하지만 매달리고 싶어질 만큼 간절한 희망이었다.

나도 질 수 없어 대화를 늘리려고 노력하고 있지만, 결실이 있었다고는 말하기 어렵다. 말을 걸면 대답해준다. 하지만 그뿐이다. 저 아이가 먼저 내게 말을 걸어오는 일은 없었다. 어떤 화제든 어떤 사소한 얘기든 기꺼이 들어줄 수 있는데.

아니, 틀렸어. 뭘 책임 전가하고 있는 거야, 난! 한심하고 어리석은 나를 질타한다. 입술을 깨물었다. 저 아이에게도 분명 그런 시기가 있었다. 열심히 별별 얘기를 나한테 전달하려고 애쓰던 시기가.

그런데도 귀를 기울이지 않았던 건 나다. 흘려넘기고, 진지하게 상대하기는커녕 바쁘다는 이유로 몇 번이나 무시했다.

다음 기회가 있을 거라 맹신한 채.

그런 기회는 이미 날아갔다는 사실을 깨달은 건 한참 뒤의 일이었다.

"곧 1학년 수업 참관이 있다나 봐. 저 애는 아마 세츠키 씨한테 의논하겠지. 참석자도 얼마 안 될 거니까 엄마한테는 아무 말도 안 하지 않을까? 솔직히 오기를 바라지도 않을 테고."

"……그래, 벌써 그런 시기가 됐구나."

그 울림이 가슴을 쿡 찔렀다. 수업 참관. 초등학교 때부터 세면 기회는 몇 번이나 있었다. 그런데도 나는 고작 두 번밖에 참석하지 못했다. 저 아이의 모습을 더 많이 보고 싶은데, 학교에서의 저 아이를 알고 싶은데. 그런, 입만 산 거짓말쟁이.

이제는 고등학생이다. 앞으로 얼마나 더 기회가 있을지를 생각하면 한계가 임박한 셈이다. 더는 한순간도 낭비할 수 없다. 나에게는 시간이 없었다.

"딱히 상관없잖아. 어차피 크게 관심도 없으면서, 그냥 남자랑 놀아."

"그만해. 난 그런 짓은 하지 않을 거야!"

비웃는 듯한 유리의 말에 반박했지만, 그것도 스스로 자초한 일이다.

여동생 세츠카가 말했다. "다시는 언니가 참석 못 하게 할 거야." 아들도 말했다. '이제 오지 않아도 된다'고. 좀 더 빨리 용서를 구했어야 했다. 제대로 얘기를 나눴어야 했다. 정면으로 마주하기가 무서워서 도망쳤고 계속 회피해왔다.

이제 와서 내 얄팍한 말이 아이들에게 전달될 리가 없다.

"난 내 전부를 걸고 저 아이를 되찾을 거야. 엄마처럼 어중간한 마음이 아니라고. 그러니까—— 제발 방해만 하지 말아줘."

열화와 같은 격정에 어머니인 내가 오히려 압도당한다. 용솟음치는 의지가 탁류처럼 밀려들고 그 각오에 전율이 일었다. 뒷걸음질 칠 뻔했다.

이 아이는 유키토를 두고 망설이지 않는다. 그 손을 더럽히는 한이 있어도, 설령 세상이 적으로 돌아선다 해도, 심지어 윤리적 제약조차 아랑곳하지 않고.

"——넌 아주 나쁘고 좋은 누나구나."

"몰라, 그런 건."

유리가 자리에서 일어나 식기를 싱크대에 내려놓고는 방으로 돌아갔다. 꼼짝할 수 없었다. 눈을 깜빡이는 것조차 불가능했다. 긴장이 풀리자 크게 한숨이 새어 나왔다. 젊기에 가능한 열렬함. 나는 도저히 흉내 낼 수 없다.

인정하기 싫어서 자문자답하게 된다. 내 마음과 감정, 각오가 유리의 털끝에도 미치지 못한다는 걸 받아들일 수 없기 때문이다. 내가 유리보다 더 못할 이유가 없다.

나도 저 아이의 엄마니까. 내가 제일 아들을 사랑하고 있으니까.

"어떻게 하면 좋지……."

양손으로 얼굴을 덮고 흐느껴 울었다.

유예는 없었다. 엄마로서 같이 지낼 수 있는 시간도 이제 그리 길지 않다.

고등학교를 졸업하면 유키토는 바로 이 집을 나가겠지. 사실 지금도 내가 나가라고 말하면 기다렸다는 듯이 실행에 옮길지도 모른다. 아들은 늘 그럴 준비를 하고 있으니까.

동창회에서 자식 문제로 상담이나 받아볼까. 그런 생각을 떠올렸다가 바로 다시 자기혐오에 빠졌다. 털어놓을 수 있을 리가 없다. 내가 잘못한 거라고 친구들에게 비난을 받을 결과가 눈에 선했으니까.

같은 자리를 맴돌고만 있는 스스로에게 넌더리가 난다. 좀 더 잘할 수 있을 줄 알았는데, 집에 있는 시간이 이렇게 늘어났으니 아들과도 마주 볼 수 있게 될 거라고 기뻐했는데.

하지만 그건 여태껏 아무런 노력도 해오지 않았던 나에게는 잠깐의 효과밖에 없었다.

나는 그 아이에게 닿지 못했다. 유리는 희미하게나마 닿은 것 같은데, 나는 그 실마리조차 찾지 못해 제자리걸음만 하고 있다. 유리와는 결정적으로 다르다.

유리는 유키토를 죽일 뻔했던 그날 이후로 도망치지 않고 계속 그 죄를 직시하고 있다. 절대 아무도 이해할 수 없을 만큼 상상을 초월한 나날들이었다.

저 애가 집에 없을 때, 유리는 종종 저 애의 방에서 혼자 정좌한 채 그 광경을 눈에 아로새겼다. 자신이 한 짓을 결코 잊지 않도록.

유리가 표명한 각오가 나를 괴롭게 만들었다. 굳이 그런 식으로 비웃은 건 나를 시험하고 있기 때문이다. ——어머니로서, 얼마나 굳게 각오하고 있는지.

힘없이 컵을 손에 들고 입을 댔다. 외따로 남겨졌다. 주위에 아이들은 없다. 이것이 내가 해온 짓. 이상적인 단란함 따윈 꿈조차 꿀 수 없다.

"유키토 있잖니, 내가 어떡하면 좋을까?"

이 자리에 없는 사랑스러운 아들에게 질문한다.

거실에는 나 혼자 흐느껴 우는 소리만이 울려 퍼지고 있었다.


욕조에 몸을 담근 채 멍하니 머리를 굴렸다.

누나와 히나기, 시오리가 몸소 내가 잘못 알았다는 걸 가르쳐줬다. 그래서 여태까지와는 다른 선택을 해보기로 했다. 하지만 그걸로 만사가 해결되는 건 아니다.

나는 잘못 알고 있었다. 그렇다면 언제부터 무엇을 잘못 알고 있었을까. 잘못 알고 있었다는 건 알아도 그게 무엇인지는 알 수 없었다.

그걸 이해하지 못하면 아무것도 해결되지 않는다. 앞으로도 누구의 마음에도 응하지 못한 채 계속 이 상태로 지내겠지.

욕조에 띄워 둔 삐약삐약 오리가 댕그란 눈동자로 내 쪽을 물끄러미 쳐다보고 있다. 욕조에서 나와 가볍게 스트레칭을 한 뒤 공부하고 잘 생각이었다.

머리를 말리고 거실을 지나가는데 누나가 자주 입고 다니는 것 같은 쇼트 팬츠가 바닥에 떨어져 있었다. 보기 흉해서 주워 빨래 바구니에 넣었다.

내 방 앞에 누나가 자주 입고 다니는 것 같은 탱크톱이 떨어져 있었다. 보기 흉해서 주워 빨래 바구니에 넣으러 돌아갔다.

다시 방으로 들어가자, 침대 옆에 여자 속옷이 떨어져 있었다. 누나가 자주 입…… 고 다니는지는 모르겠다. 별로 본 적이 없으니까.

보기 흉해서 주워 빨래 바구니에 넣으려고 하는데, 침대가 부자연스럽게 부풀어 있는 게 보였다. 딱 봐도 누군가가 숨어 있는 것 같았다.

"설마 노상강도? ……아니, 산적인가?"

순간 긴장감이 치솟았지만 이내 헛웃음을 지었다. 새삼 방 안을 둘러봐도 여기에 귀중한 물건 같은 건 아무것도 없었다. 새하얀 벽, 어딘가 공허하고 살풍경한 방 안, 있는 거라고는 몇 안 되는 개인 소지품과 약간의 가구들뿐이다.

미니멀리스트라고 말하면 듣기에는 좋지만, 사실 그런 거창한 건 아니다.

나는 어머니의 선심 덕에 이 방에 얹혀살고 있는 것에 지나지 않는다. 필요 없으니 나가라고 하면 당장이라도 떠나야 했다.

말하고 보니 나에게 여기는 호텔이나 여관의 객실 같은 것이었다. 떠나는 새는 뒤를 어지르지 않는다고 했다. 언제든지 떠날 수 있도록 준비해두어야 하기에 쓸데없는 물건을 놓을 여유는 없었다.

항상 정리정돈을 유념하고 최대한 어지르지 않도록, 더럽히지 않도록 조심한다.

공부만 할 수 있으면, 그럴 공간만 있으면 그걸로 충분했다. 나는 공부로만은 걱정을 끼치지 않기로 결심했다. 성적만은 어떻게든 사수하는 게 지상 명제다. 더 이상 어머니의 걱정거리를 늘릴 순 없었다.

생각해보라. 안 그래도 여태껏 가족에게 수많은 민폐를 끼쳐온 내가 공부도 하지 않고 방에서 게임만 하며 빈둥거리고 있다면 어머니가 어떻게 생각하겠는가? 한없이 불쾌한 기분이 들 게 당연하다. 그런 기분을 느끼게 만들기는 싫었다. 같이 살게 해주고 이렇게 방을 내준 것만으로도 감사하기 그지없으니 말이다.

코코노에 가 사람들은 어디까지 관대하고 다정한 걸까. 원래라면 하루 두 번씩 어머니의 침실을 향해 큰절을 올려야 마땅했다. 그저 감사합니다.

그래서 이 방에는 아무것도 없다. 강도에게 털릴 만한 가치가 있는 건 하나도 놓여 있지 않았다. 아직도 모습을 숨기고 있는 범인에게는 미안하지만, 단념해줘야겠다.

뭘 잘못 알고 있는지, 언제부터 잘못 알고 있었던 건지 그 대답을 찾기 위한 쳇바퀴는 계속 돌아간다. 거기에 과연 진실이 있는지도 알지 못한 채.

"저기요, 강도분. 여기에는 강도분이 원하는 것 따윈 없거든요?"

역정을 낼 수도 있다. 최대한 자극하지 않도록 신중하게 말을 걸었다.

그러사 빼꼼 히고 시트 안에서 범인이 얼굴을 내밀었다.

"내가 원하는 건 너다!"

"엄마야아아아아아아! 벌거벗은 좌부동*이 방에 있어어어어어어어!"

빨간 모자에 등장하는 늑대 같은 말을 꺼내는 강도를 볼세라 방에서 뛰쳐나왔다. 왠지 누나 같았는데, 기분 탓이겠지?

도망을 나온 김에 속옷도 빨래 바구니에 넣어 뒀다. 벗은 옷은 바로 정리를 해두자고요.

◇

역 앞에서 히나기와 만나기로 해서 기다리고 있다. 지금부터 보러 갈 영화는 범죄가 만연한 매드 시티에서 두뇌 개조로 어른의 뇌를 이식 당한 소년 탐정 사이보그가 범죄자를 소탕하며 조직에 복수해 나가는 범죄 서스펜스물이었다.

사전 정보에 따르면 장대한 폭발 신과 유혈이 낭자한 문제작이라

--------
* 집안에 깃들어 살며 복을 준다는 요괴.

고 하던데, 아카네 씨는 왜 하필 이걸 고른 걸까.

"오래 기다렸지. 바로 찾아서 다행이야."

"2차원 미소녀 중에는 아는 사람이 없는데 사람을 잘못 보셨나 봐요── 잠깐, 히나기?!"

"너무 참신한 방법으로 놀라는 거 아냐?!"

예상치 못한 사태에 기절초풍해서 눈알이 퐁 튀어나왔다. ※비유입니다.

"놀래라. 무슨 2차원에서 미소녀가 튀어나온 줄 알았어."

"칭찬이 너무 과하다고!"

"참 나. 대체 어디까지 귀여워질 셈이야? 옜다 슈퍼챗."

"그렇게 말해도……."

가볍게 차원을 넘어와 버렸다. 뭐야, 이 초절정 미소녀 히나기는.

히나기, 완전 쩔어! 안 그러냐, 다들! 유키토 B~F '내 말이.'

만나기로 약속한 시간보다 몇 분 빠르다. 생각해보면 이렇게 사복 차림을 보는 것도 오랜만이었다. 취향이 많이 달라지진 않았지만, 인상은 크게 차이가 났다.

중학교 때보다 복장이 꽤나 어른스러워졌다.

"열심히 꾸며봤어. 잘…… 어울려?"

"돌아봐."

"어, 어어?! 이, 이렇게?"

치마가 빙그르르 나부꼈다. 아이돌 라이브에서 자주 보이는 그거다.

왜 내가 이런 걸 잘 아느냐면, 어머니와 누나가 새 옷을 사서 집에서 패션쇼를 열 때마다 추임새를 넣어주지 않으면 토라지기 때문이다. 당신들이 무슨 어린애냐고.

"이건 귀하네요. 어휘력이 죽어서 귀엽다는 말밖에 못 하겠어."

"고, 고마워. 그러고 보니 옛날부터 늘 칭찬해줬었지. 제대로 마음을 얘기해줬는데, 매번 솔직해지지 못했어……. 정말 바보였어."

히나기가 촉촉이 눈시울을 적시며 고개를 숙였다.

"……역시 넌 변했어."

천진했던 그 무렵, 신랄했던 몇 년 전에서 지금은 솔직한 울보가 됐다.

"그럼 다행이네. 지금 내 모습이 아직도 예전 그대로였다면 틀림없이 나 자신을 용서할 수 없었을 테니까. 손, 잡을래?"

"꼭 데이트 하는 것 같아."

"데이트 맞아. 줄곧 이렇게 하고 싶었어."

부끄러워하지도 망설이지도 않고. 꼭 주먹 쥐고 있던 손바닥을 천천히 펼쳐 내 쪽으로 내민다. 나는 머뭇거리며 그 손을 잡았다.

"원하는 건 처음부터 눈앞에 있었는데 미처 알지 못했어. 손을 뻗으면 거기에 있었는데. 언제나 옆에 있어줬는데. 미안해, 늦어서."

스스로에게 되뇌듯이 히나기가 한 자 한 자 말을 뱉어냈다. 그건 마치 확인 작업 같았다. 다시는 잘못을 저지르지 않도록 확인하며 앞으로 나아가려 하고 있다.

일찍이 히나기를 좋아해서, 고백하려고까지 마음먹었을 무렵의 마음은 지금도 여전히 떠올리지 못하고 있었다. 그 마음을 찾지 못하면 나는 다른 누구의 마음에도 응답해줄 수 없다.

그건 잔혹한 일이 분명했다. 여태껏 내게 마음을 전해준 사람들은 다들 용기를 쥐어 짜냈다. 그 마음에 어떤 대답이 돌아오건, 그녀들은 나의 대답에서도 그에 필적하는 성의를 보기를 바랐을 터였다.

하지만 그 바람은 이루어지지 않았고, 손에 넣을 수 없다는 것을 깨닫고는 바라는 것을 그만두었다.

지끈거리는 두통이 도지는 와중에 생각했다.

그럼 나는, 그런 그녀들에게 어떤 반응을 돌려줘야 했을까 하고.


"같이 봐줘서 고마워. 재밌었어!"

"이젠 어떡할 거야?"

"음 그럼, 좀 더…… 시간을 내줄 수 있어?"

혼잡한 멀티플렉스에서 빠져나와 시계를 확인한다. 오후 3시를 지난 참이었다.

하지에 접어든 이 시기. 아직 태양은 높이 떠 있다. 이렇다 할 볼일은 없지만 돌아가기엔 이른 시간이다. 게다가 마음에 걸리는 일도 있었다.

"부탁해……. 조금만 더 함께 있고 싶어."

"그건 상관없지만……."

휙휙 바뀌는 표정은 계속 봐도 질리지 않는다.

하지만 그 표정에 가끔가다 그늘이 진다는 걸, 히나기는 과연 알고 있을까.

"하긴 싫겠지……. 미안, 그래도 나는——."

"뭘 겁내고 있는 거야, 넌. 이리 와."

나는 주위를 둘러본 뒤 목표물을 발견하고는 그대로 힘주어 손을 끌어당겼다.

"뭐? 잠깐만 유키토, 어딜 가는 거야!"

"벌을 주러 갈 거야."

"이, 이런 한낮에?! 심지어 밖에서라니, 해가 지고 나서 하면 안 돼?!"

"무슨 소리를 하는 거야. 저거나 봐."

몇 미터쯤 나아가자 이 시기에 찾아볼 수 있는 꽃이 곱게 피어 있었다.

"수국……?"

"예쁘지."

"응. ……그런데 갑자기 수국은 왜?"

나는 양손에 히나기의 **뺨**을 끼고 꾹 주물렀다.

"뭐, 뭐하는 거야!"

"제대로 보고 있는 거 맞아?"

히나기의 **뺨**은 부드러웠다. 이건 중요하니까 메모.

말랑말랑한 볼에서 손을 떼고 수국을 돌아본다.

수국의 색상은 수국에 포함된 안토시아닌이라는 색소에 의해 변화한다. 지금은 아름다운 남색이지만, 조금 더 있으면 또 다른 색으로 변화해갈 것이다.

"수국의 꽃말은 '오만', '변심', '냉담'. 나한테 딱 어울리지."

히나기가 자조하는 기색으로 우울하게 웃었다. 확실히 부정적인 뜻도 있긴 하지만 수국의 꽃말은 색에 따라 달라지고 깊은 애정을 의미하는 것이 많다.

"아무도 그렇게 말하지 않았잖아. 이런 얘기를 들은 적이 있어. 빚에 시달리던 사람이 변제가 끝난 순간 갑자기 시야가 트이더니 사계절이 느껴지는 경험을 했다고."

"그건⋯⋯."

"히나기, 시야를 좁게 가지지 마. 심호흡 하고 주위를 둘러보면 아름다운 게 넘쳐나고 있을걸. 멋진 만남이 언제 어디에 굴러다니고 있을지 모른다고. 자, 저 커플도 봐. 이런 대낮부터 길 위에서 키스를 하고 있네."

"손가락질 하면 안 돼!"

오늘 히나기는 계속 내 눈치를 봤다. 영화를 보고 있을 때도 나만 신경 쓰고 있었다. 불안감을 지우려고 즐기는 건 뒷전이었다.

이대로 놔뒀다간 이번엔 또 다른 중요한 것을 놓치고 지나갈 것처럼 보였다.

"고등학생도 됐잖아. 좀 더 즐겨."

"그렇게는 못 하겠어⋯⋯. 그렇잖아, 내가 그런 부탁을 하지 않았다면── 아니. 내가 유키토를 쫓아오지 않았다면, 다시 만나지 않았다면, 유키토의 삶이 이렇게 망가질 일도 없었을 텐데!"

이제야, 히나기가 무엇을 걱정하고 있었는지 이해했다. 그녀는 지금 내가 놓인 상황이 견딜 수 없었던 것이다. 자신 때문이라고 후회하고 있다.

"난 딱히 아무런 신경도 안 쓰는데."

"그래도!"

이 소꿉친구의 성가신 구석은 어렸을 때와 무엇 하나 달라지지 않았다.

"그럼 다음번에 내가 곤경에 처했을 때는 네가 도와줘."

"……내가, 유키토를? 응, 응! 꼭, 꼭 어떻게든 방법을 찾아볼 테니까. 도와줄 테니까. 곤란한 일이 생기면 얼마든지 의논해!"

서로의 거리가 숨결조차 느껴질 만큼 가까워졌다.

"그러니까── 고마워."

히나기의 눈물을 살며시 훔쳤다. 연분홍색 수국의 꽃말은 '활기 넘치는 여성.'

그녀에게 우울한 모습은 어울리지 않는다.

"그래도 딱 하나만 정정하게 해줘. 멋진 만남은 이미 경험했어. 아주 예전에, 내가 아직 어렸을 때. 그것만은 무슨 일이 있어도 달라지지 않아."

"그래."

그 만남이 누구와 한 것이었는지를 되물어볼 만큼 눈치가 없지는 않다. 나는 손에서 놓아버린 마음과 잃어버린 감정이 다시 떠오를 날이 오기를 기도하며, 그녀의 말에 수긍했다.


"저녁 식사 전이니까, 반씩 나눠 먹자."

오후 6시를 넘어가고 있었다. 계속 히나기를 데리고 다니다간 또 아카네 씨에게 혼이 나겠지. 여기서 더 분노 게이지를 쌓는 것만은 피해야 한다…….

가을에서 겨울에 걸쳐 나오던 특산물도, 요즘은 1년 내내 먹을 수 있다. 사 온 군고구마를 반으로 나눠 히나기에게 건넨다.

"고마워. 왠지 이상한 기분이야. 요즘 같은 계절에 군고구마라
니."

"계절감과 정서가 빠져 있긴 하지."

"동의해. ……그래도 맛은 있네."

기뻐서 어쩔 줄 모르는 얼굴로 군고구마를 먹는 히나기를 구경하
다가, 나는 중대한 실수를 깨달았다. 난 바보인가. 여자한테 군고구
마라니? 무신경에도 정도가 있지. 히나기가 실망한대도 뭐라 할 말
이 없다.

망했어! 대형 사고를 쳐버렸다고! 코코노에 유키토, 최대의 실수!

"미미미미미, 미안. 히히히힛히나기."

"왜, 왜 그래, 유키토?!"

동요를 감추지 못하는 나를 보며 히나기도 동요를 감추지 못했
다.

"그래도 안심해. 난 네 방귀 냄새가 아무리 지독해도 신경 쓰지 않
——."

"안 뀐다고!"

딱 소리가 나도록 머리를 맞았다.

"그럴 리가 없잖아. 알겠어? 아이돌이 화장실에 가지 않는다는 건
어디까지나 도시전설이라고."

"그런 뜻이 아니라, 지금은 안 뀔 거라고 말한 거야!"

"그냥 생리 현상이니까 민망해할 것 없어. 마음 놓고 뀌어도 괜찮
아. 자, 사양하지 말고 뀌어."

"자꾸 날 냄새 나는 캐릭터로 몰아가지 말아줄래! 이건 허위 사실 유포거든?!"

"단백질이 적어서 그렇게 냄새가 심하진 않은 게 특징이야."

"그런다고 내가 '뭐야, 그럼 안심이네!'라고 할 것 같아?!"

"식이섬유가 많이 포함돼 있어서 건강에는 좋아. 비타민도 풍부하고."

"아니면 뭔데? 설마 냄새를 맡고 싶어? 내 방귀 냄새를 맡고 싶은 거야? 응?!"

"히나기."

"왜? 그렇게까지 말한다면 뀔게. 뀌면 되잖아! 자, 맡아!"

"노파심에 말하는 건데, 그 이상 성욕은 비밀로 하는 편이 좋아."

"너 때문이잖아! 정말이지…… 바보. ……그래도— 너무 좋아."

긴장의 실이 끊어진 것처럼 히나기가 해맑게 웃음을 터뜨렸다.

만족할 때까지 웃고 나서 지은 그 표정에는 더 이상 그늘은 보이지 않았다.

## 제3장 「대학에서도 소란을 일으키는 남자」

"인싸놈들, 망해라!"

그렇게 외치며 주먹을 쥔 것까지는 좋은데, 나는 지금 대학에 와 있다.

이곳이 바로 던전인가. 정신을 단단히 차려야 한다. '인싸들의 소굴' ※추정 레벨 18.

집으로 돌아가 옷을 갈아입고 대학 내의 지정된 장소로 향한다.

아무래도 초회차다 보니 최소한 안내라도 해줬으면 좋겠다. 캠퍼스가 너무 넓다고요.

"아, 유키토. 이쪽이야."

"니노미야 씨? 오랜만이에요."

찾고 있던 사람은 의외로 쉽게 발견했다. 니노미야 미오 씨.

치한으로 몰릴 뻔한 나를 구해준 메시아다. 니노미야 씨가 아니었다면 나도 케도 회장과 미쿠모 선배도 지금쯤 귀찮은 일에 말려들어 있었겠지.

그 뒤로 가끔 연락을 주고받게 되었는데, 그런 니노미야 씨에게 학교 수업을 마치면 와달라는 연락을 받았던 것이었다.

소소한 교류는 그전에도 했지만, 이번에는 부탁이 있어서 불려오게 됐다. 고등학생인 내가 할 수 있는 일은 어차피 뻔한데 말이다…….

"미오라고 불러도 돼. 나랑 유키토 사이잖아?"

"그런데 저희들이 어떤 사인가요?"

"주인과 노예?"

"현대 일본에 노예제도가 부활해 있었을 줄이야……."

"거짓말이야. 연인 맞지?"

"네?"

여친 없는 햇수 이하 생략인 나한테 연인? 심지어 상대는 여대생이다.

같은 학년 여자애들과는 달리 패션과 화장도 성숙하다. 이렇게 보면 역시 대학생과 고등학생에는 넘어설 수 없는 차이가 있다는 게 실감 난다. 즉, 나와는 도무지 어울리지 않을 것 같다는 소리다. 내가 감당할 수 있는 짐이 아니다.

"오늘은 와줘서 고마워. 실은 부탁이 있어."


"——나랑 연인이 되어주지 않을래?"


얘기를 정리하자면 이렇다. 미오 씨는 오늘 단체 미팅에 참석해 달라는 제안을 받았다고 한다.

단체 미팅, 정말로 존재했구나! 공상 속의 신비 현상인 줄 알았는데 현실인 모양이다.

미오 씨의 말에 따르면 관심이 없어서 참석하고 싶지 않았지만, 머릿수를 맞춰야 하니 꼭 와달라고 친구가 애원해서 참석하게 되었다고 했다.

단체 미팅 상대는 농구 동아리 사람들인데, 그 실상은 대학교에 흔한 섹스 동아리였다나.

여기까지 들었으면 알겠지만, 내가 관여할 여지는 전혀 없다. 무관계에도 정도가 있다.

나에게는 예기치 않은 트러블의 전조라고도 할 수 있는 전개다.

애초에 왜 그것 때문에 고등학생인 날 불러낸 건지 영문을 모르겠다고.

"그치만 그 동아리 사람들은 이성과 자는 게 목적인걸? 술을 진탕 마시고 인사불성으로 끌려갔다가 이상한 얼굴로 더블 피스를 하고 있는 섹스 비디오를 찍어서 그게 유키토 앞으로 배달돼도 상관없어?"

"대체 무슨 소릴 하는 거예요?"

"이제 유키토만 가지고는 만족할 수 없다는 소리를 듣고 싶어?"

"미오 씨, 이상한 비디오를 너무 보셨어요."

"잘 생각해보면, 요즘 같은 때에 비디오라고 하는 것도 이상하네. 시대는 스트리밍이잖아?"

"예~ 이, 내 남친, 보고 있어~?"

"그래, 맞아, 그런 식으로. 그리고 그 영상으로 협박당한 나는 어느새 누구인지도 모르는 남자의 아이를 임신하는 거지."

"틀렸어. 말이 전혀 안 통하는 인종이야. 이 사람이 원래도 이랬나?"

"그러니까 유키토, 날 도와줄 거지?"

"아니 저기요……."

"가슴에 피어스 같은 게 박히는 나를 보고 싶어?"

"대학생은 참 대단하네요. 뇌내 망상적인 의미로요."

"그건 싫지?"

"이 일방통행을 과연 커뮤니케이션이라고 말할 수 있을까요?"

"그·건·싫·지·?"

"네."

고개를 끄덕일 수밖에 없었다. 요컨대 남자를 퇴치하는 용도로 쓰고 싶다는 거다. 단체 미팅을 하는 사이 내가 가짜 연인 행세를 해 줬으면 한다는 얘기인데, 거기에도 의문은 있었다.

"왜 하필 전데요? 아무리 그래도 고등학생은 부자연스럽지 않을 까요?"

"이런 부탁을 할 사람이 유키토밖에 없어서 그래. 내가 아는 사람 중에는 남자가 거의 없고, 부탁하는 내용이 내용이다 보니 믿을 수 있는 사람이 아니면 무리잖아?"

"하지만 단체 미팅에 남자친구를 동반하다니, 단체 미팅에서 그 래도 되는 거예요?"

"그게 안 되면 못 간다고 말해뒀어. 뭐 어때. 우린 우리끼리 꽁냥 거리자고."

"그러니까 그런 관계가……."

"연인이니까 상관없잖아."

어느새 미오 씨의 나에 대한 신뢰도가 상승해 있었던 모양이다. 참 이상한 일도 다 있다.

애초에 참석해본 적이 없으니 알 길이 없지만, 단체 미팅이란 건 애인을 사귀기 위한 이벤트 아닌가? 거기에 남자친구 동반으로 참석한다는 것에 위화감이 느껴졌지만, 니오 씨와 다른 멤버들도 납득했다고 하니 상관은 없으려나?

나도 일이 그렇게 돼서 후회하는 미오 씨는 보고 싶지 않다. 도움을 받았던 은혜도 있으니 여기선 협력해주지 뭐!

"알겠습니다. 한번 해보죠!"

"그 말을 듣고 싶었어."

어쩐지 무면허 의사 같은 대화를 주고받으며, 우리들은 목적지로 향했던 것이었다.

◆

"이런 짓을 하고 있을 때가 아닌데……."

나 시란 하이트라 트리스티는 우울했다. 핑크 골드 색 머리카락을 손가락으로 돌돌 감았다. 옛날부터 생각에 잠겨 있을 때 나오던 버릇이다.

내 입으로 말하기는 좀 민망하지만, 나는 밝은 성격을 갖고 있다고 생각한다. 여태껏 살아 오면서 이렇게 우울해진 적은 처음이니까.

그 원인은 나다. 며칠 전, 나는 사고를 일으키고 말았다.

자전거 사고. 대수롭지 않은 자만심과 현실에 대한 안이한 인식. 그것들이 초래한 중대한 과실. 나는 헤드폰을 쓴 채 자전거를 타고 있었다.

그 자체도 문제지만 하필이면 그때 스마트폰이 울렸다. 상대방이 누군지 확인하고 받을 필요가 있으면 자전거를 세운 뒤 응대하면 된다. 그렇게 생각하며 나는 자전거에 탄 채 스마트폰을 손에 들고 말았다. 사소한 방심. 그것이 사고로 이어지고 말았다.

한순간, 스마트폰을 확인하려고 눈을 뗀 찰나 나는 충돌하고 있었다.

충돌한 사람은 고등학생 남자아이였다. 운동을 하고 있는지 엄청나게 딱딱한 것에 부딪친 듯한 충격이 나를 덮쳤지만, 치인 남자아이는 충돌의 여파로 날아가고 말았다.

나는 새파래졌다. 즉시 근처에 있던 사람이 남자애 옆으로 달려가더니 110번에 전화를 걸었다. 나도 서둘러 자전거에서 내려와 남자애 앞으로 향했다.

다행히 눈에 띄는 외상은 없지만 안심할 수 없다. 자전거에 부딪쳐 뇌에 손상을 입은 사람이 며칠 뒤 사망한 케이스도 과거에 있었다.

만약 부딪친 충격으로 머리를 심하게 다쳤다면 외상이 있고 없고는 상관이 없었다.

어떡하지! 내가 무슨 짓을! 여태껏 맛보지 못했던 공포.

눈앞에 있는 아무 죄도 없는 남자아이의 미래를 빼앗아 버렸을지도 모른다.

나도 범죄자로 체포당하겠지. 부모님을 배신하고 슬프게 만들 만한 짓을 저질러버렸다. 제일 힘들고 이 상황이 끔찍한 건 눈앞에 있는 남자아이일 텐데도, 그런 자기연민에 빠진 나 자신에게도 화가 나고 슬퍼졌다.

눈물이 났다. 제발, 제발 이 아이가 무사하기만을 기도하는 수밖에 없었기에 그저 멍하니 그 자리에 우뚝 서 있었다.

결론부터 말하자면 합의로 끝났다. 상대는 눈에 보이는 외상을 입지 않았고 검사 결과에도 이상은 없었다. 나는 부모님과 셋이서 필사적으로 사과했다.

그때는 소송을 당할 것도 각오하고 있었다. 아무리 큰 상처가 없다고 해도 내가 저지른 짓은 사회통념상 용납되지 않는 것이었다. 헤드폰을 끼고 스마트폰을 손에 든 채 사고를 냈다. 절대 용서받을 수 있는 행동이 아니다.

하지만 그 남자애는 용서해주었다. 소송은 면했고 합의금도 의논해서 정했다. 고액을 요구할 것도 각오했지만 남자애는 그것조차 바라지 않았다.

오히려 '익숙한 일이니 신경 쓰지 말라'며 사과하러 간 우리들을 배려하는 듯한 말을 해주었다. 남자아이의 다정함에 가슴이 더 아파져서, 이런 아이를 다치게 한 스스로를 용서할 수 없었다.

그 뒤에도 나는 평소와 같은 생활을 보내고 있다. 하지만 그렇다고 해서 기분까지 개운해진 건 아니었다. 그 아이의 얼굴이 아른거린다. 사고의 가해자는 다들 이렇게 평생 죄책감에 시달리며 사는 거겠지.

만약 그때 조금이라도 잘못 부딪쳤다면 나는 지금 여기에 있지 못했을 것이다.

침울해하는 나를 친구들이 친목 파티에 초대해주었다. 나는 그런 모임은 별로 좋아하지 않아서 그동안은 참석을 사양해왔다. 나는 혼혈이라 옛날부터 발육이 좋았다. 그 때문인지 안 그래도 몸을 노리고 고백해오는 이성이 많았고 캠퍼스 내에서도 늘 그런 시선이 와 박히는 것을 느꼈다.

오늘도 거절하려고 했지만 나를 위로해주려고 그러는 거라 딱 잘라 거절하는 것도 내키지 않았다. 하지만 부모님을 걱정하게 만들고 그 아이에게 그런 꼴까지 당하게 한 내가 무슨 염치로 친목을 즐길 수 있겠는가.

우울한 기분이 가시지 않은 채로 나는 터덜터덜 목적지로 향했다.

"미안, 늦었어!"

나를 제외한 멤버들은 다 모여 있었다. 분위기는 이미 떠들썩하게 달아오른 상태였다. 내 모습을 본 남성진들이 흥분하는 게 느껴졌다. 불쾌한 시선이 가슴과 다리를 핥듯이 쳐다본다.

"트리스티 씨가 와줘서 기뻐!"

"트리스티 씨, 뭐 마실래?"

연이어 술을 권해온다. 나는 술을 별로 잘 마시지 못했다.

이런 곳에서 술에 취해 곯아떨어졌다간 그게 무엇을 의미하는지 정도는 이해하고 있었다.

'기분 나빠⋯⋯!'

당장이라도 돌아가고 싶었다. 왜 이런 짓을 하고 있는 거지? 왜 이런 곳에 있는 거지? 원래 이런 자리를 좋아하는 것도 아닌데.

암울한 기분으로 자리를 둘러본다. 그러자 살짝 떨어진 곳에 이미 커플이 탄생해 있는 것이 보였다. 두 사람이 도란도란 대화를 나누고 있다.

어? 저 아이는── 낯익은 남자애가 앉아 있었다.

그 뒤로 계속 그 애만 생각했다. 무척 다정했던 남자아이.

사과를 했다고 해서 그걸로 모든 게 끝났다고 여길 수 있을 만큼 나는 뻔뻔하지 않다. 이런저런 얘기를 좀 더 해보고 싶었다. 좀 더 제대로 사과하고 싶었다.

애가 왜 이런 곳에 있지?

그런 의문이 떠올랐지만, 정신이 들었을 때 나는 이미 그를 향해 달려들고 있었다.

"유키토, 미안해, 미안해!"

"꾸엑! 갑자기 시야가 가리더니 정체 불명의 압박감이이이이!"


"유키토, 그 뒤에도 아픈 데는 없었어? 후유증이 생기지는 않았고?"

"네, 괜찮아요."

"정말? 무슨 일이 생기면 언제든지 말해주기다? 내가 해줄 수 있는 일이라면 뭐든지 할 테니까."

"시란 씨, 저는 괜찮으니까 너무 걱정하지 마세요."

"으으…… 정말 미안해!"

"사과는 이미 하셨으니까요. 그리고 좀 더 떨어져서──."

"트리스티라고 불러주면 기쁠 것 같아!"

"알았으니까, 일단 떨어져서——."

"유키토, 뭐 마실래? 술은 안 되겠지. 콜라가 나으려나?"

"이상한데, 이 거리에서 내 말이 들리지 않는다고……?"

트리스티 씨는 부지런하게 나를 챙겨주려 하고 있지만, 왜 내 주변에 있는 사람들은 하나같이 내 얘기를 전혀 귀담아듣지 않는 걸까. 의문만 깊어간다. 대화가 성립될 듯 되지 않는다. 시간차 개그를 방불케 하는 어긋남을 보여주고 있었다.

난데없이 내 시야를 뒤덮은 건 트리스티 씨였다. 이 부드러운 감촉이 뭔지를 깨달아서는 안 되기에 뇌리에서 쫓아내기로 한다. 이래 봬도 나는 건전한 고등학생이거든. ……은 무슨, 되게 크네! 대체 몇 컵인 거지. 뇌리에서 쫓아내는 데는 실패했다.

그나저나 설마 사고의 가해자와 이런 곳에서 재회하게 될 줄은 생각지도 못했다. 나는 딱히 트리스티 씨를 원망하지 않았고 딴마음이 있는 것도 아니다. 크게 다친 것도 아니라 이렇게까지 미안해하자 내가 나쁜 짓을 한 것 같은 기분이 들었다.

"유키토, 트리스티랑 아는 사이였어? 설마 나라는 여친을 두고 또 애인을 만든 건 아니겠지?"

"왜 그런 진짜 같은 분위기로 말씀하시는 거예요?"

"왜냐니, 유키토. 지금 내 남친 역할을 하러 여기에 와 있다는 건 알고 있지?"

모르는데요. 우리들의 모습을 신기하다는 듯이 지켜보던 미오 씨가 소곤거리며 귓속말을 해왔다. 하는 수 없지. 사정이 사정인 만큼 설명해두는 편이 낫겠다. 딱히 감출 거리가 있는 것도 아니고 말이야. 내가 얼빠진 짓을 했을 뿐인 얘기다.

"──그렇게, 된 거예요."

"그런 일이 있었구나. 그러고 보니 그런 뉴스를 봤던 것 같아. 그게 유키토였구나. 정말 넌 운이 나쁘다고 해야 할지 참. 그래서 다친 데는 없는 거지?"

"네. 검사 결과에도 이상은 없었고 멀쩡해요."

"트리스티도 마음고생이 많았겠다."

"내가 잘못한 거니까, 고생이라고 말할 수 없지. 아빠랑 엄마한테도 걱정을 끼쳤고. 무엇보다 고생은 유키토가 제일 많이 했으니까. 다시 만나게 돼서 기뻐!"

"보통은 싫지 않나요? 엮이고 싶지도 않을 것 같은데⋯⋯."

"안 그래! 계속 걱정했다구."

대화하는 와중에도 따끔거리는 시선이 아까부터 계속 와 박히는 것이 느껴졌다.

한창 단체 미팅이 진행되고 있는 중이지만 나와 미오 씨, 그리고 뒤늦게 합류한 트리스티 씨는 약간 떨어진 자리에 앉아 있었다. 참석할 생각이 아예 없었다.

완전히 셋이서만 대화를 주고받고 있었기에 까놓고 말해서 붕 떠 있다. 그 때문인지 아까부터 다른 남성진들이 묘하게 원망이 섞인 따가운 시선을 보내고 있었다.

"죄송한데 잠깐 화장실 좀 다녀올게요."

"괜찮겠어? 도와줄까?"

"진짜로 그만하세요."

트리스티 씨가 도와줬다긴 화장실이 문제가 아니었다.

나는 건전한 고등학생 (이하 생략).

"후우……."

한바탕 용변을 보았다. 큰 쪽은 아니고 작은 쪽이다. 만족감에 탄식이 절로 나왔다.

너무 늙은이 같나? 그나저나 난 대체 뭘 하고 있는 걸까? 음주를 하지는 않았다고 해도 고등학생이 대학생들 사이에 섞여서 단체 미팅을 하고 있는 건 생각할 것도 없이 아웃이다.

나는 여러 의미로 아웃인 인간이라 새삼스럽긴 하지만, 평범하게 학교에서 처분을 받아도 이상하지 않았다. 뭐, 처분을 받는 것도 새삼스럽긴 하지만!

화장실에서 나가려고 하는데 누군가가 다가왔다. 농구 동아리 사람이었다.

미오 씨가 섹스 동아리라고 칭했던 것답게 딱 봐도 경박해 보이는 사람이었다. 당연히 면식이 있을 리도 없어서 여태껏 아무런 대화도 나누지 않았다.

"저기 너 말이야, 공기 좀 파악해주지 않을래?"

경박해 보이는 사람——귀찮으니까 모브 A라고 칭하겠다——이 말을 걸어왔다.

"질소 78%, 산소 21%, 아르곤과 이산화탄소가 합쳐서 1% 정도네요."

"공기의 주성분을 읊어달라고 말한 게 아니거든!"

"당연히 살짝 고도의 이과 개그를 친 거죠. 낄낄낄."

"진지한 얼굴이면서 입으로만 웃지 말라고!"

"그래서, 저한테는 무슨 용건이신가요?"

"아? 그렇지 참. 너 말이야, 이게 단체 미팅이라는 건 알고 있지?"

"그렇다고 들었습니다만."

"니노미야 씨가 데려온 모양인데, 솔직히 말해서 네가 있으면 방해돼."

어차피 이런 용건일 줄은 알았지만 적중했다. 날 대놓고 노려보는데 모르는 게 이상하지. 하지만 나한테 그런 소릴 해봤자 소용없다.

"그렇게 말씀하셔도, 전 미오 씨한테 부탁받은 게 다라서요."

"트리스티 씨도 네 옆에만 찰싹 붙어 있잖아."

"어떻게든 섹스해보려고 간을 보는 사람들만 모인 단체 미팅에 끼기 싫어서가 아닐까요?"

"야, 우리가 바본 줄 알아?"

"워워, 진정하시고 그냥 즐기세요."

"네가 있으면 우리들이 즐길 수 없단 말이야."

"매력이 없는 것뿐 아닌가요?"

"와, 너, 열받게 하네."

"솔직할 뿐이에요."

"너무 도발하지 않는 게 좋을 거야. 너, 연하지?"

"연하를 협박하는 게 부끄럽지도 않으세요?"

"돌아가."

"그럼 미오 씨랑 같이 돌아가겠습니다."

"허? 니노미야 씨는 놔두고 가."

"바보냐? 아, 실수로 말이 헛나왔네."

"너 이 자식, 까불고 있어!"

어찌 된 영문인지 모브 A가 화를 내고 있다. 하지만 그런 상대를 앞에 두고도 나는 딱히 아무런 느낌도 들지 않았다. 돌이켜보면 가장 처음으로 잃어버린 감정이 '공포'였던 것 같다. 내가 스스로 죽기를 바랐을 때, 공포라는 감정은 흩어져 사라졌다.

그 뒤로는 뭔가를 무섭다고 생각하는 일이 없어졌다. 뭐, 누나는 무섭긴 하지만.

그리고 다음으로 잃어버린 감정이 '분노'였다. 생에 대한 집착을 놓았을 때 모든 것이 체념으로 바뀌었고, 그런 격렬한 감정을 품는 일도 사라졌다.

스스로를 포기하고 타인에게 무엇도 기대하지 않는다. 그 결과 그런 네거티브한 감정을 떠올리는 일조차 어느덧 사라지고 없었다.

그건 언뜻 보기에 좋은 일처럼 느껴졌다. 적어도 그것이 지금의 나를 만들어온 건 사실이다. 하지만 지금 내가 필요로 하는 건 그런 것이 아니었다.

일찍이는 나도 '공포'와 '분노'를 갖고 있었다. 그렇다면 되찾을 수 있을 터였다.

타인이 내게 보이는 감정을 이해하는 것이, 내가 받고 있으리라 짐작되는 '호의'를 이해하는 일로 이어지는 것이다.

지금 이 상태의 나는 누구의 마음에도 응답해줄 수 없으니까.

언제부턴가 잃어버린 감정. 그 감정을 되찾는 것이 마이너스를 제로로 만들고 그 너머에 있는 뭔가를 이해하기 위해 필요한 일이었다.

그래서 나는 원했다. 일찍이 상실한 것을. 더는 아무도 나로 인해 슬퍼하지 않도록. 우는 얼굴을 보이지 않도록. 지끈거리는 두통을 떨쳐낸다.

나는 누군가를 '좋아'하게 되고 싶다. 누군가를 믿고 싶었다.

그렇게 다시 한 번 '사랑'을 하고 싶다.

사라져 버린 연심을 되찾아, 언젠가는 나도——.

"미오 씨가 정할 일이지 제가 결정할 일이 아니라는 것 정도는 그쪽도 알 텐데요?"

"네가 지금 당장 혼자서 돌아가면 되잖아."

"전 미오 씨가 불러서 여기에 온 건데요."

"그게 우리랑 무슨 상관이야."

"머리가 성욕에 지배당하면 이렇게 돼버리는 건가."

"우쭐거리지 마."

멱살을 틀어 잡힌다. 말이 전혀 통하지 않았다. 나는 옷깃을 당겨 쉽게 그 손을 떼어내고는 얼른 미오 씨와 트리스티 씨가 있는 곳으로 돌아갔다. 정말이지 어떻게 좀 할 수 없나…….

"아, 유키토. 어서 와!"

"누가 시비를 걸어와서 난감했어요."

"엥, 유키토. 시비를 걸다니 누가?"

"저 사람이요."

화장실에서 돌아오던 모브 A를 가리킨다. 마침 내 쪽으로 증오에

친 시선을 보내고 있었던 터라 눈이 딱 마주치고 말았다.

"거기 당신, 유키토한테 무슨 짓을 한 거야?!"

"아, 트리스티 씨 그게, 난 아무 짓도……."

트리스티 씨가 모브 A를 물고 늘어진다. 모브 A가 횡설수설하자 미팅 자리의 분위기가 술렁거리기 시작했다. 일이 귀찮아질 것 같은 예감을 느낀 나는 바로 전화를 걸었다.

"유키토, 돌아가자. 이런 곳에 있는 거 불쾌해."

"잠깐만 기다려 주세요."

전화는 몇 차례의 발신음 뒤에 곧바로 연결되었다.

「엥, 유키토 어쩐 일이야? 별일이네?」

"하쿠마 선배, 오랜만입니다. 죄송하지만 농구 동아리 분들이랑 단체 미팅을 하고 있는데, 아무래도 좋지 않은 일로 얽히게 된 것 같아서요. 어떻게 안 될까요?"

「우리 동아리야? 이름이 뭔데? 그보다 단체 미팅을 한다는 얘기는 난 못 들었는데. 그리고 왜 유키토 네가 거기에 있는 거야?」

"사정은 나중에 설명해드릴게요. 모브 A라는 사람들이에요."

「모브?」

"아, 죄송해요. 이시이라고 이름을 댔던 것 같은데……."

「이시이? 우리 동아리에는 없는데. 농구를 하고 있는 건 우리뿐만이 아니니까, 다른 동아리 아닐까?」

"그런가요? 섹스 목적의 동아리라고 얘기하긴 하던데요."

「아, 그 녀석들이구나. 그럼 더더욱 우리 동아리는 아냐. 그리고 유키토, 우리 쪽은 제대로 된 동아리니까. 그런 녀석들이랑 묶어서 취급하면 곤란해.」

"듣고 보니 그러네요. 죄송합니다."

「괜찮아. 그래서, 시비가 걸린 거야? 내가 대신 말해줄까?」

"아뇨, 선배들이랑 상관이 없다면 그걸로 충분해요."

「뭘 하려고?」

"나중에 알게 되실 겁니다. 기대하시라, 개봉박두."

나는 전화를 끊고 화가 머리끝까지 오른 트리스티 씨에게 말을 걸었다.

"괜찮아요, 트리스티 씨. 무슨 짓을 당한 건 아니니까요."

"그래도, 유키토가……."

"저 분들 나름대로 즐기려고 한 결과니까요."

"유키토, 미안. 기껏 와줬는데."

축 처져 있는 트리스티 씨가 완전 귀엽다. 까지 생각하다 나는 거기서 실로 멋진 아이디어를 떠올렸다. 대회도 슬슬 코앞으로 다가왔다. 어쩌면 이건 좋은 기회 아닐까?

열혈 선배는 모든 면에서 부족하고, 상큼 미남도 잘하긴 하지만 강한 건 아니다. 아직 부족한 부분도 많았다. 좀 더 잘하고 싶은 모양이니 이참에 이용하는 것도 괜찮을지 모른다. 거기까지 생각하다 퍼뜩 멈췄다.

그래도 양심이 있지 이걸 동아리 활동의 일환이라고 할 수는 없었다. 아무리 내가 연습 메뉴에 대한 권한을 일임받았다고 해도, 허락도 없이 멋대로 외부 시합 일정을 짜다간 문제가 될 것이었다.

잠깐만, 그럼 사적으로 하는 건 상관없는 것 아닌가? 공부를 할 때도 학원 방침에 학교가 간섭할 수 없지 않던가. 이러면 아무에게도 민폐를 끼치지 않는다. 일단 멤버들을 모아보고, 다 모이지 않으면 하쿠마 선배들한테 협력을 구하면 된다. 완벽해!

나는 화가 난 표정을 짓고 있는 모브 A 일행에게 다가가 한가지 제안을 했다.

"선배들, 농구부시죠?"

"그게 왜?"

"괜찮으시면 저랑 승부하지 않으실래요?"

"뭐?"

"설마 도망치실 건 아니죠?"

"너……!"

좋았어, 이걸로 됐다. 연습도 연습이지만 압도적으로 실전 경험이 부족한 우리 농구부의 희생양이나 되라! 카하하하하하하하하하! 콜록콜록.

◇

"그래서, 너한테 무슨 일이 있었던 건지 설명 좀 해줄래?"

"코코노에 유키토, 연상이 취향이면 나도 있는데."

"타교에서도 문제를 일으키다니 당신이라는 사람은——."

"코코노에, 너 말이야. 조금은 자제하자는 마음은 안 들었어?"

방과 후, 학생회실로 납치당한 나는 타의로 무릎을 꿇고 앉아 있었다.

좀 너무 부당하지 않아? 이건 완전히 파워 해러스먼트*이다.

나는 흘끔 시선을 들었다. 누나는 바로 티가 날 만큼 심기가 불편해 보였다. 누나에 의한 괴롭힘을 뭐라고 해야 하지. 일단 시스터 해러스먼트, 줄여서 시스해러로 명명해봤는데, 그동안 나와 누나는 서로에게 별로 간섭을 하지 않았다.

하지만 요즘 누나는 어쩐지 나한테 끈적하게 치근대는 느낌이 든다. 며칠 전에도 눈을 뜨자 누니가 내 침대에서 자고 있었다. 식은땀과 더불어 최악의 기상이었다. 기본적으로 누나에게 거역할 수 없는 처지라 까라면 까는 나이지만, 문제는 누나뿐만이 아니었다.

이 자리에는 산죠지 선생님과 담당인 사유리 선생님 외에도 HIP-BOSS 케도 회장과 미쿠모 선배, 히나기와 시오리까지 모여 있었다. 여성 비율이 너무 높다.

위험을 감지한 나는 상큼 미남을 같이 데려왔지만 어찌 된 영문인지 정좌를 강요당한 건 나뿐이었다. 편파 반대!

"그냥 훈훈하게 길거리 농구로 대결했을 뿐인데요."

"속마음은?"

"짜증이 나서지…… 핫?! 아니, 아니에요. 모두의 요망을 이뤄준 것뿐이지, 거기에 의문을 끼워 넣을 여지는 조금도――."

"여자 냄새가 나."

"너무 예리하신 거 아니에요?!"

바로 며칠 전, 우리들은 모브 A와 길거리 농구로 자웅을 겨뤘다.

아무리 체격에서 우월한 대학생들이라고는 해도 상대방은 진지

---

* 업무상 위계에 의한 괴롭힘.

하게 농구를 하는 게 아니라 섹스를 목적으로 세워진 동아리다. 1쿼터에서는 상대방이 우위를 점했지만, 기초체력 향상에 힘써 온 덕에 우리 쪽의 운동량은 조금도 떨어지지 않았다. 2쿼터부터는 시종일관 우리편이 우세한 전개가 이어졌다.

거기까지는 순조로웠지만, 그 상황에 화가 치밀어오른 모브 A 무리는 반칙성 플레이를 하기 시작했다. 중학교 때, 길거리 농구를 수없이 많이 해왔던 나는 거친 플레이에도 익숙했지만, 열혈 선배나 상큼 미남은 그렇지 않았다.

점수가 조금씩 깎여 나가는 와중에 고등학생을 상대로 반칙성 플레이를 걸었다는 것에 분개한 햐쿠마 선배 일행이 나를 제외한 멤버들과 교대하면서 우리 쪽도 거친 플레이로 응수해 압승을 거두었다.

의기소침해진 모브 A 일행은 그대로 햐쿠마 선배 무리에게 연행돼 갔다. 이제부터 혹독한 교육을 받겠지. 불쌍하게도, 잘 가라.

안쓰러운 마음과는 별개로 그 뒤에 어떻게 됐을까? 조금은 궁금하긴 하지만 상대는 어차피 존재감 없는 모브. 내일이 되면 기억도 희미해지겠지.

그보다는 이 상황이 더 위기였다. 진짜로 좀 봐주면 안 돼?

"왜 불러낸 건지 알겠어?"

"길거리 농구 때문 아닌가요?"

"그쪽은 문제가 없다고 할 수는 없지만 상대측에서 딱히 이렇다 할 불만을 표하고 있는 것도 아니니까 불문에 부치겠습니다. 동기는 다소 불순하지만요."

산죠지 선생님이 어이가 없다는 듯이 크게 한숨을 내쉬었다.

"그럼 왜 저를 여기로 부르신 건가요?"

"단체 미팅 때문이야."

"갑자기 배가 살살 아프네. 대장균이 난동을 부리고 있어서 오늘은 이만."

"기다려. 내빼려고 하지 마."

몸을 일으켜 돌아가려는데 양옆에서 단단히 몸을 붙들었다. 아무래도 순순히 돌아가게 놔둘 생각은 없는 모양이다. 싫어싫어싫어! 나 그만 돌아갈래! 떼쟁이가 되어 날뛰어 봤지만 헛된 저항이었다. 상큼 미남이 나를 외면했다. 저 녀석의 연습 메뉴를 2배로 늘려버릴 테다!

"왜 단체 미팅에 참석한 거야? 내가 있는데."

"왠지 이상한 소리가 들린 것 같은데 기분 탓이겠지."

"욕구불만이면 내가 상대해주지. 오늘은 괜찮은 날이야."

"뭐가요?! 얼굴이 빨개졌는데 뭐가 괜찮은 거죠?!"

"그야 당연히──."

"아니, 무서우니까 대답하지 않으셔도 됩니다."

"여러분은 아직 학생일 텐데요! 내가 교육할 테니까──."

"잠깐만 기다려주시죠, 산죠지 선생님. 이 아이는 저희 반 학생이고……."

"유키토, 오늘 오랜만에 집에 오지 않을래? 엄마가 기다리고 있겠대."

여기는 전쟁터였다. 어느 한 사람의 말에 동의한 순간 내 목숨이 끝날 것 같다는 예감이 들었다.

"저기, 그러니까 단체 미팅에 참석한 건 불가항력이지, 제 의지가……."

"그럼 어떤 여자의 의진데?! 순순히 자백해."

"아니, 그건……."

"맞아, 코코노에 유키토. 내가 있으니까 다른 여자한테 한눈을 팔 필요는 없어."

"무츠키가 원래 저랬었나……?"

"유키, 왜 날 부르지 않았던 거야?"

아주 난장판이 따로없다. 내가 그렇게 나쁜 짓을 한 걸까.

난 그저 단순히 미오 씨의 부탁을 받고 단체 미팅에 참석했을 뿐이지, 부적절한 행동은 조금도 하지 않았어! 맞아. 내가 무슨 짓을 했다고 이러는 거야. 까불지 말라고!

"단체 미팅이 뭐가 나쁜데! 딱히 가도 상관없잖아."

"하?"

"죄송합니다, 제가 잘못했습니다."

무서워어어어어! 저 눈빛은 뭐야?! 눈이 완전히 삐해 버리겠다고 말하고 있는데?!


"그래서 엄청 시달렸어요."

"미안, 유키토. 민폐만 끼쳤네."

"아뇨, 신경 쓰지 마세요. 미오 씨는 아무 잘못도 없으니까요."

"유키토, 그 뒤에 무슨 해코지를 당한 건 아니지?"

"네. 햐쿠마 선배한테 교육해뒀다는 연락이 왔으니까, 알아서 잘

해주셨겠죠."

"그렇구나, 다행이다!"

학생회실은 나로서도 대책이 없는 대미지 바닥*급 지옥이었다. 아무 짓도 안 했는데 야금야금 HP가 깎이는 이상한 공간이다. 심지어 여자들이 너무 많아서 감미로운 향기에 현기증이 일 지경이었다. 기진맥진한 상태로 호출을 받고 카페로 가자 그곳에는 미오 씨와 트리스티 씨가 기다리고 있었다.

"다시 한 번, 그때는 이상한 일에 말려들게 해서 미안해."

"방금도 말했지만 신경 쓰지 마세요. 그리고 미오 씨에게 무슨 일이 생겼다면 뒷맛이 개운치 않았을 테니까요."

"나, 나는?! 나는 어떤데, 유키토?"

"트리스티 씨도 아무 일도 없어서 다행이죠."

"후헤헤."

트리스티 씨는 뺨을 붉게 물들이며 헤실거리고 있다. 미오 씨는 나에게 있어 은인이지만, 트리스티 씨는 내 입장에서는 가해자다. 이렇다 할 큰 부상을 당한 건 아니지만 본인이 하는 말만 들어봐도 자신이 벌인 사고를 깊이 후회하고 있다는 것을 알 수 있었다. 내가 개의치 않는다는데도 자책에 사로잡혀 있는 트리스티 씨의 모습을 보는 건 기분이 그리 좋지 않았다.

"그런데 유키토. 왜 갑자기 그런 승부를 건 거야?"

"그건 뭐, 명분과 실리를 챙긴 거죠."

"말려들었다고 하지 않았어?"

---

* 〈드래곤 퀘스트〉 등의 RPG 게임에서 위를 지나가면 체력이 감소하는 지형을 말한다.

"원래도 다른 학교와 연습시합을 할 생각은 있었어요. 마침 좋은 상대였다는 이유도 있지만, 그렇네요. 그 이유를 제외하면, 그 사람들이 미오 씨와 트리스티 씨를 물건처럼 말했던 게 짜증이 났다고 할까……."

"우리들을 위해서?"

"제가 짜증이 났을 뿐이에요."

"너는 참 귀여운 구석이 있다니까."

"유키토, 후헤헤……."

통 이해가 안 가는 말을 꺼낸 트리스티 씨가 갑자기 내게 치근거렸다. 살균 소독액이 범람하는 이 시절에 스스로 타인과 밀접 접촉을 하다니 너무 비상식적인 거 아닌가?! 하지만 그렇게 생각하면서도 저항하지 못하는 펫처럼 얌전히 손길을 받았던 것이었다. 나는 애완동물인가?

재차 말로 하자 자신이 느꼈던 감정이 선명하게 인식되었다. 그랬다, 나는 짜증이 났던 것이다.

미오 씨가 실컷 부추기기도 했지만 실제로 그런 짓을 당하는 걸 못 본 척 지나갈 수는 없었다.

게다가 길거리 농구 대결은 나에게 감정 하나를 되찾아 주었다.

모브 A 무리가 작전을 바꿔 거친 플레이로 나왔을 때 제일 먼저 피해를 입은 사람이 히무라 선배였다. 선배는 슛을 쏘기 직전에 옷을 잡아 당겨져 넘어졌다. 명백한 파울이었지만, 정식 심판이 있을 리가 없다. 시치미를 떼면 어쩔 도리가 없다. 모브 A 무리는 히죽거렸다. 반칙성 플레이를 반복할 속셈인 게 눈에 훤히 보였다.

나는 분노를 느꼈다. 그것은 나에게 있어 오랜만에 느껴보는 감각이었다. 잃어버린 줄 알았던 감정. 중학교 때의 나라면 아무런 생각도 들지 않았을지도 모른다.

그 무렵 나는 오로지 나를 위해서 농구를 이용하고 있었다. 거기에 타인은 존재하지 않았다. 팀메이트도 시합 결과도 전부 아무래도 상관없었다.

하지만 지금은 어떤가? 농구에 미련이나 관심이 있는 것도 아니다. 그럼에도 농구를 다시 시작한 건 달라지고 싶었기 때문이다. 잃어버린 것들을 하나씩 되찾기 위해서. 그때와 달리 지금의 나는 혼자서 농구를 하고 있지 않았다.

쓰러진 히무라 선배를 보며 생각했다.

이 자식, 이게 무슨 짓거리야! 하고.

선배가 노력하고 있는 건 타카미야 선배에게 고백하기 위해서다. 그 선배가 다쳐서 대회에 나갈 수 없게 된다면 얼굴을 볼 면목도 없어진다. 나도 그렇게 중학 시절 마지막 대회를 허무하게 날려버렸으니까. 선배가 그런 일을 당하기를 바라지는 않았다.

"뭐, 그런 이유로 제가 멋대로 저지른 짓이니까, 신경 쓰지 마세요."

"그럴 수는 없어."

"유키토, 뭐라도 사죄하게 해주지 않을래?"

"아, 이건 나한테 불리한 일이 일어날 조짐인데."

이 몸은 불길한 예감 풀풀마루라고 하오. 그때 별안간 스마트폰이 진동했다. 누나한테서 온 연락이다. 감시라도 당하고 있는 건가?

내 인권은 대체 어디로 가버린 걸까…….

"우리랑 같이 놀러 가자."

◇

"난 발목만 잡았지 아무것도 하지 못했어……. 나 스스로를 용서할 수가 없어. 이 상태로는 스즈네를 지킬 수 없어! 이렇게 나약한 상태로 고백 따윌 할 수 있을 리가 없다고. 뭣보다, 난 너희들과 지금보다 더 많이 노력하고 싶어!"

방과 후, 열혈 선배는 동아리 활동 내내 축 고개를 떨구고 있었다. 반칙성 플레이에 당황하면서도 그런대로 잘 싸웠던 코우키는 몰라도 길거리 농구 대결에서 열혈 선배는 그냥 짐 덩어리였다. 다른 멤버들도 마찬가지다.

억지로 짜낸 듯한 비통한 목소리가 히무라 선배의 마음고생을 대변하고 있었다.

"코코노에, 난 농구를 잘하고 싶어! 이렇게 바랐던 적이 없었다. 재밌게만 하면 된다고 생각했어. 하지만, 이젠 그것만으로는 만족할 수 없어!"

"토시로……."

타카미야 선배가 걱정스럽게 열혈 선배를 바라보고 있었다. 고백 운운하는 소리가 당사자에게도 다 들리고 있었지만, 두 사람은 그에 아랑곳하지 않는 기색이었다.

그 모습을 지켜보던 나는 최대한 뜸을 들이며 시간을 끈 뒤 무겁게 입을 열었다.

"──힘을, 갖고 싶나?"

"갖고 싶어! 모두를 끌고 갈 수 있는 힘을, 스즈네에게 자랑할 수 있는 결과를!"

나도 모르게 불쑥 생각이 떠올라서 현실에서 말해보고 싶은 대사 TOP3에 들어가는 대사를 말해버렸는데, 열혈 선배는 주저 없이 그에 맞장구를 쳐주었다. 선배, 센스가 있으시네요.

그래서 어떻게 할까 고민하다 불현듯 기억을 떠올렸다.

그러고 보니 상큼 미남이 얼마 전에 강호교에 진학한 중학교 선배를 만났다고 했지. 역시 확고부동한 카리스마 인싸라 그런지 교우 관계가 넓다. 이건 활용할 수 있겠어!

"왜 그래, 유키토? 보아하니 또 악랄한 흉계를 꾸미고 있을 것 같은 표정인데."

"이 방법을 한 번 써보려고."

"뭘?"

"무사 수행."

◆

"다들~ 요가를 극도로 수행하면 불을 뿜을 수 있게 된다거나 순간 이동을 할 수 있게 된다는 말이 있는데, 그건 속설이니까 절대 진지하게 받아들이지 마세요."

"네, 선생님"

이상하다. 성공률이 높은 개그인데 다들 전혀 반응하지 않고 흘려 넘겼다. 이거 몸 둘 바를 모르겠는데요. 지금 당장이라도 순간이동으로 이 자리를 탈출하고 싶은 저입니다.

하지만 그런 짓을 허락해줄 것 같지는 않다. 어머니와 히미야마 씨가 기대에 찬 눈빛으로 나를 보고 있었다. 그만해! 그런 눈으로 날 보지 말라고!

우리들이 있는 곳은 집 근처에 있는 24시간 영업 피트니스 클럽이다. 어머니는 운동 부족 해소와 체형 유지를 위해 헬스장에 다니고 있었는데 말은 그렇게 해도 일 때문에 좀처럼 갈 시간을 내지 못했던 모양이었다.

하지만 최근에야 재택근무로 바뀌면서 시간에 여유가 생겨 이렇게 다시 헬스장을 다니기 시작했다나. 흠~ 그랬구나.

그래서 스타일이 좋으시구나! 엣헴, 아들로서 어깨가 으쓱할 따름이다.

그럼 왜 여기에 내가 있냐고?

뭐, 일단 들어보라고. 여기에는 별로 깊지는 않은 이유가 있다.

나는 중학교 때 농구를 했는데, 그 과정에서 육체를 관리하는 방법을 대충 배웠다. 조금 더 거슬러 올라가면 다른 이유도 있지만, 옛날부터 아무튼 다치는 일이 많았다. 그런 경위로 일반적인 근력 운동은 물론이고, 할 게 없는 입원 중에 남아도는 시간을 활용해 스트레칭과 요가, 필라테스 등도 대충 공부했다.

인체의 기본구조를 아는 것이야말로 몸을 효과적으로 다루는 데 필수적이라고 할 수 있다.

현대를 살아가는 타펠 아나토미아\*, 그것이 바로 나 코코노에 유키토다.

그런 이유로 어머니에게 헬스장까지 따라와서 가르쳐달라는 부탁을 받았지만 나에게 거부한다는 선택지 따위는 존재하지 않았다. 우리 집안의 대들보인 어머니에게 조금이라도 공헌할 수 있다면 황공무지인 것이다.

하지만 그곳에는 함정이 도사리고 있었다. 도중에 히미야마 씨와 마주치는 바람에 어쩌다 보니 같이 가게 되고 말았던 것이다. 갑자기 불길한 예감이 들기 시작한다.

나는 직감이란 것에 눈곱만큼도 기대를 품지 않지만, 어째서인지 지금은 당장 이 자리에서 달아나고 싶었다.

접수를 마치고 안으로 들어간다. 헬스장에는 우리들밖에 없어서 조용했다.

하지만 문제는 탈의실에서 막 나온 두 사람의 복장이었다.

피트니스 웨어를 입고 있어서 당연하지만 여러모로 얇다.

15세 미만 관람 불가로 지정하지 않아도 되는 건가. 19세미만 관람 불가일 가능성조차 있다. 게등위가 심사하면 청소년 이용불가를 면할 수 없을 것이다.

사념을 떨쳐내며 개별 메뉴를 생각했다. 헬스장이라 사이클이나 랫풀다운 등 운동 기구가 잘 갖춰져 있었지만, 두 사람 모두 근력 운동을 하길 원하는 건 아니니 여기선 순순히 요가를 채택하는 게 무난하리라.

---

\* 독일인 의사 쿨무스가 쓴 해부학 서적의 네덜란드어 판본을 이르는 말. 1774년에 일본 난학자들이 번역하여 『해체신서』란 제목으로 출판했다.

"어머니는 앉아서 하는 작업이 많으니까 어깨가 뭉치는 게 신경 쓰이지? 히미야마 씨는 따로 신경이 쓰이는 부분이 있으신가요?"

"난 이런 건 처음이라, 알아서 해줘. 정말 하나도 모르거든."

"신체 중에서 불편하거나 고민이 있는 곳은 없으세요?"

"글쎄……. 냉한 체질이라 그걸 어떻게 하고 싶으려나?"

"그러시군요. 그럼 먼저 편하게 책상다리를 하고 앉아서 천천히 심호흡부터 시작해보죠. 익숙해지시면 천천히 자세를 취해 나갈게요. 절 따라 하세요. 자율신경을 조절하는 작용을 하니까 숙면 효과도 기대할 수 있어요."

나는 요가 강사 코코노에 유키토다. 척추 내벽 위 배꼽에 위치한 제3의 차크라, 마니푸라 차크라를 활성화시키며 어머니는 상반신, 히미야마 씨는 하반신을 중점적으로 풀어 나가자. 나는 한바탕 심호흡에 대해 얘기한 뒤, 효과를 설명하며 자세를 취해 나갔다.

"고양이 자세는 어깨 결림에 효과적입니다냥."

네 발로 엎드려 균형을 잡는다. 이렇게 몸을 쭉 펴거나 비틀고 있자니 완전히 고양이가 된 기분이다냥.

"가슴 때문인지 어깨가 뭉쳐서. 좀 나아진다니 기쁘네."

"엇, 저도요. 그렇지, 유키토?"

"저기요, 미사키 씨. 그게 제 아들이랑 무슨 상관이죠?"

"우후후후후후후후후."

"후후후후후후후후후."

저기요, 빨리 자세를 취해주시면 안 될까요? 저 혼자만 이러고 있으려니 머쓱한데요냥.

"다음은 낙타 자세입니다. 처음엔 완벽하게 못 따라 해도 괜찮습니다. 피로 회복 효능이 있고 사타구니와 복부, 허벅지 등 하체 부위에 효과가 있습니다. 무릎을 조심하면서 자세를 취해보세요."

"히, 힘들지도……."

"한쪽씩 천천히 해 나가죠. 맞아요, 그대로 심호흡하세요."

"이거, 하다 보면 체형도 바뀌려나?"

"네, 한 3개월 정도 꾸준히 하면 효과가 나타날 거예요. 신체도 유연해지고 허리통증 완화나 피부에도 좋으니까 힘내요!"

"기대하고 있어줘!"

"음?"

요가는 자기 몸을 위해 하는 건데 대체 날 보고 뭘 기대하라는 거지?

왠지 히미야마 씨가 무서워서 어머니에게로 시선을 돌렸다.

"어머니는 살짝 새우등이네. 등뼈를 쭉 펴는 자세를 잡아볼까? 내가 그쪽에 앉을 테니까 등을 맞대 봐."

"알았어. 손을 유키토 네 무릎에 두면 돼?"

"응. 난 어머니 무릎에 손을 두고, 그대로 쭉 팔을 둔 쪽으로 비틀어."

"왠지 기분이 좋다. 등이 딱 붙어 있어서 그런지 안심이 돼서 마음에 들어."

"그런가?"

얼핏 보면 그저 등을 맞대고 앉아 있는 것처럼 보이지만, 이 자세는 은근히 쉽지 않았다. 어머니의 숨결도 점점 거칠어졌다.

"유키토, 나하고도 같이 하자."

"혼자서 할 수 있는 자세라면──."

"같이 할 수 있는 자세로 해줘."

미소의 압박감이 상당하다. 어머니는 몰라도 히미야마 씨는 새빨 간 남이다.

조금씩 식은땀이 흘렀다.

"복장도 복장이니까 직접 접촉하는 건……."

"차별은 반대야! 그리고 켕길 게 뭐가 있어. 헬스장인데."

"이럴 수가! 그게 목적이었구나……."

"순수하게 관심이 있었을 뿐인데?"

처음에는 진지하게 운동에 임하던 두 사람이 시간이 지남에 따라 뭘 경쟁하는 건지는 몰라도 서서히 과열되기 시작했다.

밤인데 둘 다 기운도 좋다. 내 피로는 계속 쌓이기만 하는데 말이 지.

이런 건 내가 알던 요가가 아냐! 불이라도 내뿜고 싶은 기분이다.

"그러니까, 앞으로 전굴과 후굴 자세는 등을 맞대고 상대방 위에 몸을 얹는 자세라고 몇 번을 얘기해야── 보이진 않지만 몸이 반대 로 돌아간 것 아닌가요? 부드러운 뭔가가 내 등에 얹혀 있는 기분이 든다?!"

원래라면 상체를 앞으로 숙이고 있는 내 위에서 히미야마 씨가 등 을 젖혀야 하는데, 내 시야에는 바닥밖에 보이지 않았다. 하지만 등 을 타고 느껴지는 감촉을 봐선 그대로 가슴을 얹고 있는 게 분명했 다. 당연히 효과는 0이다. 내가 기쁠 뿐이다.

"어때? 기분 좋아?"

"그야 당연히. 는 무슨, 그게 아니라!"

"아들이 곤란해하고 있잖아요! 저리 비키세요, 이번엔 제가 올라탈 거예요!"

"어어 잠깐만. 이상하다, 분명 제대로 설명을 했을 텐데 전달되지 않았다고?"

"그럼 올라탈게. 두웅!"

"으아아아아아아! 아, 어머니 살짝 무거워졌네. 다행이다. 너무 마른 것도 안 좋으니까. BMI라는 수치가 있고, 적정 체중이라는 게 ――."

"사, 살이, 살이 쪘다고……."

체중 증가는 반드시 나쁘기만 한 건 아니다. 너무 마른 사람의 경우에는 그만큼 건강해졌다고 할 수 있기 때문이다.

애초에 일본인은 비만율로는 세계에서도 톱클래스로 낮고, 아시아권은 전반적으로 비만율이 낮은 편이다. 참고로 비만 대국 미국과 비교하면 10배 정도 차이가 난다.

"그렇구나! 요새는 집에서 정해진 시간에 꼬박꼬박 끼니를 챙겨 먹고 있으니까, 어머니도 건강해진 거였어!"

"왜, 왜, 이제 와서 갑자기 아들이 반항기가 된 거지?!"

"후훗. 정말, 그런 식으로 말하면 안 돼, 유키토. 그게 명확한 사실이라도 여자한테는 해선 안 되는 말이니까."

"어머나? 방금 어쩐지 그냥 넘어갈 수 없는 말을 하신 것 같은데요?"

"시야가 막혀 있어서 안 보이지만, 등 뒤에서 불길한 기운이 느껴지는 건 대체……? 그리고, 슬슬 내 위에서 비켜줄래?"

"그것 봐요, 무거운 오우카 씨는 비켜주시죠. 저랑 교대해요."

"언제부터 그런 제도가 생긴 거죠?!"

"안 돼요! 이 등은 제 거예요!"

"내 얘기, 듣고 있어?"

옷 너머로 느껴지는 감촉은 최고였지만 실수로라도 입 밖으로 낼 수는 없었다.

몰래 만끽할 뿐이다.

그 뒤에도 툭하면 신경전을 벌이는 두 사람 사이에서 시달리다 피트니스 클럽을 나왔을 때 내 체력은 라이프 게이지가 붉어질 때까지 깎여 있었다.

초필살기는 못 쓸 것 같다. 어머니가 미안한 기색으로 사과했다.

"미안해. 너무 즐거워서 들떠 버렸어."

일단 잘못했다고 반성은 하고 있는 모양이다. 어머니와 히미야마 씨의 상성은 최악이었다. 그야말로 1+1은 200. 10배라고, 10배.* 덕택에 완전히 녹초가 됐다.

히미야마 씨와 헤어지고 곧장 집으로 가려고 했지만 운동을 했더니 배가 조금 출출해서 나와 어머니는 패밀리 레스토랑에 들르기로 했다. 패밀리니까 문제는 없다.

"제대로 하지 않으면 효과가 없어요."

---

* 프로레슬링 태그팀 '텐코지'의 코지마 사토시 선수가 1999년 3월 시합 뒤에 잡지 인터뷰로 한 발언 "1+1은 2가 아니야. 우리들은 1+1으로 200이야! 10배라고, 10배!"가 웹상에서 놀림감이 되면서 밈으로 정착했다.

"이, 다음에는 진지하게 할 테니까, 또 같이 와줄래?"

"그건 상관없지만……."

"파르페라도 먹을까? 단 거 좋아하지?"

"어, 알고 계셨어요?"

확실히 나는 단 것을 좋아하지만 그 사실을 누군가에게 말한 적은 없다.

되물은 건 그런 단순한 의문에서였지만, 어머니는 그 질문에 몹시 충격을 받았는지 숨을 삼켰다.

"……그 정도는 나도 알아. 하지만, 그 정도밖에 모르지. 몹쓸 엄마네."

고개를 숙인 채 처량하게 웃는 얼굴.

"그런 말은 안 했으니까, 신경 쓰지 마세요."

"――그러니까, 가르쳐줘. 뭐든지 상관없어. 학교에서 있었던 일도, 좋아하는 것도, 사소한 얘기라도 상관없어. 너에 대해 더 많이 알고 싶으니까."

무서울 정도로 진지했다. 무슨 대답을 해야 할지 순간 망설일 만큼.

필사적으로 이야깃거리를 뒤적거렸지만 아무것도 떠오르지 않았다. 생각해보면 어렸을 때는 하고 싶은 얘기가 참 많았던 것 같다. 들어줬으면 하는 얘기가 넘쳐흘렀다.

하지만 그게 뭐였고 어떤 내용이었는지 이제는 기억해낼 수 없었다.

분명 사소한 내용이었을 것이다. 하잘것없는, 아주 무의미한.

그 당시 나는 어머니에게 대체 무슨 말을 하려고 했던 걸까.

무슨 얘기를 들려주고 싶었던 걸까. 어떤 대화를 바랐던 걸까.

그때는 그토록 하고 싶었던 얘기가 많았는데, 지금은 아무것도, 정말로 아무것도 떠오르지 않았다. 학교에서 있었던 일, 좋아하는 것, 사소한 얘기?

어머니가 제시한 화제 어느 것에도 내가 할 만한 얘기는 아무것도 없었다.

남에게 들려줄 만한 가치 있는 내용 따위는 조금도 없었다.

있는 거라고는 그저 괜한 일로 걱정하게 만들고 싶지 않다는 마음뿐이다.

"왜 이제 와서── 아니, 아무것도 아냐. 무리하지 않아도 돼. 아, 왔네. 먹자."

목까지 차오른 말을 집어삼키며 평소처럼 행동한다. 그게 옳다고 믿으며.

열심히 일하는 어머니를 귀찮게 만들어서는 안 된다.

안 그래도 걱정시키고 민폐만 끼쳐왔다. 지금도 행복하니까, 이 상태로 만족해야 한다. 겸허하게 행동하라고 스스로에게 되뇐다. 지금의 행복 그 이상을 바라는 건 과욕이다. 내가 할 수 있는 일은 고마워하는 것밖에 없으니까.

어머니가 슬픈 듯이 표정을 흐렸다. 방금 전까지만 해도 활짝 웃고 있었는데.

분명 정답을 골랐을 터다. 그런데 그 결과가 이거라고?

한심하다. 마음속이 미안함으로 가득 찼다.

둔한 통증이 느껴졌다. 지금 상황이 꼭 한때의 꿈처럼 현실감이 없게 느껴졌다.

이건 덧없는 환상이니 착각하지 말라고, 그렇게 말하고 있는 듯한 기분이 들었다.

◇

장마는 싫다. 우산을 쓰는 게 귀찮으니까. 힐을 신으면 발이 축축 해지는 것도.

창밖을 보자 쏴쏴 내리는 비가 잦아들 기색 없이 계속되고 있었다.

이런 날씨에는 어김없이 떠오른다. 이미 한참도 지난 예전 일이.

그 해에, 동물원 개원 50주년을 기념하는 이벤트가 화제가 됐다.

"재밌겠다. 가볼까?"

"네."

작게 고개를 끄덕여 주었다. 그것에 분명 몹시도 기뻐했던 기억 이 나는데, 일에 쫓기다 보니 망각하고 말았다. 머리 한구석에는 줄 곧 있었지만 언제든지 갈 수 있을 거라 얕보고 있었다.

"저기, 언제 갈 거야? 이제 다 끝나가. 그 애도 모처럼 기대하고 있 는데."

"어?"

"어이가 없네. 설마 까먹고 있었던 거야?"

유리의 물음에 황급히 일정을 확인했다. 이벤트가 기간 한정으로 개최된다는 걸 몰랐다. 이미 약속을 해놓고 몰랐다는 말로 끝낼 수는 없었다.

벌써 한 달이 넘게 지나가 있었다. 듣자 하니 그 아이는 동물도감으로 생태를 조사하면서 차근차근 준비하고 있었던 모양이다. 좀 더 일찍 말해줬다면 좋았겠지만—— 그런 우는 소리를 아이들 앞에서 할 수는 없다. 안 그래도 바쁜 나를 배려해주고 있으니까.

달력을 보자 이벤트 마지막 날이 마침 휴일이었다. 아슬아슬하게 약속을 지키게 됐다는 사실에 안도의 한숨이 나왔다. 거짓말쟁이가 되지 않고 끝났다. 그랬을 터였다——.

"이럴 수가……."

당일에는 아침부터 큰비가 쏟아졌다. 빗줄기는 거세지기만 할 뿐, 편의점에 나가는 것조차 귀찮아질 정도였다. 일기예보를 보고 느꼈던 불안감이 적중하고 말았다.

동물원은 휴장하게 됐고 이벤트는 그대로 끝났다.

아침, 그 아이는 아무 말도 하지 않고 그저 가만히 창밖을 쳐다보고 있었다.

그 조그만 가슴에 오고간 것은 어떤 감정이었을까?

무서워서 물어볼 수도 없었다. 어쩔 수 없었다는 변명이 통하지 않는 큰 실수였다.

내가 제대로 날짜를 확인하고 일정을 세웠다면 방지할 수 있었을 터다.

그 뒤로 내가 어디에 가자고 해도 아이는 고개를 끄덕여 주지 않았다.

그냥 좀 토라진 거겠지. 그렇게 말할 수 있는 건 오랜 기간 쌓아온 가족으로서의 확고한 유대관계가 있을 때다. 한두 번 서운한 일이 생겨도 그걸 아득하게 웃돌 만큼 즐거운 추억이 잔뜩 있기에 가족은 붕괴되지 않는 것이다. 하지만 나와 그 아이 사이에는 아무것도 없었다.

그 뒤로는 유리와 둘이서만 외출하는 일이 많아졌다. 그 애한테 같이 가자고 해봐도 마치 그게 당연하다는 양 집을 보기만 할 뿐이었다. 억지로 데리고 나가도 '바쁘신데 죄송해요'라고 연신 사과하지 기뻐하는 일은 전혀 없었다.

그도 그렇겠지. 그 아이에게 나와 같이 외출하는 건 고통인 것이다.

아이는 민감해서 어른을 유심히 관찰한다. 상대방이 얘기를 듣지 않는다고 판단하면 아무 말도 하지 않고, 약속을 지키지 않는 상대는 믿지 않는다.

나는 가족 서비스라는 말이 싫었다. 의무라 생각해서 하는 것뿐이면서 은혜라도 베푸는 것처럼 생색을 내면 아이는 금세 깨닫는다. 모든 건 변명이고, 그것조차 막혀버렸지만.

깊어진 골을 채우지 못한 채 그저 시간만이 흘러갔다. 시간이 지나갈수록 재구축은 점점 힘들어진다. 성인이 되기까지의 시간과 성인이 되고 난 뒤의 체감 시간은 비슷하다고 한다.

나는 그 아이에게 즐거운 추억을 아무것도 만들어주지 못했다. 그러기는커녕 반대로 아픈 추억만 몇 개나 짊어지게 했다.

여태껏 꼼꼼하고 집요하게 그 아이의 마음을 갈기갈기 상처 입혀 왔다.

"엄마 실격이라고, 유리가 그렇게 말해도 아무런 반박도 할 수 없겠지……."

고개를 떨구며 혼잣말을 했다. 이 자리에 있어도 괜찮은 건지 막연한 불안감에 사로잡혔다.

우울한 날씨와는 반대로 오랜만의 동창회는 매우 떠들썩했다.

약간 들어간 술이 몸을 홧홧하게 데운다. 옛 친구들과 나누는 허물없는 대화는 학생 시절을 떠올리게 해서 즐거웠다. 근황 보고를 듣고 놀라고, 기뻐하고, 슬퍼하고. 각자가 졸업한 뒤 걸어온 천차만별 같은 인생의 궤적을 알아간다.

제각각 수다를 떠는 사이 저절로 기혼팀과 미혼팀으로 그룹이 나뉘었다.

기혼팀은 남편이나 아내에 대한 불평불만, 혹은 자녀 얘기를 위주로 얘기했다.

미혼팀은 독신 선언을 한 사람도 있지만 결혼을 하려고 노력 중인 사람도 섞여 있으니 이곳에서의 만남이 나중에는 교제로 이어지는 일도 있을지도 몰랐다. 이혼한 나는 어쩐지 내가 있을 자리가 없는 듯한 느낌이 들어 살그머니 무리 밖으로 빠져나왔다.

"뭐 해, 메구미? 술은 안 마셔?"

구석에서 조용히 서 있는 메구미에게 밝게 말을 걸었다.

"오우카? 응, 난 차로 충분해. 하루히코 씨를 걱정하게 만들고 싶지 않거든."

"엇, 메구미의 연인은 그렇게 구속이 심한 편이야?"

"그렇지는 않아. 잘 놀다 오라고 바래다주기도 했고. 내가 하루히코 씨랑 같이 있을 때가 아니면 술을 마시지 않기로 결심했을 뿐이야."

"하루히코 씨라면 전에 본 그 사람 맞지?"

"응. 내 소중한 사람이야."

수줍은 미소는 메구미가 행복의 꼭대기에 있다는 것을 증명하고 있었다.

메구미는 대학생 때 처음 사귄 남자친구에게 지독한 배신을 당해서 한때는 남성 불신에 빠져 우울해하고 있었다. 자살미수까지 갔을 정도다. 우리도 열심히 위로해줬지만, 그런 메구미에게 다가가 그녀를 계속 지탱해준 사람이 지금의 연인이라고 들었다. 그런 사람과 마침내 결혼하기로 한 것이다.

"아무리 사소한 일이라도 절대 걱정을 끼치지 않기로 결심했어. 그게 하루히코 씨의 헌신에 보답하는 길이니까."

그러고 보니 동창회가 시작되고 나서 메구미는 한 번도 남자와 단둘이 대화를 나누지 않았다. 철저하리만큼 꼬박꼬박 동성 친구를 대동했다.

퍼뜩 정신이 들었다. 동창회에서 분수도 모르고 들떠서는 말을 거는 남자들을 받아줬다. 그럴 마음은 없었다. 하지만 그렇게 생각하게 만드는 빈틈이 내게 있었던 건 사실이다.

"그래도 혹시 불만은 없어?"

약간의 죄책감을 느끼며 그런 짓궂은 질문을 해버린다.

"있을 리가 없지. 만약 있다고 해도 그건 사소한 거니까 나랑 하루히코 씨가 서로 대화하면 해결될 일이야. 난 말이지, 그 사람이 있는 자리에서든 없는 자리에서든 그 사람을 나쁘게 말하고 싶지 않아. 듣지만 않으면 된다는 생각도 하지 않고. 만약 그 말을 해버리면, 하루히코 씨 앞에서 다시는 웃을 수 없게 될 테니까."

신기했다. 예전에는 그렇게 덧없어 보였는데……. 지금의 메구미는 누구보다 강해 보였다.

그 모습에 유리가 겹쳐 보였다. 두 사람이 공통적으로 갖고 있지만 나에게는 없는 그것.

찬물을 뒤집어쓴 것처럼 단숨에 취기가 날아갔다. 들떠 있던 자신이 별안간 창피해졌다. 비참한 존재가 된 것 같다는 생각이 들었다.

금방이라도 한탄과 갈등이 입 밖으로 흘러나올 것만 같아서 입을 꾹 다물었다.

어째서 이제야 깨달은 걸까! 그날 이후로도 나는 아무것도 달라지지 않았다. 같은 실수를 반복하고 있다. 유리가 나를 싫어하는 것도 당연하다.

유리는 계속 내 안이함을 간파하고 있었다. 직시할 각오도 없이 어중간하게 선 나를.

"오우카한테는 소중한 사람이 있어?"

"자식이려나."

그것만은 양보할 수 없다. 메구미가 한 말의 의미를 이해했다. 방금 메구미의 질문에 한순간이라도 머뭇거렸다면, 나는 다시 일어설 수 없었을 것이다.

"그럼 소중하다고, 소중한 보물이라고, 그렇게 말해줘. 생각하는 것만으로는 안 돼. 말과 태도로 전달하지 않으면 신뢰 관계는 구축할 수 없으니까."

아이들을 무엇보다 소중히 생각했다. 하지만 생각만 했다. 내 말과 태도, 행동, 그 모든 것이 생각을 부정했고 그 아이, 유키토를 상처 입혀왔다.

16년 동안 줄곧 그랬다. 이제 와서 갑자기 직시하려고 한대도 그동안 쌓인 부정적인 신뢰도가 발목을 잡으리라. 유리와 나는 시작지점이 결정적으로 차이가 난다는 사실을 비로소 깨달았다. 유리처럼 될 리가 없다. 난 계속 뒤쪽에 있었으니까.

주위를 둘러보자 메구미와 특히 친했던 사람들 몇 명이 다정한 기색으로 이쪽을 보고 있었다.

"메구미 너, 멋진 여자가 됐구나."

"그때 날 격려해준 너희들 덕택이야."

"아~ 아. 나도 집에 가면 오랜만에 남편이나 유혹해봐야겠다."

"우리 남편도 아까 문자를 보냈더라. 나갈 때는 뚱하니 신경도 안 쓰는 척하더니, 그 사람도 참 귀엽다니까."

메구미를 중심으로 바글바글 사람들이 모여들었다. 아까와 같은 불평불만을 입에 담는 사람들은 없었다. 불평은 어느새 애인이나 배우자의 자랑으로 바뀌어갔다.

"그렇구나. 그렇겠지. 나도 힘내 볼게, 메구미."

사람들에게 인사를 마치고 한발 먼저 동창회를 뒤로했다. 한시라도 빨리 보고 싶었다.

비에 젖는 것도 개의치 않고 서둘러 택시를 잡는다.

엄마 실격이라는 낙인이 찍힌 내가 잃어버린 16년을 되찾기 위해서.

◆

꺼림칙한 과거의 기억. 떠올리기도 싫은 과오의 기록.

"가자, 유키. 이런 곳에 있다간 살해당할 거야."

"——네."

아들이 내가 아닌 세츠카의 손을 잡는다. 충격에 머릿속이 새하얘지고, 그 자리에 풀썩 주저앉았다. 유리는 아무 말도 하지 않았다. 세츠카의 말이 맞았으니까.

"……어…… 째서."

목이 쉬었는지 소리가 나오지 않는다. 멈춰, 데려가지 마! 필사적으로 손을 뻗었지만 아들은 돌아보지 않았다. 오로지 그 작은 등으로 나를 부정한다.

그렇구나, 난, 포기 당한 거구나. 그 사실이 무겁게 나를 덮쳐 누른다. 오열이 흘렀다.

"어째서 언니는——!"

나에게 격분해 말을 쏘아붙이려는 세츠카를 아들이 옆에서 살짝 고개를 저어 만류한다. 그런 아들을 안타깝게 바라보며 세츠카는 말을 삼켰다.

동생이 보내는 적의. 어쩌면 다시는 아들을 만날 수 없게 될지도 모른다. 그런데도 나는 그 자리에서 한 걸음도 꼼짝하지 못했다.

"잘 있어."

——그 이후 한 달 동안, 우리가 얼굴을 마주하는 일은 없었다.


"왜 그래, 어머니? 무슨 일이라도 있었어?"

"잠깐만 이렇게 있게 해줘."

아이들이 갓 태어났을 무렵을 회상했다. 자그마한 손이 내 손가락을 꼭 쥔다.

행복했다. 세상에서 제일. 의심 한 점 없이 그렇게 믿을 수 있었다. 이 행복을 결코 손에서 놓지 않으리라, 좋은 엄마가 되리라 맹세했다.

모든 경험이 처음의 연속이었다. 그래도 매일이 즐겁고 행복했다. 육아를 공부하고, 다양한 체험담과 경험담을 보고 들으며 실천했다.

그런데도, 어째서 잊어버리고 있었을까. 후회만이 밀려들었다. 유리 때는 제대로 기억하고 있었는데. 이 아이한테도, 좀 더 이렇게 해줬으면 좋았을 텐데.

꼭 끌어안으면 안심감을 줄 수 있었다. 애정 호르몬이라고 불리는 옥시토신이 분비되는 것도 알고 있었으면서.

나에게 행복을 준 아이에게 나는 무엇을 해주었나? 일찌감치 분유 수유로 바꿨고 안아주는 것도 유리와 비교하면 거의 없는 거나 마찬가지였다. 유리에게 해줬으니까 이 아이에게는 안 해줘도 된다. 그런 논리 따윈 성립되지 않는데.

끌어안은 아들의 몸은 따끈했다. 지금 이렇게 내 앞에 있어주는 것, 그 자체가 기적이라는 생각이 들었다. 유리가 자꾸 스킨십을 하고 싶어하는 것도 이 아이가 살아 있다는 것을 실감하고 싶기 때문이다. 또다시 잃어버리는 걸 무엇보다 두려워하고 있다.

아이가 눈을 동그랗게 뜬 채 의아해하고 있다. 유키토가 놀라는 것도 무리는 아니다.

갑자기 동창회에서 놀아왔나 했더니 홀딱 젖은 생쥐 꼴이 되어 있다. 스타킹은 올이 나가 있고 힐도 굽이 부러져 있다. 나잇값도 못하고 무리해서 정신없이 달린 결과다.

그런 어머니에게 갑자기 끌어안겼으니, 걱정하는 것도 당연하다.

나는 그날 이후로 아들을 두려워하고 있었다. 아들이 단호하게 말할까 봐 겁이 났다. 나 같은 건 필요 없다, 이런 엄마는 필요 없다, 너무 싫다고.

지금도 악몽을 꿀 때마다 떠올린다. 그날, 내가 결정적으로 잘못한 선택.

무슨 수를 써서든지 쫓아가서, 아무리 꼴사납게 매달리게 되더라도 내가 이 아이를 필요로 한다는 것을 제대로 전달하고 증명해야했던 것이다.

내가 아들에게 버림받았다고 생각하고 있었을 때, 유키토는 막아서지 않는 나를 보며 버림받았다고 생각했을 터다. 헛웃음이 나올만큼 잔혹한 엇갈림.

그때 세츠카는 나를 진심으로 경멸했을 것이다.

그 뒤에도 나는 질리지도 않고 같은 잘못을 몇 번이고 되풀이했다.

어떤 해인가는 중요한 미팅과 일 때문에 결국 수업 참관에 참석하지 못했다. 그래서 세츠카에게 대신 가달라고 부탁했다. 아이를 외롭게 만들고 싶지 않았으니까.

뜻밖에 미팅이 순조롭게 끝나서, 거래처 남자직원이 권하는 대로 식사를 하러 갔다. 우연히도 그 광경을 세츠카가 목격했다는 건 꿈에도 모른 채.

양심에 거리낄 일은 조금도 없었다. 어디까지나 업무상 교제였을 뿐이다.

하지만 세츠카의 눈에 그런 내 모습은 일을 핑계로 아이의 수업 참관을 자신에게 맡기고는 남자와 태평하게 식사를 즐기고 있었던 것으로밖에 보이지 않았다.

그 뒤로 내가 유키토의 수업 참관에 참석한 일은 없다. 세츠카가 용납하지 않았기 때문이다.

그런 일만 하고 있었으니 신뢰를 잃는 것도 당연했다.

"제대로 엄마 노릇을 해주지 못해서, 미안해."

"차고 넘칠 만큼 하고 계신데요."

"부탁이야. ……딱 한 번만 더 기회를 줘."

"저한테는 그럴 권리가 없어서요……."

마치 바람을 핀 여자가 어김없이 하는 변명 같은 발언을 하고 있는 스스로에게 혐오감이 일었다.

"내가 그동안 못난 부모였다는 거 알아. ……미숙한 채로 엄마로서 성장하지 못했지."

"뭐가? 그보다 얼른 목욕하고 옷 갈아입어. 안 그러면 감기 걸려."

"난 말이지, 네 마마부터 다시 시작하고 싶어."

"응?"

"지금부터 같이 목욕할까?"

"으음?"

"나는 널 소중히 생각하고 있어. 누구보다, 무엇보다. 그러니까—."

아들의 뺨에 살며시 양손을 댔다. 가까운 거리에서 보는 아들의 얼굴은 어느새 귀여울 뿐만 아니라 너무 늠름하고 멋있어져 있었다. 기다란 속눈썹, 그 빨려 들어갈 것 같은 눈동자에 저도 모르게 가슴이 두근거리며 서서히 몸이 이끌려 갔다.

"어머니, 왜 그래? 점점 얼굴이 가까워지— 읍— 으—— 읍?!"

◇

어머니와 누나는 역시 부모와 자식이다. (쇼크)

입에 담는 것조차 꺼려지는 체험을 해버렸다. 이게 소위 말하는 무덤까지 가지고 갈 비밀이라는 것일지도 모른다. 뭐냐고? 상상에 맡기겠습니다.

어젯밤 동창회에서 돌아온 어머니가 무슨 생각을 한 건지 갑자기 마마부터 다시 시작하겠다는 선언을 했다. 마마부터라니 대체 무슨 소리야? 그게 다시 시작할 수 있는 거였나?

어머니라는 건 이를테면 후천적으로 얻게 되는 세컨드 잡, 서브 클래스 같은 거다. 나나 누나의 눈에 보이는 어머니는 어머니라는 존재지만, 어머니의 동창들에게는 그저 코코노에 오우카에 불과하다. 동창회라는 어머니의 역할을 신경 쓰지 않아도 되는 자리에서 실컷 기분전환을 하고 오길 바랐는데 어찌 된 영문인지 마마가 된다는 수수께끼의 서프라이즈가 기다리고 있었다. 솔직히 기다리라고 할 새도 없이 미궁에 빠졌다.

"엥, 저건 뭐지?"

일요일. 무사 수행을 마치고 돌아오는 길, 나는 생각지도 못한 것을 발견하게 된다.


사악한 기운을 걷어내고 먹으면 불로장생하게 될 것 같이 생겼다. 게임 둥지에서 넥타르가 회복 아이템으로 등장하는 것도 이해가 간다. 도원향이라는 말이 있듯이, 복숭아는 먼 옛날부터 신성한 과일 취급을 받았다. 나는 그런 복숭아를 한 손에 든 채 망연자실하고 있었다.

집으로 돌아가는 길에 선물이라도 사갈까 했던 게 실수였다.

"너무 많이 샀나……."

원래 복숭아 철은 여름이지만 '조생종'이라고 해서 수확 시기가 빠른 품종은 이 시기부터 출하된다. 그 반대가 '만생종'이다. 농가에서 나온 아저씨가 직접 판매하고 있던 복숭아를 저도 모르게 그만 사버렸는데, 어쩌다 보니 아저씨의 신세 한탄을 들어주게 돼서 서비스로 잔뜩 받고 말았다. 아무리 그래도 수가 너무 많다. 우리 집은 3인 가족이란 말이다.

"어머, 안녕."

"물건은 더 안 살 거니까 됐습니다."

차도에서 말을 걸어오는 목소리에 천천히 뒤돌아본다. 그러자 그곳에는 길거리 영업사원이 아니라 바이크에 걸터앉은 풀 페이스 헬멧에 라이더 수트를 착용한 여성이 있었다.

"아, 여자 도둑도 안 받으니까 됐습니다."

"오해야, 유키토. 나야."

바이저 안쪽의 눈동자가 수상쩍은 광채를 번뜩인다. 라이더 수트를 입은 여성이 헬멧을 벗자 나타난 것은 예상외의 인물이었다.

"히미야마 씨?"

"유키토도 참, 너무하네. 도둑이라니."

뇌가 현 상황을 인식하기를 거부하고 있었다. 느긋한 누님인 히미야마 씨의 이미지와는 동떨어져 있다. 아무리 봐도 신출귀몰한 대도둑 일당* 같았다.

"바이크도 탈 줄 아시네요."

동요를 들키지 않으려고 평범한 대화로 얼버무렸다.

"딱히 취미라고 할 정도는 아니지만, 예전부터 좋아했어. 게다가 자동차는 좁은 길에서는 방향을 틀 수 없어서 가끔 불편하니까."

히미야마 씨의 뜻밖의 일면을 알아버렸다. 히미야마 씨와 나의 관계는 굳이 말하자면 톡 친구다. 어쩌다 보니 메시지를 주고받을 기회가 상큼 미남보다 많았다.

"아, 그렇지! 나중에 유키토도 같이 타볼래? 헬멧 마련해 놓을게. 기대된다. 둘이서 바이크를 타고 투어링이라니, 꿈만 같아."

"왜 이렇게 불안이 떨어지질 않는 거지?"

---

* 〈루팡 3세〉를 말한다.

햇살 때문일까. 축축한 땀이 등을 타고 흘렀다.

"다이브*해도 돼."

"역시 여자 도둑**이잖아!"

여자 도둑이라면 직전에 회피라도 하겠지만, 이쪽은 골인 일직선이다. 하얀 교회에서 예배당의 종이 울릴지도 모른다.

"그보다 유키토, 그건 뭐야? 무거워 보이는데……."

"아, 그렇지. 히미야마 씨도 드실래요? 조금 양이 많아서."

집 앞까지 거의 다 왔다. 히미야마 씨는 이미 바이크에서 내려와 밀고 가려고 하는 중이었다.

아차! 방심한 사이에 또 자연스럽게 히미야마 씨의 집에 가게 됐다. 나에게는 위험으로 가득 찬 판데모니움이다. 이렇게 된 이상 어쩔 수 없다. 여기에서만 신념을 배반하고 거짓말을 해서라도 궁지에서 탈출을 기도해보겠다!

"죄송한데요 히미야마 씨. 제가 이 뒤에 약속이 없어서요."

"그럼 잘됐네. 야호! 오늘은 운이 좋은걸."

이 바보! 솔직한 바보 멍청이야!


"아까 말이지, 오빠를 만나고 왔어."

"남매끼리 사이가 좋으셔서 다행이네요."

히미야마 씨가 복숭아를 깎는 사이 오늘 있었던 일을 얘기해주었다. 오빠가 있다는 말은 처음 들었지만, 내 입장에선 서로 미워하지

---

* 루팡 다이브. 루팡3세가 히로인인 미네 후지코를 비롯한 미녀들을 덮칠 때, 옷을 순식간에 벗고 속옷 차림으로 해당 여성의 이름을 부르면서 점프해 다이빙하는 것을 말한다.
** 〈루팡 3세〉에 등장하는 히로인 미네 후지코를 말한다.

않는 것만으로도 감지덕지였다.

"사이는 보통이려나. 만난 것도 몇 년 만이고. 이제 곧 결혼한다는 모양이야. 그 소식을 들으려고 오랜만에 가봤지."

"축하드립니다."

알지도 못하는 남인 만큼 그다지 실감이 나진 않았지만 히미야마 씨의 오빠라면 상당한 미남자임에 분명했다. 순순히 축복을 빌자.

"많이 바빠서 이런 기회라도 아니면 좀처럼 느긋하게 시간을 뺄 수가 없대."

"무슨 일을 하시는 분이신가요?"

"글쎄, 대충 관청에서 근무한다고 해야 하나. 우리 집은 할아버지, 부모님, 오빠까지 나 빼고는 다들 우수해."

"안 그래요."

"아냐. 나만 앞으로 나아가지 못한 채 몇 년 동안 계속 같은 자리에 머물러 있으니까……."

그 자학적인 말에는 깊은 체념이 담겨 있었다.

"그럼 저도 마찬가지네요. 어머니도 누나도 뛰어난데 저만 무능하니까요."

"그, 그렇지 않아! 넌 늘 열심히 하잖아."

갑자기 쩔쩔매기 시작한 히미야마 씨가 허둥거리며 다가왔다.

열심히. 라고는 해도 그게 항상 좋은 평가를 보장하지는 않는다.

아무리 열심히 농구 연습을 해도 시합에 나가지 못하면 의미가 없다. 그래서 주변의 기대를 배신하면 전범 취급을 당해도 어쩔 수 없는 것이다.

공부를 열심히 하는 것도 그저 심각한 내신 점수를 커버하기 위해서다. 같은 성적이면, 나는 성적을 제외한 부분에서는 절대 선택받지 못하니까.

그곳에는 아무런 플러스도 존재하지 않는다. 언제나 마이너스를 메우고 있을 뿐. 그래도 다 메워질지 의심스럽긴 하지만 그렇게라도 하지 않으면 살아갈 수 없었다.

어쩌면 연애 역시 마찬가지일지도 모른다. 먼저 마이너스를 채우지 않으면 그럴 자격조차 가질 수 없는 것이다.

평범함을 동경했다. 타인과 관계되는 것에 지쳐 있었다. 그래서 아싸 외톨이를 목표로 했다, 혹시 히미야마 씨도 그랬던 걸까.

히미야마 씨는 왜 늘 이렇게 나를 신경 써주는 걸까?

유유상종이라는 말도 있으니까. 나는 그 부자연스럽기까지 한 다정함에서 이유를 찾았다.

"미안해, 재미없는 얘기를 했지. 자, 다 깎았어."

혹시 내가 히미야마 씨를 언제 만난 적이 있었나?

이제 와서 그런 의문이 뇌리를 스쳤다. 일부러 깨닫지 못한 척해왔다.

처음 만났을 때부터 이상하게 친한 척을 했다. 아무리 나라도 위화감 정도는 느낀다.

하지만 만약 과거에 만났었다고 해도, 그렇다면 왜 히미야마 씨도 나를 처음 만난 것처럼 대하는 건지 이해가 가지 않았다. 왜 그걸 내색도 하지 않는 걸까.

그래서 굳이 언급하지 않았다. 나는 기억이 안 나고, 히미야마 씨가 처음 만난 사람처럼 나를 대하고 싶다면 그게 서로에게 가장 적당한 거리감이라고 생각했기 때문이다.

떠올릴 수 없는 건 떠올리고 싶지 않기 때문일까. 어쩌면 잊어버린 과거 한 조각에 히미야마 씨가 있었던 것일지도 모르겠다.

고통스러운 과거는 도저히 견딜 수 없어서 망각하고 지워버렸다. 계속 기억하고 있을 수 없었다.

열심이라는 그 말대로 현재를 살아가는 것만으로도 힘에 부치니까.

과거를 돌아보거나 미래를 상상할 여유도 없다.

그러니 분명, 우리들은 끝까지 모르는 채로 서로를 속여 나갈 것이다.

──그것이 단 하나의 정답이라고 호언장담하면서.


"맛있네. 이렇게 받아도 돼?"

"네. 어쩌다 보니 보너스 특전으로 많이 입수하게 된 거라서요."

나는 복숭아 먹기에 집중했다. 아무리 매혹적이라도 결코 옆자리의 복숭아를 먹어서는 안 된다.

코코노에 유키토 힘내라! 기다려란 명령을 받은 개의 기분이 되는 거다.

"저기…… 선도가 말이죠…….."

"선도? 그건 신선이 먹는다는 복숭아 아니었어? 이건 평범한 복숭아 같은데. ……유키토 왜 그래? 땀을 뻘뻘 흘리고 있는데?"

옷이 얇아지는 계절. 히미야마 씨가 팔뚝에 몸을 기대는 바람에 복숭아는 고사하고 그 선도…… 아니, 선두의 감각까지 직접적으로 전해져 왔다. 긴장감에 맛이 나지 않는다.

"발칙한 복숭아다 싶어서요."

이유는 모르겠지만, 히미야마 씨는 나에 대한 호감도가 각성 아이템 없이 상한을 돌파한 듯했다. 조만간 종교 권유에 넘어가는 건 아닌지 걱정이 될 정도다.

"그런데 유키토는 만생종 복숭아는 좋아헤?"

"복숭아라면 뭐든지 좋아해요."

"다행이네. 잘 숙성된 복숭아도 괜찮은 거구나. 다들 젊은 편을 좋아하니까."

"헉, 교묘한 유도신문?!"

왠지 모르게 팔뚝에 걸린 복숭아의 압력이 더 늘어난 것 같은 기분이 든다.

"언제든지 먹어도 되니까."

"앗, 슬슬 배가 부르네."

이상하다. 저녁 식사 전인데도 배가 부른데?

"아쉬운걸. 그래도 또 기회는 있으니까. ──이렇게 다시 만날 수 있었잖아."

웃는 얼굴과는 반대로 그 목소리는 어쩐지 무척 쓸쓸해 보였다.


"저기…… 선도가 말이죠……."

식사 후, 이번에는 우리 집 거실에서 복숭아를 먹었다.

"선도? 무슨 소리를 하는 건지. 이건 그냥 평범한 복숭아잖아."

134

"계절은 조금 이르긴 하지만, 아주 달고 맛있네. 고마워."

갓 목욕을 마치고 나온 어머니와 누나가 소파 양옆에서 시중을 들고 있다.

옷이 얇아지는 계절. 두 사람이 팔뚝에 몸을 기대는 바람에 복숭아는 고사하고 그 선도…… 아니, 선두의 감각까지 직접적으로 전해져 왔다. 긴장감에 맛이 나지 않는다.

이 복숭아 정말 맛있는 거 맞아?! 아직도 맛을 제대로 알 수가 없는데요.

노린 것처럼 몇 시간 전과 똑같은 상황이 전개되고 있었다.

하항~, 이제 알겠다. 보아하니 내통을 하고 있구나?

내가 모르는 곳에서 어떻게 나를 괴롭힐지 말을 맞추고 있는 게 분명하다. 나는 그것도 모르고 홀랑 그 의도에 놀아난 셈이다.

"그…… 발칙한 복숭아 좀 어떻게 안 될까요?"

"무슨 소리야?"

"뭘 말하는 거니?"

딱 잡아떼는 악당들. 결국 나는 폭발했다. 벌떡 자리에서 일어난다.

"그쪽이 그럴 생각이라면 히미야마 씨처럼 맛있게 핥아먹어 드리죠! 이쪽은 아직 배가 고프니까!"

"왜 그 여자 이름이 나와?"

"무슨 소리니? 미사키 씨랑 무슨 일이라도 있었어?"

"앗."

입은 만악의 근원이라더니 실로 그러하다. 쓸데없는 대항심에 불을 지피고 말았다.

"그렇게 먹고 싶으면 나로 해. 아줌마들이랑 달리 지금이 제철이니까."

"덜 익어서 파란 건 단맛이 덜하니까 먹으면 못써."

"어디까지나 말이 그렇다는 거지, 진짜로 먹는다는 건……."

어라? 예상했던 반응이랑 다르지 않나?

"배탈이 난 건 아닌지 봐줄 테니까."

"그래서, 진짜로 먹었어?"

나는 한 번도 복숭아를 제대로 맛보지 못한 채 침실로 연행됐다.

그다음은 어땠냐고? 입은 만악의 근원이니까. 자세한 내용은 말을 아끼도록 하겠습니다.

◇

"참으로 말씀드리기 주저됩니다만 여긴 제 방 아닌가요?"

"나도 아는데."

"노도 같은 정색, 아주 당당하시네요."

"고마워."

"칭찬이 아닌데……."

어찌 된 영문인지 오늘도 목욕을 마친 누나가 내 방에서 빈둥거리고 있다.

상기된 모습이 어딘가 요염하다. 자기 방으로 잘못 알고 들어온 건 아닌 모양이다.

아주 당당하길래 내가 잘못 들어온 줄 알고 순간 어리둥절했지만, 아무래도 정상은 나였던 것 같다.

누나는 과보호가 심하다. 나를 3세 아동 정도로 착각하는 구석이 있다.

과거에 이런저런 사건이 있었던 탓일 수도 있지만, 그렇다고 해서 이런 폭거가 용납되는 건 아니다. 침대에 엎드려 누운 누나의 엉덩이가 눈에 들어와 휙 시선을 돌렸다.

아무리 누나라도 여자다. 젠장, 저렇게 얇은 옷으로 이 나를 동요하게 만들 속셈인가! 이 서큐버스 같으니! 그리고 왜 핫팬츠 차림인 거야, 젠장!

"그러고 보니 나, 또 가슴이 커졌어."

"그 남자 금지 토크에 제가 끼어들 틈은 없는데요."

"브래지어도 새로 장만해야 하니까, 나중에 치수를 재줘."

"Why?!"

저도 모르게 넋 나간 외국인 같은 반응을 해버렸지만 날더러 가슴 치수를 재라고?! 누나의 횡포가 그칠 줄을 모르고 있다. 라이트노벨 제목 같네. 이유는 몰라도 누나의 브레이크가 박살 난 것 같은데, 이거 환불은 되는 건가? 자율 주행이 한시바삐 실용화되길 기도할 따름이다.

"일단, 일단 참고 정도로 여쭤보는 건데요, 몇 컵이신가요?"

"F야. 그래도 꽉 끼기 시작했으니까 지금은 G가 됐을 수도 있어. 잘됐지."

"제가 기뻐할 요소가 어디에 있죠?"

"기대해."

"우와아아."

내 눈은 죽어 있었다. 죽은 물고기 같은 눈을 하고 있으리라. 어군 탐지기로도 찾아내지 못할 게 분명하다.

"너 말이야, 야한 책 같은 건 안 갖고 있어? 이 방엔 아무것도 없던데."

"말이랑 행동까지 서큐버스네."

"하? 빨아먹어 버릴까 보다."

"뭘요?!"

천적에게 주시당하고 있는 햄스터처럼 바들바들 떨고 있는데 전화가 왔다.

스마트폰이 아니라 집 전화였다. 요즘 같은 시절에 집 전화로 연락을 받는 건 드문 일인데. 내각 지지율 조사인가?

"제가 받을게요."

서큐버스의 마수에서 벗어나 거실로 향했다. 상대를 확인하자 번호가 낯익었다.

"네, 코코노에입니다."

「아, 저는 주임── 이 아니라, 오우카 씨의 동료인데요, 지금 통화 되실까요?」

"무슨 일이시죠? 오늘은 회식이라고 들었는데요."

「어, 너 혹시 유키토야? 저기, 주임님이 너한테 역까지 마중을 와 달라고 하는데, 가능할까?」

"어머니가? 택시를 타고 오면 안 되나요?"

「음~, 나도 그렇게 생각하는데, 주임님이 꼭 네가 데리러 와야 한다고 해서. 완전히 인사불성이 된 것 같아. 어떻게 같이 돌아오긴 했는데 이대로 혼자 돌려보내기엔 위험하니까, 데리고 돌아가 줘.」

"그렇군요. 알겠습니다. 지금 그리로 갈게요."

「응, 기다리고 있을게.」

어머니가 곯아떨어지다니 드문 일이다. 사실 거의 들어본 적이 없었다.

평소에는 회식 같은 모임에 그다지 적극적으로 참석하는 편이 아니지만, 요즘은 직원들 대다수가 재택근무로 전환해서 회사에서 교류라고 할 것이 줄어들고 있는 모양이다. 그런 이유들로 회식을 하게 됐다고 어머니가 말했다.

그나저나 마중을 와달라고 하다니 의외다. 어머니라면 택시를 불러서 그대로 집으로 돌아올 것 같은데…….

뭐, 신경 써봤자 답이 나오는 것도 아니다. 나는 누나에게 사정을 말하고는 옷을 갈아입은 뒤 역으로 나섰다.


"죄송합니다, 오래 기다리셨죠."

"네가 유키토니? 만나서 반갑다, 난 주임님의 부하인 히이라기 하루카라고 해."

역에 도착하자마자 전화로 들었던 장소에서 살짝 떨어진 곳에 앉아서 기다리고 있는 두 사람이 보였다. 어머니는 딱 봐도 축 늘어져 있다. 일하는 중에는 늘 빈틈없는 모습만 보였던지라 몹시 보기 드문 광경이었다.

살짝 술 냄새가 나긴 했지만, 히이라기 씨는 그렇게까지 취한 것 같지는 않았다.

얼굴을 보자 어머니보다 훨씬 나이가 어려 보였다. 아주 젊다. 대학생이라고 해도 통할 것 같았다.

"데리고 와주서서 감사합니다."

"아! 신경 쓰지 마! 주임님의 부탁인걸 뭐. 그리고 유키토한테 좀 하고 싶은 얘기가 있기노 했어."

"저한테요?"

히이라기 씨가 벤치에 앉아 있는 어머니와 아주 살짝 거리를 벌렸다. 들으면 곤란한 얘기라도 하려는 건가? 어머니의 지금 상태를 보면 그럴 여력은 없는 것 같은데……

"평소에는 주임님도 잘 취하시는 편이 아닌데, 오늘은 왠지 엄청 기분이 좋으시더라고. 그래서 그만 과음하신 것 같아."

"그런가요?"

"유키토랑 친해져서 기쁘다고 하시던데."

"싸운 적은 없는데요."

"으음~, 자세한 건 모르겠지만, 고민이 많으시던 것 같았어."

그렇게 얘기하는 히이라기 씨의 시선이 순간 날카롭게 빛났다.

"그래서 말인데, 유키토. 네가 들어줬으면 하는 얘기가 있어."

"네?"

"주임님, 오우카 씨는 미인이잖아."

"그렇죠. 아들인 제가 봐도 그래 보여요."

어머니가 미인이라는 건 내가 제일 잘 알고 있다. 체형도 전혀 망가지지 않았고 언제나 젊고 싱그러웠다. 게다가 무슨 심경의 변화가 있었는지 최근에는 누나처럼 스킨십이 격렬해지고 있어서, 사춘기 동정 소년인 나는 잡념을 떨쳐내느라 매번 진땀을 빼고 있었던 것이었다.

"그래서 말이지, 주임님은 회사에서 아주 인기가 많아."

"그렇군요."

"오늘도 주임님이 웬일로 술에 취해 곯아떨어졌다고, 남자직원들이 다가와서 밀어내느라 고생했다니까."

"신세를 졌네요."

"그건 상관없지만, 표현을 달리 해볼게. 유키토한테는 듣고 싶지 않은 얘기일 수도 있겠지만, 주임님을 노리는 사람이 그만큼 많아."

"음, 그건 재혼할 거라는 뜻인가요? 전 어머니가 원하시면 재혼에 반대할 마음은 없어요. 아마 누나도 그럴 거고요."

"진지하게 사귀는 거면 다행이지만, 요컨대 몸만 노리고 있다는 소리야."

"그건⋯⋯."

"취한 주임님에게 성희롱을 하거나, 데려가려고 했어. 뭐 그만큼 주임님이 예뻐서 그런 거지만."

"별로 기분 좋은 얘기는 아니네요."

"그치? 그러니까 제대로 지켜줘!"

"제가요?"

"평소 때는 똑 부러지시니까 괜찮겠지만, 오늘 같은 때는 말이야. 그런 일이 생길지도 모른다는 뜻. 주임님이 의지할 곳은 분명 너밖에 없을 테니까."

"아까도 말씀드렸지만 어머니가 재혼하실 생각이라면 전 반대하지 않을 거예요. 물론 몸만 노리는 상대는 사양이지만요."

"음~. 아마 그럴 생각은 없으실걸?"

"네?"

어머니는 미인이다. 회사에서 인기가 많은 것도 당연하다. 나는 언젠가 어머니가 재혼하는 일도 있을 수 있다고 생각했고, 그에 반대할 마음도 없었다. 하지만 설마 재혼 얘기가 아니라, 오로지 성적인 목적으로 어머니를 노리는 사람이 있다는 얘기를 듣게 될 줄이야……

"주임님은 늘 네 걱정만 하셔. 그리고 그때 지으시던 표정은 굳이 말하자면── 아차, 이 이상은 내가 말하면 안 되지. 주임님을 잘 지켜봐 줘. 그럼 난 이만 갈 테니까."

아무렇지 않게 폭탄을 투척한 뒤 히이라기 씨는 돌아갔다. 대체 마지막에 무슨 얘길 하려고 했던 걸까. 의미심장한 대사가 마음에 걸렸지만 무슨 의미인지 알 길은 없었다.

어머니에게로 시선을 돌리자 행복해 보이는 눈으로 몽롱하게 내 쪽을 쳐다보고 있었다.

"그럼, 집으로 돌아가 볼까요."


"폐를 끼쳐서 미안해."

"이 정도는 괜찮아."

어머니에게 어깨를 빌려주며 둘이서 집으로 돌아갔다. 집까지는 그리 멀지 않았다. 택시를 잡으려고 했더니 어머니에게 제지당했다. 걸어서 집으로 돌아가고 싶은 모양이었다.

건강 때문에 그러나? 몸매를 유지하는 것도 고생이겠다.

"아까 히이라기랑 무슨 얘길 했어? 설마 고백받은 거야?! 내 부하 직원이랑 사귀는 건, 허, 허락하지 않을 거야!"

"얼굴도 처음 봤는데 갑자기 무슨 고백을 하겠어."

"그건 모를 일이지. 넌 매료의 마안을 가지고 있으니까."

"그런 소리는 또 금시초문인데요?! 그런 눈은 갖고 있지도 않아. 그리고 그런 게 있어 봤자 다들 불행해질 게 뻔한데."

"그럼, 왜 그렇게 인기가 많은 거야?"

"어머니가 낳은 자식이라서 그런 게 아닐까."

"뭐? 그, 그렇구나. 나 때문이었어……."

"그도 그럴 게 어머니는 인기가 많잖아?"

"이젠 나이도 먹어서 안 그래."

"히이라기 씨가 남자직원들이 노리고 있어서 큰일이라고 말하던데."

"아하하……. 그랬어? 미안, 불쾌하게 만들었지. 오늘은 좀 많이 마셔서 그래. 평소엔 안 그런데. 그럴 때만 노리는 녀석들은 결국 상대가 누구라도 상관없는 거야."

"어머니가 재혼할 생각이라면 반대하지 않을게. 그래도 그런 사람은 참아줬으면 좋겠어."

"나도, 그런 섹파 같은 상대는 싫어. 그리고 재혼도 안 할 거니까."

"왜?"

"유키토가 있잖아."

"그걸로는 설명이 안 되는데."

"괜찮아. 지금은 그것만으로도 행복하니까."

"잠깐만, 너무 움직이지 마. 부드러운 뭔가가 닿고 있다고!"

"닿으라고 이러는 거야."

어머니가 어쩐지 장난스러운 미소를 지으며 몸을 기댔다.

여태껏 이런 식으로 접촉한 적은 없었다. 덕분에 내 긴장감은 맥스치에 이르렀다. 밤이라고는 해도 기온은 아직 높았다. 이 땀이 더위 때문에 난 건지 식은땀인 건지 모르겠다. 얼른 집으로 돌아가서 몸을 씻고 싶다.

"그렇지, 집에 도착하면 같이 목욕하자."

"Why?!"

넋 나간 외국인이 다시 등장했다. 이후로는 등장을 자제하도록 하겠습니다.

어머니도 어머니대로 이상하게 과보호가 심했다. 어머니와 함께 목욕할 나이는 지났는데. 그러니까 난 3세 아동이 아니라고.

그렇지, 뭐라도 화제를 돌려야…….

"아, 그러고 보니까 누나가 또 가슴이 커졌다나 봐."

"어머, 그래?"

"G라던데."

"훗, 내가 이겼네. 난 H니까."

"충격적인 폭로이긴 한데, 그걸로 경쟁할 필요가 있어?"

"이따가 욕실에서 보여줄게. 만져도 돼."

"당했다! 화제가 안 바뀌었잖아?!"

그때 별안간 어머니의 목소리가 가라앉았다. 괴로운 기색으로 말을 짜낸다.

"──부탁이야. 네가 만져줬으면 좋겠어."

"어머니?"

"미안. ……미안해. 하지만 네가 다정하니까, 너무 다정하니까!"

나는 어머니를 진정시키듯 등을 다독거렸다.

"며칠 전에 유방암 검진에서 안 좋은 소견이 나왔어. 어쩌면 악성일지도 모른다고. ……정밀검사를 받아야 한다나 봐."

어머니의 얘기는 충격적이었다. 그러고 보니 며칠 전에 어머니가 무척 안색이 안 좋던 때가 있었다. 검사 결과를 보고 힘들어했던 거구나.

몸이 미미하게 떨리는 것이 느껴졌다.

"사실은 말이지, 결과가 확실히 나올 때까지는 밝힐 생각이 없었어. 괜히 걱정만 끼칠 테니까. 하지만 나약한 나한테는 무리였어. 부탁이야, 병원에 같이 가주지 않겠니? 네가 있으면 어떤 결과가 나오든 겁나지 않을 테니까. 나한테 용기를 줘."

눈시울을 붉히며 어머니가 고개를 숙인다. 내가 할 수 있는 대답은 하나밖에 없었다.

"당연히, 같이 갈게."

"무서워! 무서워, 유키토!"

내 품 안에서 어머니가 울고 있었다. 정서가 불안정한 건 술 때문이 아니었다.

계속 혼자서 끌어안고 있었구나. 아무에게도 불안한 마음을 털어놓지 않고 약한 소리를 꾹 삼키면서.

나는 신을 저주했다. 고통은 나만 받으면 된다. 내가 받았어야 했는데.

그저 가슴을 빌려주는 것밖에 할 수 없는 무력함에 마음이 아팠다.

어머니가 이렇게 나를 의지해준다. 이제는 나도 가족 구성원으로 인정받은 걸까.

어느 쪽이든 상관없다. 조금이라도 어머니의 마음이 가벼워진다면, 내가 도울 수 있는 일이 있다면, 내가 할 수 있는 일은 뭐든 다 할 것이다.

──소중한 가족이니까.

어머니는 그 뒤로 10분 정도 계속해서 울었다.


"나도 벌써 나이가 나이잖아. 정기적으로 셀프 체크를 하는 편이 낫대. 가슴에 멍울이 없는지, 너도 확인해봐."

"그, 그래도 이건 누나가 해주는 편이 낫지 않을까?"

"유리한테도 부탁할게. 그러니까 너도, 응?"

이렇게까지 말하니 더는 반박할 말이 없었다.

나는 가족을 거스를 수 없는 남자, 코코노에 유키토다. 언제 어떤 순간이든.

하늘을 올려다보자 오늘도 달은 변함없이 밤을 밝히고 있었다.

달은 변함이 없지만 나는 그래도 좀 바뀌고 있을까. 그동안은 몰랐던 감정이 가슴 속에서 휘몰아쳤다. 타인과 관계되면서 생겨나는 갈등.

언젠가 이 감정이 무엇인지를 깨달을 날이 올 거라 믿고 싶었다.

◇

"이게 대체…… 무츠키 당신, 지금 괴로워하고 있는 거예요……?"

여느 때 같았으면 그냥 웃고 넘어갔을 것이다. 신경 쓸 가치도 없다. 오히려 의심했겠지.

하지만 거기에는 내가 품고 있던 의심의 대답이 적혀 있었다.

결코 무시할 수 없는 사실을 눈으로 확인하자 소름이 돋았다. 적혀 있는 입에 담기조차 싫은 문자의 나열. 나는 눈도 깜빡이지 않고 내용을 되풀이해 읽고는 와그작 종이를 구겨 쥐었다.

"두고 봐. 무슨 일이 있어도 이 학교에서 쫓아내고 말 테니까……."

지긋지긋한 코코노에 유키토라는 남자. 그 천박한 인간성을 다시금 목격하자, 증오가 더욱 깊어지고 분노가 세차게 몸을 불태웠다.

나에게 학생회장 케도 무츠키는 태양이었다. 누구보다 고상하고 긍지 높은.

의연하게 자신의 정의를 관철하는 동경의 대상. 쾌활하고 다정하고, 누구에게나 평등하고 솔직한 청렴한 삶. 그녀의 존재는 나에게 눈부신 빛이었다.

그녀처럼 되고 싶다고 생각했다. ──그런 아련한 동경.

라이벌 의식이나 질투심 같은 게 아니다.

낮이나 밤이나 그녀만 생각했다. 그건 첫사랑이었다.

몰래 담아두고 있던 감정은 어느새 조용히 불타올라 가슴을 따뜻하게 데워 주었다.

덧없이 아름답고, 아무도 더럽히는 것을 용서치 않는 나의 성역.

우리 집은 유복하다. 그건 부정할 수 없는 사실이라서, 나는 소위 말하는 부잣집 아가씨로서 자라왔다. 그래서인지 사유분방한 그녀에게 늘 매료됐다.

나에게 무츠키는 이야기 속에서 튀어나온 그야말로 이상의 왕자님.

이 감정을 강요할 생각은 없다. 내 일방적인 마음 따윈 아무래도 상관없다.

언젠가 그녀가 멋진 남자를 만나서 맺어지고, 당연하다는 듯이 행복해지는 그 모습을 옆에서 축복할 수 있다면 그것만으로도 충분했다. 그런데——.

그런 그녀가 완전히 변해버렸다. 처음에 그 소식을 들었을 때는 귀를 의심했다.

그녀가 1학년에게 납죽 엎드려 섹파가 돼달라고 독촉하다니 농담으로밖에 들리지 않았다.

하지만 그건 헛소문이 아니었고, 나를 절망의 구렁텅이에 빠뜨리기 충분했다.

무츠키가 납죽 바닥에 엎드린 사진을 봤을 때는 현기증이 나서 비틀거리며 쓰러질 뻔했다.

그 뒤부터 그녀는 열에 들뜬 사람처럼 항상 누군가를 신경 쓰고 있다.

언뜻 보기에는 평소와 다르지 않았다. 하지만 계속 그녀의 모습을 지켜봐 온 내 눈에는 그 변화가 일목요연하게 보였다.

무츠키는 그런 사람이 아냐! 그래서 진실을 조사했다.

그녀가 변해버린 이유를. 그리고 발견했다. 실마리를 찾은 것이다.

약점을 쥐고 여자를 시키는 대로 하게 만들었다.

무츠키를 손에 넣으려고 의도적으로 뒤집어쓴 누명.

용서할 수 없어! 내 이상을 더럽힌 그 남자를 절대 용서하지 않겠어!

그런 녀석이 같은 학교에 있다니! 무츠키만이 문제가 아니다.

그 독니가 언젠가는 그녀뿐만 아니라 다른 사람들에게까지 미칠지도 모른다.

쫓아내야 한다. 얼른 그 남자를 그녀 앞에서 없애야 했다!

그래서 나는——.


"아버지, 드릴 말씀이 있어요."

# 제4장 「악의에 찬 패배자」

"또 이 학생과 반인가요……."

월요일의 교무회의는 험악했다. 어이가 없다는 기색으로 교장이 씁쓸하게 중얼거렸다.

"이건 전대미문의 사태입니다, 교장 선생님!"

"학교 이름에 먹칠을 하는 것도 정도가 있지. 문제 학생을 떠맡고 말았군요."

그 학생의 존재를 좋게 생각하지 않는 교원 몇몇이 동의했다.

"수상한 기색은 없던가요? 후지시로 선생님?"

"전혀 없습니다."

후지시로 사유리는 단언했다. 후지시로에게 지난 시험 결과는 자랑스러운 일이지 부끄러워할 일이 아니었다. 하지만 젊은 후지시로의 반이 1등을 가져간 것에 하찮은 질투를 품는 동료가 있는 것 또한 사실이었다.

"시험을 감독한 다른 선생님들은 어땠나요?"

"제가 감독했을 때도 수상한 움직임을 보이는 학생은 없었던 것 같습니다."

"이 정도 규모로 저질렀다면 숨기기는 어려웠을 거라 생각합니다."

선생들이 교장의 채근에 당시의 기억을 회상하며 차례차례 대답한다.

어쨌든 회답은 만장일치로 혐의없음. 믿기 힘든 얘기였다.

하지만 놀라는 사람은 없었다. 만약 혐의가 있다는 것이 사실이라면 그것이 의미하는 건 시험감독을 맡은 선생 전원이 무능하다는 것을 스스로 자백하는 꼴이었기 때문이다.

사건의 발단은 월요일에 누출된 한 장의 투서였다.

1학년 B반에서 시험 때 대규모로 조직적인 커닝을 했다는 내용이다.

하지만 확증은 없었다. 시험을 감독한 교사 중 누구도 그런 낌새는 없었다고 증언했다. 이 경우 보통은 단순한 질투, 명예를 훼손시키기 위한 비열한 거짓말로 마무리되곤 했지만, 이번에는 이 일을 주도했다고 짐작되는 학생이 문제였다.

코코노에 유키토. 문제 학생으로 교무회의에서도 이름이 자주 오르내리고 있다. 이 학생이라면 부정을 저지를 수도 있다는 선입관이 판단력을 흐리게 만들었다.

"따로 불러내서 엄중한 감시하에 문제를 풀게 하는 건 어떨까요? 진짜인지 아닌지 알 수 있게요."

"한없이 블랙에 가까운 그레이네요."

"중상비방 건도 있죠. 교장 선생님, 처분을 검토해도 되지 않을까요?"

커닝이 사실무근이라는 판단을 내렸음에도 불구하고, 비호하는 사람은 거의 없었다. 안도는 외면했고, 고군분투하고 있는 교사는 후지시로와 산죠지 스즈카뿐이었다.

"방금 시험을 감독한 분들 모두 수상한 점은 없었다고 증언하셨죠. 그런데도 왜 결론이 그렇게 나는 건지 이해할 수 없네요!"

"의심스럽다는 이유로 증거도 없이 학생을 처벌하는 건 저도 반대입니다. 저희 어른들이 그런 성급한 판단을 내려서 어쩌자는 거죠?"

질타처럼도 들리는 어조로 말한 산죠지를 교장이 설득하듯이 달랬다.

"하지만 이런 투서를 받은 시점에서 문제가 되는 거죠. 많은 사람들이 못마땅하게 보는 인물이라는 것에 변함은 없으니까요."

"곤란하죠. 더 이상 학교에 민폐를 끼치지 말았으면 좋겠어요."

"왜 그러시죠? 산죠지 선생님답지 않으시네요. 원래라면 산죠지 선생님께서 제대로 지도해야 할 대상일 텐데……."

저마다 난처한 기색으로 말한다. 산죠지 스즈카라는 교사는 지극히 우수하고 공명정대했다. 부정을 허용할 만한 성격이 아니라는 걸 주변 사람들도 잘 이해하고 있었다.

"방금 결정의 어디에 정당성이 있다는 겁니까?!"

"진정하세요, 산죠지 선생님. 그럼 이렇게 하죠. 다음 시험에서는 소지품을 엄격하게 검사하고 시험감독을 두 명 붙이기로요. 괜찮으시죠, 후지시로 선생님?"

"……상관없습니다."

후지시로가 분한 기색으로 입술을 깨물었다. 후지시로에게 이 결정은 굴욕이나 마찬가지였다.

"그리고 이 건은 선생님의 귀에 들어가선 안 됩니다. 애교 정신이

투철하시니까요. 학교의 졸업생으로서 용납하지 못하실 테고요. 그러니 시찰은 A반에서 담당하는 걸로 하겠습니다."

"잠시만요! 그건——."

"후지시로 선생님. B반에는 우수한 학생도 많아요. 그 아이들에게 나쁜 영향이 갈까 걱정되네요. 썩은 사과를 방치해둘 수는 없는 법이죠."

마치 그게 당연하다는 것처럼 말하는 교장을 분한 기색으로 쏘아본다.

"진심으로 말씀하시는 건가요?"

"더 이상 학교의 평판을 깎아내리는 일이 없도록 후지시로 선생님께서도 엄하게 주의를 주시길 부탁드립니다."

교장은 한심하다는 눈길을 보내며 귀찮고 지긋지긋하다는 듯이 대화를 끊었다.

그리고는 언제 분쟁이 있었냐는 듯 다음 화제로 넘어갔다. 그 자리에 큰 화근만을 남기고서.

◆

"코코노에, 레이카 일은 미안했어. 나중에 장기라도 두자."

"선배, 바둑부잖아."

아이하라 선배가 쓴웃음을 지으며 떠나간다. 일부러 1학년 교실까지 감사 인사를 하러 올 만큼 성실하고 좋은 사람이다. 아이하라 선배로 말할 것 같으면 바둑부 부장이면서 장기에도 엄청 강해서,

나는 철저하게 패배했다. '왕장'만 남기고 질질 끌다가 패배당한 원한은 잊을 수 없을 것이다.

"아무리 그래도 얼굴이 너무 넓지 않아?"

"어디가? 어딜 봐도 보통이잖아."

열혈 선배의 소개로 요 며칠 아이하라 선배와 선배가 마음에 둔 사람인 스오 선배의 연애 상담을 받아주고 있었는데, 상큼 미남이 뜻밖의 말을 해왔다.

"알겠어? 부정형인 걸 측정할 때는 먼저 삼각형으로 나눈 뒤 헤론의 공식을 써서 합산하면 돼."

"얼굴 면적 얘기를 하고 있는 게 아니잖아! 나 원, 네 어디가 외톨이인지 모르겠네. 슬슬 각 방면에서 혼이 좀 나라고."

뭘 모르네. 뭘 모르는구만, 상큼 미남.

그런 너에게 현실을 보여주지. 내 외톨이 하루를 듣고 놀라지나 말라고?

아침에는 일단 유리 씨와 같이 등교하고, 낮에는 여신 선배를 참배하거나 교실에서 히나기나 시오리에게 붙잡히거나 둘 중 하나다. 경우에 따라서는 회장이 찾아올 가능성도 버리기 힘들다. 방과 후에는 동아리 활동을 하고, 그 밖의 시간에도 대체로 누군가에게 붙들려 있다. 집으로 돌아가면 내 개인 공간을 침범하는 일에 심혈을 기울이고 있는 어머니와 누나에게 정신공격을 당하고, 실수로 외출하기라도 하면 히미야마 씨에게 발견된다.

"내 어디가 외톨이야!"

"그건 내가 할 소리거든!"

시시한 말다툼을 하고 있으려니, 집으로 돌아갈 준비를 하고 있던 세이도가 말을 걸어왔다.

"유키토, 다음번에 같이 저녁 식사는 어때? 부모님이 또 와줬으면 좋겠다고 해서서."

"응? 어머니도 그렇게 말씀하셨어?"

"응. ……이래 봬도 가족이니까."

"그렇구나, 그럼 시간이 되는 날에 불러줘."

"알았어! 고마워. 그럼 내일 봐!"

세이도는 귀가부지만 피치 못할 사정이 있다. 도저히 그럴 여유가 있는 상황이 아니었는데, 겨우 안정이 되기 시작한 모양이다. 농구부에 가입을 권유해보는 것도 괜찮을지도 모르겠다.

"미쿠리야, 많이 밝아졌네."

"한때는 어떻게 되나 싶었는데 말이지……. 일단 동아리 활동을 하러 갈까."

◆

"내 학생이 썩은 사과라고? 웃기고 있네, 망할 영감탱이들 같으니!"

"후지시로 선생님, 과음은 삼가 주세요. 내일 일에 지장이 생기니까요."

분노를 가라앉히지 못하는 후지시로의 등을 산죠지가 부드럽게 다독거렸다. 교무회의 뒤에 후지시로를 염려한 산죠지의 제안으로 두 사람은 식사를 하러 와 있었다.

후지시로는 츄하이를 단숨에 들이켜고는 고개를 숙였다.

"산죠지 선생님까지 말려들게 해서 죄송해요."

"괜찮아요. 저도 같은 기분이니까요."

이렇게 둘이서 식사를 하는 건 처음이었다. 아직 신임교사인 후지시로에게 산죠지는 구름 위의 존재이자 그전까지는 다가가기 힘든 상대였다.

"산죠지 선생님의 입장도 난처하게 만들어버렸네요."

저절로 미안한 마음이 들었다. 경력도 크게 차이 난다. 애송이인 자신을 가족처럼 살갑게 대해주는 산죠지를 보자 자고로 교사는 이래야 한다는 막연한 이상이 포개지는 듯했다.

"그걸 걱정하셨어요? 전 괜찮아요. 그 사람들도 언젠가는 이해할 테니까요. 그리고 그때가 되면 이미 늦었겠죠. ──정말 한없이 멍청한 사람들이에요."

산죠지의 심상치 않은 기색에 후지시로는 저도 모르게 숨을 삼켰다.

"산죠지 선생님, 선생님은……."

"창피한 얘기지만 옛날엔 저도 저쪽에 속한 사람이었어요. 사람을 보는 눈이 없었죠. 만약 지금도 그 상태 그대로였다면 틀림없이 저도 같이 비난하고 있었을 거예요."

과거에 무슨 일이 있었는지 파고들 용기는 지금의 후지시로에게는 없었다. 그리고 이런 술자리에서 할 얘기도 아니었다.

"……언젠가는 들려주세요."

"네. 그러고 보니 새해 첫 참배를 갔을 때 운세를 뽑았었어요. 제 인생에 전환기가 찾아온다고 적혀 있더군요. 그때는 의아하게 생각했는데, 오늘 보니까 알겠더라고요. 지금이 바로 그때라는 걸."

"어쩐지 연애 운 같은 얘기네요. 전 그쪽 방면으로는 전혀 아는 게 없지만요."

"그럴지도 모르겠네요. 제가 도망친 곳에 기다리던 사람이 나타났으니, 이것도 운명이겠죠. 이런 일이 벌어질 줄은 상상도 못 했어요. 다시 한 번 기회를 받은 걸 감사하고 있어요. 분명 그녀도……. 후지시로 선생님, 아무런 걱정하실 필요 없어요. 앞으로 무슨 일이 있어도 학생들을 믿어주세요. 그것만으로도 충분하니까요."

"……산죠지 선생님에 대해 오해하고 있었던 것 같네요."

고지식하고 융통성이 없는 상대라고 생각했던 건 비밀이다.

"후훗. 그런가요? 전 이 나이를 먹고도 미혼에 집으로 돌아가서는 반려견에게나 힐링을 받는 그런 외로운 여자랍니다."

"이렇게 좋은 여자를 버려두다니, 세상 남자들이 어떻게 됐나 봐요."

"자, 후지시로 선생님도 기운 내세요. 그래도, 그렇네요. 어쩌면 운명의 만남은 이미 시작됐을지도 모르니까요?"

"그게 무슨……?"

예언 같은 산죠지의 말이 후지시로의 뇌리에 와 박혔다.

◇

"정말 미안! 끝까지 지켜내지 못한 내 잘못이야."

아침, 사유리 선생님이 교단에 이마가 닿을 정도로 고개 숙여 사죄했다.

사유리 선생님을 비난할 마음은 들지 않았다. 오히려 이렇게 솔직하게 학생들 앞에서 고개를 숙이는 사유리 선생님이야말로 어른이다. 참 훌륭한 선생님이야.

"선생님, 저희들은 커닝을 하지 않았어요!"

"열심히 노력한 건데 너무해……."

"뭔가 했더니, 사정이라는 게 이거였냐고……."

"어째서 유키만 이렇게 나쁜 말을 들어야 하는 거지?"

비난의 화살이 사유리 선생님에게로 향했지만 안타까운 심정인건 선생님도 마찬가지다.

"그건 알고 있어. 교무회의에서 의제로 나왔는데 아무도 진지하게 받아들이지 않았어. 그래서 너희들에게 알릴 생각도 없었지만……."

사유리 선생님이 경위를 설명해주었다. 일의 발단은 심플했다.

지난 시험에서 부정이 발생해 교무회의에서 그게 의제가 됐다. 하지만 증거도 없고 정보의 신빙성도 지극히 낮아서 우리들에게는 전달할 수 없었다.

한편 불상사를 피하고 싶은 학교 측의 의향 때문에 사정이 생겼다는 명목을 앞세워 시찰을 다른 반으로 변경하게 됐다나.

여기까지가 일련의 흐름인데, 여기서 예상치 못한 사태가 발생한다. SNS에 동일한 정보가 유출된 것이다. 그 때문에 우리들도 상황을 알게 되었는데, 듣자 하니 대규모로 조직적인 커닝이 발생했고 그 주범은 당연히 바로 나, 코코노에 유키토라고 한다.

자작으로 실컷 부추긴 논란도 아직 완전히 가라앉지 않은 판국에 또 사건이 터졌다. 코코노에 유키토 전설에 또 새로운 한 페이지가 새겨진 것이다.

그나저나 내 아싸 외톨이 계획에 협력해준 선의의 제삼자가 있을 줄이야, 세상은 아직 살 만한 모양이다. 앞으로도 이렇게만 해줘, 모르는 사람!

"그래서, 학교의 평판이 깎이지 않도록 반을 바꾼 거군요."

"그래. 속이 뒤집히는 것 같지만. 어째서 너희가 안 좋은 말을 들어야 하는 건데. 의심하지 않는다고? 그럼 반을 변경할 필요가 없잖아."

마구 험담을 하는 사유리 선생님의 표정은 무척 슬퍼 보였다. 선생님이 하는 말은 지당하다. 시찰할 반을 변경했다는 건 학교 측에서 학생들을 의심하고 있다고 은연중에 인정한 것이나 마찬가지였다. 사정인지 뭔지가 무엇을 의미하는지 쉽게 유추할 수 있었다.

"외부로 공개돼서 선생님들도 당황하신 건 알지만 말이야. 흥, 실컷 당황하라지. 썩은 사과는 얼어 죽을. 내 학생들을 비웃은 건 절대 용서치 않을 거야, 절대로!"

내가 이 학교의 전자동 평판 깎기 머신이라는 건 명백했지만 이렇게 된 이상 보고도 못 본 척할 수는 없었다.

"제가 반 아이들에게 민폐를 끼치고 말았네요."

"그건 아냐. 넌 아무 짓도 하지 않았잖아."

조용히 살 생각이었는데, 어쩌다 이렇게 돼버린 걸까?

하지만 결판은 지어야 한다.

"죄송합니다아아아아아아아아아아!"

납죽 바닥에 엎드려 성대하게 사죄했다. 시험에서 아이들이 노력해서 이룬 성과를 내가 수포로 만들고 말았다. 나 개인의 사죄로 용서받을 수 있는 일이 아니다. 나는 할복도 불사할 각오를 했다.

"맞아! 그럼 학교를 그만두면 되겠네!"

이런 쉬운 방법을 잊고 있었다니, 나도 나이가 든 모양이다. 내가 학교를 그만두면 더 이상 평판을 깎을 일도 없고 사유리 선생님이 싫은 소리를 들을 일도 없다. 반 아이들도 정당한 평가를 받게 될 테니 만사 해결이다. 이미 나는 이 학교 최대의 오점이나 다름 없는 존재가 되었으니, 모두가 활짝 웃을 수 있는 Win-Win적인 제안이라 할 수 있다.

어머니에게는 민폐를 끼칠지도 모르지만, 바닥에 엎드려 발이라도 핥으면 용서해주겠지. 요즘은 그 어느 때보다 묘하게 다정하니까.

잠깐? 더 좋은 생각이 떠올랐다! 두뇌가 맑아졌다. 아예 이참에 집을 나가자. 생활비 같은 건 필요 없으니까. 어떻게든 되겠지. 어머니도 기꺼이 찬성해줄 게 분명하다. 나는 외딴섬에서 귤 농사나 지으며 살련다.

이점밖에 없는 이 완벽한 계획을 설파하자 반 아이들이 모여들었다.

"그럼 나도 학교를 그만둘래."

"뭐? 무슨 바보 같은 소릴 하는 거야. 그런 걸 아카네 씨가 허락할리 없잖아."

"나도 그만둘 거야! 같이 귤 농사를 짓자, 유키."

"그러니까 무슨 소릴 하는 거야, 너희들은."

"기억 안 나? 난 유키토를 따라서 이 학교에 온 거야. 그러니까 유키토가 없으면 있을 의미가 없어."

히나기가 미소를 지으며 말을 꺼낸다. 하지만 그 말에는 일말의거짓도 섞여 있지 않았다. 천천히 떠밀리듯이 시선을 옆으로 돌렸다. 시오리도 같은 표정을 짓고 있었다.

"……비겁하지. 알고 있어. 이런 식으로 말하면 유키토가 곤란해할 거란 걸."

"어째서……."

"몇 번이든 말할 거야. ——난 너를 좋아해. 좋아하니까 같이 있고싶어."

히나기가 망설임 없이 단호히 말한다. 주변 사람들이 마른침을삼켰다. 아무도 감히 방해하지 못했다. 체크메이트라는 걸 알고 있었다. 뒤집을 수 없는 국면. 그래도 발버둥 쳤다. 추하고 꼴사납게.인정하고 싶지 않은 진실이 그곳에 숨어 있을 것 같은 기분이 들어서.

"제대로 자신의 미래를 생각해. 이런 일로 너희들의 미래를——."

"그럼 유키토의 미래는 어떻게 되는 거야? 네 행복은 어디에 있는건데?"

생각해본 적도 없는 질문에 답변이 궁해졌다. 미래. 나한테 그런

게 있기는 할까.

　미래를 그려본 적 따원 없었다. 현재를 살아가는 데 필사적이라 그 끝에 뭐가 있을지에 대해서는 고민해본 적도 없었다. 행복이 있는 곳이라니, 그런 건 꿈같은 얘기에 지나지 않았다. 나에게 있다고 하면, 내가 내다볼 수 있는 미래는——.

　"객사하지 않을까."

　"그렇게 놔두지 않을 거야. 난 그런 미래는 절대 인성할 수 없어."

　"네가 졌어, 인기남. 자꾸 그러면 나도 학교를 그만둘 거야. 어차피 너라면 귤 농사를 지어도 신종 같은 걸 만들어서 세상을 떠들썩하게 만들 테고, 그편이 더 재미있을 것 같으니까."

　이유는 알 수 없지만 상큼 미남도 가세한다. 다들 그렇게 학교가 싫어?

　"네 명이나 한꺼번에 관두면 사유리 선생님이 고생할 텐데."

　"신경 쓰지 마, 코코노에 유키토. 네가 그만두면 나도 퇴직해줄 테니까."

　이 사람들, 이상해요오오오오오오오! 하고 반 아이들에게 동의를 구했지만 내 편은 어디에도 없었다.

　"괜찮아요, 선생님. 그런 일은 없을 테니까요. 유키토가 금세 해결해줄 거예요. 왜냐면, 그게 제가 좋아하는—— 코코노에 유키토니까요."

　상큼 미남의 말대로였다. 절대적인 패배. 모르고 있었던 건 나뿐이다. 히나기도 시오리도. 막 재회했을 때는 그렇게 어두운 얼굴을 하고 있었는데, 지금은 어둠이라곤 티끌만큼도 느껴지지 않는다. 그것이 성장을 말하는 거라면, 성장하지 않는 건 늘 나쁘다. 체념하듯 자리에 앉았다. 한 차례 심호흡을 한 뒤 숨을 토해냈다.

사유리 선생님이 고개를 숙이게 만들고 반 아이들의 노력을 부정한 죄는 만 번을 죽어도 마땅하다. 그렇다면 이 상황에서 할 일은 오직 하나다.

"선생님께서 숙인 고개가 결코 싸지 않다는 걸 알게 해주자고요."


충격적인 종례가 끝나고 나는 천천히 신문을 펼쳤다.

항간에 만연한 신문 옹호론 중 하나로, 온라인에서는 자신의 취향에 맞는 정보밖에 얻을 수 없지만 신문은 관심 없는 정보라도 눈에 들어와서 정보가 편향되지 않는다고 한다.

말은 잘한다. 쇠퇴한 미디어의 비통한 외침에 불과하다.

대체 신문을 읽는 사람이 구석구석까지 빠짐없이 읽고 있다는 전제는 어디에서 온 걸까. 편성표밖에 보지 않는 사람이 있는가 하면, 주식밖에 관심이 없는 사람도 있을 터다. 사회면 정도까지만 읽는 사람도 있으리라. 애초에 신문 자체가 편향돼 있다는 사실도 망각해선 안 된다. 결국 미디어에는 일장일단이 있으며, 이런 유의 옹호론은 신문의 우위성을 조금도 드러내지 못한다는 뜻이다.

그런 일은 아무래도 상관없을 만큼, 예상대로 반 분위기는 험악해져 있었다.

"커닝이라고? 우린 그런 짓을 한 적이 없는데!"

"우와, 너무한 글이 잔뜩 적혀 있어. 코코노에 넌 안 보는 게 좋겠어."

"후지시로 선생님이 불쌍해……."

"설마 성적이 좋아서 문제가 될 줄은 상상도 못 했어. 어떡할 거야, 유키토?"

어디어디, 법조계의 여신이 또 승리? 오, 법조계에도 여신이 있었구나. 이 학교뿐만이 아니었네. 여신은 의외로 여기저기에 굴러다닐지도 모르겠다.

"고민 중이야."

어째서인지 히나기와 시오리가 내 양팔을 꼭 붙잡았다. 왜 그래, 너희들?

불안해 보이지만 강한 의지를 품은 눈동자가 나를 쳐다보고 있다.

"혼자서 고민하면 안 돼. 다 같이 생각하자. 유키토만 희생되는 건 용납할 수 없어."

"맞아. 유키 혼자만의 문제가 아냐. 우리도 있으니까."

"너는 또……. 적당히 해."

신문을 빼앗기고 부당하게 혼이 났다.

"그렇게 말해도……."

불현듯 신문의 지역란이 눈에 들어온다.

"히히…… 모처럼 엄마한테 칭찬받았는데…… 슬프네……."

침울해하는 샤카도를 표범도마뱀붙이가 위로하고 있다. ──?!
아, 뭐야, 뽑기 피규어였구나. 깜짝이야. 요즘 뽑기는 뭐든지 다 있네. 삐콩!

"생각났다!"

"변함없이 만화 같은 녀석이네."

생각을 입 밖으로 꺼내기가 망설여졌다. 나 혼자서 할 때는 언제나 간단하다. 어떤 결과가 나오든 책임을 뒤집어쓸 일도 갈등할 일도 없으니까. 하지만 만약——.

"난 네가 좋아. 그러니까 유키만 희생되는 건 가슴 아파서 용납할 수 없어. 그리고 그건 다른 아이들도 마찬가지 아닐까. 좋아하니까 돕고, 친구니까 협력하는 거. 그뿐이라고. 유키토가 지금까지 해왔던 일, 항상 누군가를 위해 온 힘을 다하고 애쓰던 거랑 마찬가지야. 그러니까 어렵게 생각하지 마. 넌 혼자가 아니니까."

주위를 둘러본다. 아싸 외톨이가 되는 게 목표였는데, 반대 방향으로 나아가고 있다.

어찌 된 영문인지 내 주위는 늘 사람들로 넘쳐나고 있다. 탄식이 새어 나왔다.

"이 작전을 실행하는 건 나 혼자만의 힘으론 무리야. 모두의 협력이 필요해."

"유키토!"

"유키!"

팔에 매달리는 두 사람을 떼어내고 바로 생각한 작전을 말하자 반 아이들의 얼굴에 서서히 악랄한 미소가 떠오르기 시작했다.

"지금 학교가 제일 싫어할 만한 일이 뭘지 생각하면 대답은 저절로 나오지. 정공법이야."

"담임에게 그런 굴욕을 주다니. 유키토, 매운맛을 톡톡히 보여주자고!"

"하하하하! 코코노에 최고~! 저질러 버려!"

"우리 엄마라면 바로 OK할 거야. 원래도 동참할 생각이었고."

"유키, 아빠라도 상관없어?"

"학교측은 오히려 아버지 쪽을 싫어할걸."

"어쩔 수 없지. 나도 살짝 얘기해봐야겠어."

"카즈의 부모님이 오는 건 오랜만이네. 좀 쑥스럽긴 하지만 나도 시도해볼까."

타카하시와 아카누마가 꼭 손을 잡았다. 사실 이 두 사람은 중학교 때부터 동창으로 사이가 좋았다. 아이들은 벌써 가족에게 연락하는 등 활동을 개시하고 있었다.

"하지만 이렇게 된 이상 나만 알리지 않는 건 무책임한가. 하는 수 없지."

대를 위해 소를 희생한다는 것이다. 아이들에게 협조를 요청해놓고 나만 아무 일도 하지 않을 수는 없었다. 선물을 가져가서 부탁해보는 수밖에 없겠다.

"편히 잠드세요, 사유리 선생님. 생전의 원한은 제가 풀어 드릴 테니까요."

"일단 말해두는데, 담임 선생님은 아직 살아 있으니까?"

바로 태클이 들어온다. 상큼 미남은 착실하다니까.

◆

너무 슬펐다. 괴롭고 고통스러웠다. 어째서 잊고 있었을까?

가슴에 오가는 이 감정이 슬픔이라는 게 어렴풋이 떠올랐다.

차였을 때나 시합에 나가지 못했을 때도 슬프지는 않았다. 마음 속에는 체념만 있었다. 원래 그런 거라고 납득하고는 끝이었다.

그건 분명 내가 세츠카 씨의 손을 잡은 날, 평생 겪을 분량의 슬픔을 느꼈기 때문일지도 모른다. 애별리고*라는 말처럼, 너무나도 슬퍼한 나머지 어느새 말라버렸다.

그날의 슬픔이 모든 것을 휩덮어 나는 더 이상 울지 않게 되었다.

"왜 언니는 그렇게 자기 생각만 해?!"

"세츠카 부탁이야! 나한테는 이제 시간이 없어!"

그날처럼 나 때문에 어머니와 세츠카 씨가 말다툼을 하고 있다.

미안한 마음뿐이었다. 한심한 스스로에게 넌더리가 났다.

깊은 슬픔에 휩싸인다. 나만 없었다면, 나만 태어나지 않았다면, 두 사람 사이가 틀어질 일도 없었을 터다. 내 존재감이 두 사람의 불화를 초래하고 있다.

축복을 받고 태어났으면서 이 세계에 불행을 흩뿌리는 불순분자, 그것이 바로 나 코코노에 유키토다.

뻔뻔하게 이 자리에 있는 걸 차마 견딜 수 없었다.

어머니는 정말로 예쁘고 아름답다. 다정하고 자식 생각이 지극한 자랑스러운 어머니다.

자세히 관찰해보면 아주 살짝 나이가 든 티가 났지만, 그건 자연스러운 일이고 나이에 비하면 충분히 젊었다. 그래도 나라는 부담과 스트레스가 고통을 주고 있다는 건 알 수 있었다. 돈뿐만이 아니다.

---

* 愛別離苦, 사랑하는 사람과 헤어지는 괴로움.

나는 어머니의 시간과 젊음까지 착취하고 있다. 거추장스럽기 그지없는 존재다.

"난 달라질 거야. 아이들에게 부끄럽지 않은, 당당한 엄마가 될 거야!"

"왜 그 말을 좀 더 일찍 유키에게──."

이럴 생각은 없었다. 너무 궁색해서 변명도 되지 않지만.

두 사람이 어째서 싸우게 되었냐면, 사태는 지금으로부터 1시간 전으로 거슬러 올라간다.


"변변치 않지만."

"정말! 유키, 항상 말하지만 너무 예의 차릴 거 없어."

내가 사 온 고급 초콜릿을 주려다 세츠카 씨에게 혼이 났다.

세츠카 씨가 기르는 애완동물 토끼, 프리드리히 2세가 폴짝거리며 내 무릎 위로 올라오더니 오물오물 밥을 먹기 시작했다. 뿌직, 아, 똥을 쌌네. 참고로 어째서 2세인가 하면, 2대째이기 때문이다.

"유키는 예전부터 이상하게 동물들에게 사랑을 받았지."

"그렇지는 않…… 않을 텐데…… 그랬던 것 같기도 하고…… 그런가?"

도중에 자신감이 사라졌다. 그러고 보니 공원 같은 곳에 가면 비둘기들이 어김없이 먹이를 달라고 재촉했지. 그렇게 달라고 해봤자 짠하고 줄 수도 없는데.

"전생에는 분명 조련사였을 거야. 유키는 토끼를 좋아해?"

"토끼요? 귀엽긴 하죠. 제 이름의 한자에도 '토끼'라는 뜻이 담겨 있으니까 왠지 친근감이 들긴 해요."

"그래? 다행이다. 그럼 역 바니* 복장을 주문해 둘게!"

뭔가를 납득한 세츠카 씨가 컴퓨터를 만지작거렸다. 역 바니가 뭐지? 프리드리히 2세의 등을 쳐다본다. 뿌직, 아, 또 똥을 쌌다.

딱히 프리드리히 2세와는 상관이 없어 보여서 스마트폰으로 검색했다.

"잠깐, 잠깐만요! 진정하시고 대화로 해결하죠!"

"유키, 국제 정세를 봐. 대화로는 아무것도 해결되지 않아."

"과연."

"결제했다."

"꺄아아아아아아아아아!"

가차없는 구매 버튼 일격에 코코노에 유키토의 단말마가 울려 퍼졌다.

"이건 아웃, 아웃이라고요! 어떻게 하실 생각이에요?!"

"당연히 입어야지."

"누가요?"

"내가."

"장내 가세리균이 부족해지기 시작했네. 그럼 이만."

"달아나게 놔둘 것 같아?"

레벨 차이가 너무 심해서 도망칠 수가 없다! 그리고 잘 생각해보면 여기는 보스 방이잖아. 바들바들 떨림이 멈추지 않는 나와 기분이 좋아 보이는 세츠카 씨. 이것이 격의 차이인가.

---

* 바니걸 복장에서 노출된 팔다리 부분을 가리고 가려져 있던 몸통 부분을 노출시킨 복장.

오늘 세츠카 씨의 집에 온 건 수업 참관에 와달라는 부탁을 하고 최근 낌새가 이상한 어머니에 대해 상담하기 위해서였다. 누나는 대체로 늘 이상했기에 상관이 없지만, 대체 어머니에게 무슨 일이 있었던 건지 걱정이 됐다.

"유키, 먼저 만나자고 해줘서 고마워. 완벽하게 화장하고 올게!"

"적당히 해주세요. 여기서 더 예뻐지셔도 난처해요."

"아이참! 유키는 정말 사람 기분을 좋게 만드는 데는 선수라니까!"

아양을 떨며 몸부림치는 세츠카 씨. 나에게는 고개도 못 들 만큼 늘 신세를 지고 있는 사람이다. 그저 감사할 따름이다.

"아무튼, 마음을 고쳐먹었다고……. 언니한테 갑자기 무슨 일이라도 생겼대?"

"어쩌면 실은 로봇일지도 몰라요."

"마음을 고쳐먹는다는 게 그런 뜻은 아니라고 생각해, 유키."

어머니 로봇설에 대해서는 나도 반신반의지만, 그렇다고 해서 가만히 내버려둘 수는 없었기에 이렇게 세츠카 씨에게 의논하려고 생각한 것이다.

처음엔 병 때문에 불안해진 건 줄 알았는데, 굳이 말하자면, 그랬다, 어머니는 아주 매력적으로 변해 있었다.

"이상하다는 건 구체적으로 어떻게 이상한 건데, 유키?"

새삼스럽게 질문을 받아도 어떻게 대답해야 할지 난감했다. 명확하게 이렇다 할 변화가 생긴 건 아니다. 굳이 말하자면 분위기랄까 거리감 같은 그런 애매모호한 부분이었다.

"으음……. 왠지 야하다고 할까."

"야해?!"

아차! 나도 모르게 또 괜한 소리를 해버렸다.

"아니에요! 아, 그렇지. 마마부터 다시 시작하자고 하던데요!"

뭐라고 할까, 1부터 수행하겠다는 뉘앙스가 풍기는 게 불안을 부채질했다.

"마마부터라니, 그게 다시 시작할 수 있긴 한 거야?"

"저도 그렇게 생각하는데요……."

큰일이다. 역시 세츠카 씨도 모르는 건가. 어머니가 마마가 되었다고 해서 딱히 뭔가 폐해가 발생하는 것도 아니다. 그냥 내가 가슴이 두근거려서 마음 편히 지낼 수 없을 뿐이다. 심부전일지도 모르지.

"언니한테 연락도 해야 하니까 이참에 물어볼까."

"부탁드릴게요."

세츠카 씨가 스마트폰으로 어머니에게 전화를 걸었다. 나는 물어봐도 별로 효과가 없지만, 머리가 좋은 세츠카 씨라면 진의가 뭔지 알아낼 게 분명했다.

「아, 언니. 응, 유키가 부탁해서 수업 참관을 가기로 했어. ──응? 뭐라고? 언니가 왜? 이제 와서 무슨 소릴 하는 거야! 그리고 유키가 요즘 상태가 이상하다고── 뭐? 그러니까 마마부터가 무슨 뜻이냐고……. 여태까지 얼마나 심한 짓을── 됐어, 지금부터 그리로 갈 테니까!」

머리끝까지 화가 난 기색으로 전화를 끊는다. 아무래도 엄마와 뭔가로 다툰 모양이다. 나도 이제 집으로 돌아갈 생각이었기에 같이 따라가기로 했다.

"저기, 유키. 최근에 무슨 일 있었어?"

그러고 보니 예전엔 자주 세츠카 씨에게 이런저런 일들을 상담했다. 나 혼자서는 아무것도 알 수가 없고 어떻게 되지 않는 일들뿐이었다. 왠지 그때의 기억이 떠올라서, 나름 최근에 있었던 일들을 얘기해 나갔다.

만날 일이 없을 거라고 생각했던 사람들과 다시 만난 것, 거짓이 아닌 진심이 담긴 고백을 받은 것, 이상하게 날 좋아해주는 사람, 상태가 이상한 가족에, 치한 누명을 쓸 뻔하고 자전거에 치인 일 등, 화제는 너무 많아서 일일이 셀 수도 없었다.

그런 나의 끝없는 이야기에 세츠카 씨가 눈을 휘둥그레 떴다.

"유키, 너 설마——."

◆

눈앞에서 어머니와 세츠카 씨가 격렬하게 말다툼을 벌이고 있다. 세츠카 씨에게 안이하게 수업 참관을 부탁하는 바람에 벌어진 인재(人災)다. 돌이켜보면 나는 늘 두 사람 사이를 갈라놓았다.

나만 없었어도 두 사람은 사이 좋은 자매로 남을 수 있었을 텐데.

언젠가 보았던 광경. 두 번 다시는 보고 싶지 않았던 충돌. 나 때문에, 내가 있어서, 내가 원인으로, 늘 항상 매번 언제나.

죄송하다고 여러 번 고개를 숙여도 싸움은 잦아들지 않았다. 오히려 그것이 불에 기름을 부은 것처럼 상황을 점점 악화시켰다. 어찌할 길이 없는 무력함만이 남아 있었다.

"가자. 이런 곳에 있다간 유키 네가 망가져 버릴 거야."

그날처럼 세츠카 씨가 손을 내민다. 반사적으로 그 손을 잡으려는데, 등 뒤에서 어머니가 나를 부둥켜안았다.

"더는 너한테 넘겨주지 않을 거야! 난 이 아이를 사랑해! 나한테는 이 아이가 필요해!"

이상한 기분이었다. 이렇게 필사적인 어머니는 처음 본 것 같은 기분이 들었다.

체면 따위는 개의치 않고 그저 올곧고 한결같은.

——필요. 나는 정말로 어머니에게 필요한 존재일까?

"본인이 유키를 얼마나 상처 입혀왔는지 아직도 모르겠어?"

"용서받을 수 있으리라고는 생각 안 해. 평생 원망해도 상관없어. 그래도 제대로 마음도 전하지 못한 채 헤어지는 건, 계속 이렇게 지내는 건 더는 내가 못 참겠어. 가르쳐줄게. 알아줬으면 좋겠어. 내가 얼마나 너를 좋아하고 사랑하는지."

"왜 그래, 어머니? 엥, 또?! 얼굴이 점점 다가오— 읍— 으—읍?!"

"자, 잠깐만, 언니. 대체 무슨 짓을——?!"

버둥거리며 몸부림 쳤지만 꿈쩍도 하지 않는다. 점점 산소가 부족해졌다.

세츠카 씨가 황급히 우리 둘을 떼어내려 했지만, 어머니가 나를 꼭 끌어안고 있어서 몸을 움직일 수가 없었다.

"헉헉……."

이어진 두 번째 키스는 아득하리만큼 진하고 농밀했다. 충격을 받은 나머지 두통도 날아갔다.

큰일인데……. 머리가 어지러워. 폐가 신선한 산소를 격렬하게 원하고 있었다.

"세츠카, 나는 진심이니까. 그 누구보다도, 너보다도 더."

그건 마치 선전포고를 내리는 것만 같았다. 잠시 넋을 잃었던 세츠카 씨가 퍼뜩 정신을 차렸다.

"이제 와서 뻔뻔하게! ……질 수 없어. 언니한테만큼은—— 절대로!"

세츠카 씨가 어머니에게 맞섰다. 그 눈동자에는 어머니 못지않은 강한 광채가 깃들어 있었다.

처량한 배경음악에 가물거리며 졸음이 밀려왔다.

세츠카 씨도 풀지 못한 '어머니의 상태가 이상한 문제' 말인데, 거기서 나는 한 가지 가설을 세웠다. 그 뭐야, 흔히들 말하잖아. 스트레스가 너무 쌓이면 몸에 안 좋다고. 발산하지 않으면 몸과 정신에 이상을 초래한다고 말이다.

어쩌면 모성에도 그와 비슷한 성질이 있는 게 아닐까?

즉, 현재 어머니는 모성이 쌓인 나머지 이상이 생겼다는 뜻이다.

낙관적이긴 하지만 현 상태는 넘쳐나는 모성의 환원 세일이 이뤄지고 있는 것에 지나지 않으며, 발산이 끝나면 평소대로 돌아오지 않을까 추측하고 있다.

얼른 원래대로 나한테 아무런 관심이 없는 다정한 어머니로 돌아왔으면 좋겠다.

"무슨 일 있었어? 별일이네. 유키토가 이렇게까지 지쳐 있다니."

"고세이바이시키모쿠*를 다시 공부했거든."

"언뜻 듣기만 해선 되게 열심히 공부한 것 같아서 감탄이 나오기는 하는데, 분명 다른 의미일 것 같아."

우리 집에 한해서 말하자면 모성매색욕**이다. 이걸 보면 호죠 야스토키***도 헛웃음을 지을 거다.

아무리 지독한 꼴을 당하는 게 일상인 나라고 해도 어제의 소동은 그 범위를 한참 넘어서는 것이었다. 이대로 가다간 몸이 못 버틸 거다! 어머니의 노예가 되고 말 것이다.

그래서 어제 밤 새워 머리를 쥐어 짜내서 집 안에서 지켜야 할 법률 51개조를 책정했다.


• 하나, 방에 들어올 때는 노크 하기.

• 하나, 잘 때는 자기 방으로 가기.

• 하나, 목욕은 혼자서 하기.

• 하나, 옷을 아무 데나 벗어두지 않기.

• 하나, 양치질은 제가 알아서 하겠습니다.

• 하나, 과도한 스킨십 엄금.

---

* 御成敗式目, 가마쿠라 막부의 기본 법전.
** 母性賣色欲, 일본어로 발음하면 '보세이바이시키요쿠'로 '고세이바이시키모쿠'와 발음이 비슷한 한자를 따서 조합한 말장난.
*** 가마쿠라 시대의 무장으로 '고세이바이시키모쿠'를 제정했다.

- 하나, 간식은 300엔까지.
- 하나, 과금은 적당히.

등등 지극히 타당한 규칙들뿐이라서 이 정도면 바로 찬성할 거라고 의기양양하게 제안했지만 기각당했다. 돌려줘! 내 수면 시간을 돌려줘!

누나는 더 심했다. "속옷 차림으로 돌아다니지 않기? 아하, 알겠다. 알몸으로 다니면 된다는 거지."라고 말했다. 아무것도 모르고 있다.

코코노에 가는 3인 가족이니까, 합의제로 가도 두 명의 승낙만 받으면 의안이 통과되는데. ……어라, 잘 생각해보니 내 편이…… 없잖아?

"그런데…… 내가 여기에 있어도…… 괜찮은 거야……?"

충격에 넋이 나간 내 등 뒤에서 샤카도가 불쑥 고개를 내밀었다. 여전히 은신 성능이 이상하게 높다. 굳이 기척을 지워야 해?

"당연하지, 이번 작전의 핵심인물인데. 파충류 문제가 나오면 부탁할게."

"히히…… 나만 믿어……. 그치만, 나설 기회는 없을 것 같아…….."

시무룩해진 샤카도를 끌고 가 상큼 미남과 자리에 앉았다.

파란 하늘이 아름답다. 맑게 갠 하늘. 주부와 노인들도 다들 즐거워 보인다.

주말, 우리들 이색 군단 세 사람은 '잠깐 가서 우승하고 올게'라는 바이브로 동네 퀴즈 대회에 참가 중이었다. 이 일은 반 아이들도 모두 알고 있다.

참가 팀명은 듣고 놀라지 마시라. '1학년 B반 커닝즈'다.

그야말로 복수에 걸맞은 훌륭한 팀명이다.

"퀴즈 왕이라도 참가하는 게 아닌 이상 우승은 확실하겠어."

——라고 말하는 사이에 우승했고요. 인터뷰 비슷한 것도 받고 있습니다.

"그렇네요. 이 팀명에는 의미가 있어요. 실은 저희 반이 저번 시험에서 좋은 성적을 거뒀는데, 하지도 않은 커닝 혐의를 뒤집어쓰고 부당한 대우를 받았거든요. 저희들을 믿어주신 건 담임 선생님이신 후지시로 선생님과 산쵸지 선생님뿐이었고요. 그런데 설마 교장 선생님과 다른 선생님들께서 직접 학교의 평판을 떨어뜨릴 만한 행동을 하실 줄은 몰라서 믿을 수가 없더라고요. 오늘은 저희들이 커닝을 하지 않았다는 걸 증명하려고 이렇게 퀴즈 대회에 참가한 겁니다!"

"저희들은…… 죄가 없는데…… 의심을 받아서 슬퍼요……."

"아, 다음은 저요. 음 그러니까…… 교장 선생님 그만하세요. 저희는 커닝 따위는 하지 않았으니까요! 이렇게 우승한 것도 저희들의 실력이고요."

상큼 미남, 넌 연기를 잘 못하는구나. 생각지도 못한 약점을 발견해버렸네.

심상찮은 분위기에 좋지 않다고 생각했는지 인터뷰가 조기에 중단되었다.

실은 이 퀴즈 대회, 지역 정보 채널의 로컬 방송에서 생방송되고 있다.

이금 이 순간에도 TV에서 절찬 방송 중이라는 얘기다.

우연히 신문 지역란에서 참가 모집 안내가 실려 있는 걸 발견하고 이용하기로 했다. 시청자가 적어서 확산성도 없겠지만 그 점은 문제가 아니다.

경직된 미소를 띤 인터뷰어에게는 미안하지만 요즘 같은 시대에 끝까지 숨기고 넘어갈 수는 없는 법이다. 우리는 얼른 회장을 빠져나와 바로 동영상 사이트에 인터뷰 완전판을 올린 뒤 반 아이들에게 퍼뜨려 달라고 부탁했다.

"이런 걸로 화제가 되려나? 효과는 그다지 없을 것 같은데……."

"그건 필요 없어."

"그게 목적이 아니었어?"

우리들이 하고 있는 건 그저 밑작업에 지나지 않는다. 소란이 커지는 건 오히려 달갑지 않을 정도다.

"생각해봐. 이번 일로 제일 분노한 건 누굴까? 우리가 굳이 나서지 않아도 뒷일은 그 사람들한테 맡겨두면 돼. 샤카도는 바로 누군지 알겠지. 안 그래~?"

"맞아~. 엄마…… 엄청 화를 내고 계셨어……."

"과연, 그런 거구나. 교장 선생님이 불쌍해지려고 하는데……."

"알 게 뭐야. 자업자득인걸. 상큼 미남네 부모님은 오신대?"

"응. 엄마한테 얘기했더니 엄청 기뻐하셔서 좀 창피하긴 했지만."

180

한창 반항이 심할 사춘기 나이대의 자식이 부탁해 오니 부모로서 기뻤을지도 모르겠다.

아버지에게 "좋았어, 아빠가 열심히 해볼게!"란 말을 들은 아이도 있었다고 하니까.

가정 환경은 각양각색이다. 듣기로는 반 아이들 중에도 가족과 사이가 좋지 않아서 거의 대화하지 않는다는 사람도 있었다. 이번 일이 대화를 나눌 계기가 되어 준다면 그야말로 일거양득이라 할 수 있겠지. 허울 좋은 말일 수도 있겠지만, 역시 가족끼리는 사이좋게 지내는 게 제일이니까.

그렇게 말해도 개중에는 논리가 통하지 않는 부모도 있을 거다. 자식에게 유해할 뿐인 부모가 존재하는 것도 사실이니까. 사이가 좋은 게 절대적으로 옳다고는 단정할 수 없지만, 그래도 그 부분은 이상으로 남겨두고 싶다.

"우리 엄마는…… 처음부터 참석할 생각이셨던 것 같아……."

"유키토 넌 어떤데?"

"윽, 두통이……."

수면 부족이 이제야 영향을 미치기 시작했나. 더 이상 생각을 이어나갈 수가 없네. 잘 자.

◇

"어쩌다 일이 이렇게……."

급하게 소집된 교무회의는 흉흉한 분위기가 감돌고 있었다.

시찰도 무사히 끝나서 안심하고 있던 찰나에 다른 문제가 수면 위로 떠올랐다.

부들부들 떨며 손에 들린 서류를 바라보던 교장이 목소리를 짜냈다.

"우리 쪽 과실은 분명 없었는데……."

무슨 생각이었는지 퀴즈 대회에 참석한 코코노에 유키토의 영상은 그 발언 내용이 바로 문제가 되긴 했지만 방송 시점에서 약간의 혼란만 일었을 뿐 무사히 수습되었다.

애초에 대규모 커닝이 벌어진 사실 따위는 존재하지 않는다. 시험감독을 맡았던 교원들에게 물어봐도 의심스러운 행동은 전혀 없었다는 결론이 나왔다.

의혹 자체가 B반을 대상으로 한 악질적인 괴롭힘이라는 건 틀림없지만, 학교 입장에서는 지극히 당연한 판단을 했다. 문제가 될 만한 잘못은 조금도 없었다.

하물며 교장을 필두로 교직원들이 직접 나서서 학교의 평판을 깎아내리는 일을 할 리가 없으니, 아무리 누명을 씌우려고 해도 무리가 있었다.

너무나 황당무계한 코코노에 유키토의 주장은 그 한심한 내용 때문에 널리 퍼지지도 않았다. 상대할 가치도 없다. 오히려 그 행위 자체가 학교의 명예를 심히 훼손하고 있어 물의를 빚을 정도였다.

기껏해야 드라마나 소설에서 나올 만한 SNS를 이용한 압박 전술 따위가 먹힐 리가 없다. 사춘기 특유의 자신이 전능하다는 착각에 지배당한, 어른을 바보로 본 유치한 발상. 시시한 잔꾀라고 우습게 보고 있었다. 실제로도 그 예상대로 큰 영향은 없었다.

하지만 월요일, 교장은 후지시로의 보고에 오싹한 소름을 느끼게 된다.

"후지시로 선생님, 이게…… 정말인가요……?"

이마에 빼곡 비지땀을 달고 제발 거짓이었으면 좋겠다는 뜻을 은연중에 내비치면서도 결국 확인할 수밖에 없었다.

"남은 학생들도 끝까지 가봐야 알 것 같다고 하네요."

"어쩌다 일이 이렇게……."

교장이 조금 전과 같은 말을 했다. 교장 외에 말을 꺼내는 사람은 없었다.

이제야 깨닫는다. 처음부터 이게 목적이었다는 것을. 사고뭉치 학생이 저지른 어리석고 무모한 행위가 아니다. 약점을 어떻게 공격할지 얄미울 정도로 정확하고 치밀하게 계산하고 한 짓이었다.

"듣기로는 머리끝까지 화가 난 보호자들도 있다고 하네요."

이쪽으로 살짝 윙크해온 산죠지에게 마찬가지로 시선을 돌려준다.

'산죠지 선생님은 일이 이렇게 될 걸 알고 계셨던 걸까?'

보통은 해마다 2할 정도밖에 참석하지 않는 수업 참관에 올해는 거의 대부분의 보호자가 참석할 예정이었다. 불참에 동그라미가 쳐져 있는 건 불과 두 명. 그 두 명의 보호자도 막판까지 업무를 조정 중이라고 했다.

용지를 손에 들었을 때는 후지시로도 교장과 마찬가지로 식은땀이 흐르고 손이 떨렸다.

원래라면 기쁜 일이다. 하지만 하필 이런 타이밍에 참석한다고 하니 학교 측에 대한 보호자의 명백한 항의로밖에 보이지 않았다.

한두 사람이면 몰라도 이렇게 많은 수의 보호자에게 질책을 받을 가능성이 높아진 상황에서 평소대로 행동할 수는 없었다. 사회적 지위가 높은 사람도 포함돼 있고 누가 어떤 인맥과 연줄을 가지고 있을지 모른다.

이제 와서 전부 없었던 일로 돌릴 수도 없다. 사방이 꽉 막혀 있었다.

'설마 나까지 코코노에 유키토에게 보호를 받을 줄이야…….'

속으로 자조했다. 이런 일이 가능하다면 굳이 그런 행동을 할 필요는 없었다. 그래도 구태여 영상이라는 형태로 억지 주장을 전개한 건 후지시로와 산죠지의 책임 소재를 명확히 하기 위해서였다.

일종의 알리바이 공작 같은 것이다. 만약 그 영상에서 후지시로와 산죠지의 이름을 언급하지 않았다면 후지시로도 교장이나 다른 선생들과 마찬가지로 두려움에 벌벌 떨고 있었으리라.

'응, 다음에 보면 다정하게 대해주자. 그런데 설마 미쿠리야의 부모님까지 참석할 줄이야. 그 애는 정말……. 이러니 누가 교사인지 모르겠잖아…….'

미쿠리야 세이도는 코코노에 유키토와는 다른 의미로 반에서 요주의 인물이었다.

후지시로도 계속 걱정하고 있었다. 평소 행실에 문제가 있지는 않고, 오히려 지극히 평범한 학생이다. 하지만 다음에도 그럴 거라고는 장담할 수 없는 리스크가 있었다.

세이도의 부모님은 이혼했고 친권은 아버지에게 있다. 하지만 그것도 최근에야 겨우 결정된 일이다. 세이도의 어머니는 5년에 걸쳐 불륜을 저지르고 있었다.

상대도 아내를 둔 사람이라 더블 불륜이었다. 수상함을 느끼고 흥신소에 조사를 의뢰한 상대방 배우자의 연락으로 발각됐다.

분별 있는 어른의 교제. 하지만 그런 미사여구도 일단 들키면 환상에 지나지 않는다는 걸 알게 된다. 분별 있는 관계는커녕 가족뿐만 아니라 친척들까지 끌어들여 파멸까지 일직선으로 향하는 지옥행 편도 티켓을 끊게 되는 것이다.

부정이라는 유책행위를 저질러 이혼하는 경우에는 위자료의 액수도 훌쩍 뛰었다. 배우자에게 위자료를 줘야 하는 것은 물론 상대방의 배우자에게서도 위자료를 청구 당해 모든 것을 잃었다. 벌이가 되는 남자라면 몰라도 세이도의 어머니는 전업주부다. 돌려줄 방법도 없어 부모님에게 매달리는 수밖에 없었다.

뒤처리는 여러 달을 끌었고 상간남 쪽도 이혼을 하게 됐다. 하지만 그걸로 끝이 아니었다. 바람과 불륜이라는 배신은 계속해서 당사자들을 괴롭혔다.

세이도의 비극은 여기서부터 시작되었다. 오랜 세월에 걸친 아내의 불륜에 충격을 받은 세이도의 아버지는 모든 것을 의심하기 시작했고, 저도 모르게 아내에게 세이도가 자신의 친자식이 맞는지 캐묻고 말았다. 우연히 그 대화를 듣고 만 세이도는 쇼크로 우울해졌다.

물론 세이도는 틀림없는 부모님의 자식이었다. 이미 16살이었던 세이도는 친권을 선택할 수 있었다. 결벽하고 복잡한 나이의 그는 불륜을 용서할 수 없었다. 하물며 위자료라는 거액의 빚을 껴안고 있는 어머니를 따라간다는 긴 말도 안 되는 일이었다. 친권은 순조로이 아버지에게로 넘어갔지만, 그 와중에 세이도의 아버지가 친자가 아닐 가능성을 의심하자 세이도는 집안 내에 자기 편이 사라져 버린 것 같은 깊은 절망감에 사로잡혔다.

세이도는 외동아들로 형제가 없다. 자신의 실수를 깨달은 아버지가 바로 사과했지만, 이미 엎질러진 물이었다.

혼자서 끌어안고 괴로워하며 몸부림치는 나날. 그 무렵의 세이도는 후지시로가 봐도 확연히 알 수 있을 만큼 안색도 나쁘고 초췌해져 있었다.

결국 한계에 달했을 때, 세이도에게 손을 내민 사람이 코코노에 유키토였다.

원래 코코노에 유키토는 여러 반 아이들과 자주 대화를 나눴다. 어째서인지 받는 상담의 종류도 다채로웠다. 모르는 문제의 해결방법부터 방충망에 달라붙은 노린재를 구충하는 방법까지 여러 갈래로 뻗어 있었다. 자신이라는 존재를 가장 밑바닥에 두고 있기 때문에 누구나 쉽게 말을 거는 것일지도 모른다. '어째서 외톨이가 될 수 없는 거냐'고 혼자서 구시렁거리고 있지만, 아마 학교에 있는 한 그렇게 되긴 힘들 거라고 후지시로는 생각했다.

'그러고 보니 최근 소마도 많이 밝아졌지, 스오도 그렇고. 저 애는 정말 매일 뭘 하고 있는 걸까…….'

소마 쿄우카. 2학년들 사이에서 유명한 학생이지만 사실은 싫어하는 사람들도 많았다.

절벽 위의 꽃이라고 하면 듣기에는 좋지만 그런 분위기와 태도가 마음에 들지 않는지 동성에게는 별로 좋은 평가를 받고 있지 않았을…… 터였다. 이전까지는.

하지만 최근 들어 어찌 된 영문인지 사람을 대하는 언행이 몹시 부드러워졌다. 이전 같은 표독스러움이 사라지면서 이성뿐만 아니라 동성이 보는 눈도 크게 달라지고 있었다.

그 밖에도 다른 학교에 있는 연인에게 차이고 낙담해서 자포자기한 스오 레이카를 간곡하게 격려해서 원래 스오를 좋아했던 바둑부 부장과 다리를 놓아주는 등 코코노에 유키토를 둘러싼 인물 상관도는 복잡기괴했다.

그 남자의 주위에는 신기하게도 사람이 모여들었다. 본인의 뜻과는 정반대다.

미쿠리야 세이도가 왜 코코노에 유키토에게 집안 사정을 털어놓으려고 한 건지는 알 수 없다.

코코노에 유키토도 편모가정이었다는 게 공감을 얻은 걸까, 아니면 매일같이 수난을 당하고 있기 때문일까. 어쩌면 스즈리카와나 카미시로 등의 문제를 해결하는 모습을 처음부터 끝까지 지켜봤기 때문일지도 모른다. 어느 쪽이든 세이도에게는 누군가의 도움이 필요했다.

이야기를 들은 코코노에 유키토는 뻔질나게 세이도의 집을 들락거렸다. 세이도의 어머니는 자식을 볼 낯이 없다고 세이도를 대하는 걸 겁내고 있었다. 세이도의 아버지도 자신이 세이도를 깊이 상처 입혔다며 후회에 사로잡혀 있었다. 코코노에 유키토는 중간다리가 되어 그런 부모님의 심정을 듣고 세이도에게 전달했다. 그리고 다시 세이도의 마음을 듣고 그것을 부모님 각자에게 전달했다.

처음에는 난데없이 등장한 코코노에 유키토에게 당황했던 부모님도 학교에서의 세이도가 어떻게 지내고, 얼마나 힘들어하고 있는지를 알고는 눈물지었다. 흐느껴 울면서 사죄하는 부모님. 그 상황을 코코노에 유키토에게 전해 들으며 눈물을 흘리는 세이도. 코코노에 유키토는 끈질기게 둘 사이의 가교 역할을 되풀이해 나갔다.

그런 나날이 이어지면서 관계는 서서히 개선되기 시작했다. 이혼한 사실은 변하지 않았다.

하지만 세이도의 아버지는 전 부인에게 위자료를 청구하지 않기로 했다. 그 대신 상간남의 배우자에게 줄 위자료는 직접 일해서 갚겠다는 약속을 받아냈다. 실제로는 친아버지가 일단 위자료를 내고, 그걸 갚아나가는 형태였다.

그렇게 모든 변제가 끝났을 때 다시 시작할지 고려해보자는 약속을 맺었다.

세이도는 미쿠리야 부부의 증명 그 자체다. 둘 다 세이도를 소중히 여기고 있었다. 그래서 처음에는 강경했지만, 결국은 서로 한 발씩 양보하는 길을 택했다.

세이도의 어머니는 더 이상 어머니 노릇을 할 수 없었다. 공부해라, 규칙을 지키라는 도덕과 일반론을 아무리 자식에게 설파해도, 자식이 불륜을 저지른 사람에게는 듣고 싶지 않다고 일축하면 끝이었다. 오히려 존재 자체로 악영향을 끼칠 수도 있었다.

불륜을 저지른 시점에서 원만한 수습은 물 건너갔다. 모두가 상처 받았다. 별생각 없이 유혹에 응한 대가는 너무나도 컸다. 그래도 이 결과는 세이도의 마음을 구원했다.

그리고 그 결과를 확실히 하기 위해 세이도는 수업 참관에 와달라고 부모님에게 부탁했다.

자신에게는 그럴 자격이 없다고 몇 시간이나 울며 사과한 세이도의 어머니도 결국에는 고개를 끄덕였고 아버지도 눈물을 흘리면서 참석하겠다고 약속했다고 한다.

세이도는 결코 어머니를 용서하지 않았다. 조금 더 어렸다면 완전히 거부했을 수도 있었다. 어느 정도 분별력이 생겼고 그에게 손을 뻗어준 사람이 있었다. 그런 시점이었기에 성립할 수 있었던 선택이었다. 그 선택이 옳은지 아닌지는 아무도 모른다. 결과가 나오는 건 훨씬 나중이 될 테니까.

이런 전말을 후지시로는 세이도에게 직접 듣게 되었다. 담임이 걱정하더라고 코코노에 유키토가 말한 모양이다. 대체 눈치가 얼마나 좋은 거야.

후지시로는 자신의 무력함에 좌절했다. 확실히 걱정했다. 했지만, 달리 말하면 그저 걱정만 했을 뿐이었다. 학교에서 벌어진 문제라면 몰라도, 가정 내 사정에까지 고개를 들이미는 건 일개 교사에게는 불가능한 일이었다.

그저 많고 많은 직장 중 하나라고만 여긴다면 더욱 그렇다. 후지시로는 그래서 더더욱 이념을 설파하는 산죠지를 존경하고 있지만, 이건 그 산죠지라도 어찌할 수 없는 일이었다.

'……여간내기가 아니야. 나라면 위에 구멍이 뚫렸겠지. 대체 어떤 멘탈을 갖고 있으면 이런 일이 가능한 거지……? 저 녀석한테는 두려움이란 게 없나? 그러고 보니 복숭아가 무섭냐고 했던 것 같긴 한데…… 여전히 도통 알 수 없는 녀석이야.'

적어도 수라장에 스스로 발을 들여서 관계 개선에 힘쓰는 등 후지시로는 도저히 흉내 낼 수 없는 일을 했다. 미쿠리야 가족에게 코코노에 유키토는 은인이었다.

그건 스즈리카와 카미시로의 부모님에게도 마찬가지일지도 모른다.

그렇다면, 만약 코코노에 유키토를 해치려는 사람이 있을 경우 결코 용서하지 않으리라. 게다가 코코노에 유키토의 어머니 또한 자식을 끔찍이 생각하는 사람이라고 했다.

"──후지시로 선생님, 아시겠습니까? 보호자 분들께 부디 오해가 없도록 정중하게 설명해서 수습해주세요. 저희에게는 학생을 깎아내릴 의도 따윈 없었으니까요."

"힘써 보겠습니다. 하지만 역량이 부족한 저만으로는 대처하지 못할 가능성도 있습니다. ……그때는 교장 선생님께서 잘 도와주세요."

교장이 움찔 몸을 떨었다. 대응을 한 발만 삐끗해도 일이 커질 수 있다. 전에 없을 만큼 궁지에 몰려 있었다. 무난하게 지나가기를 기도하는 수밖에 없었다.

"……알겠습니다."

'벌벌 떨면서 잠들어라, 대머리!'

후지시로는 속으로 악담을 내뱉었다. 교장은 자신들이 무엇과 적대하고 있는지 이해하지 못하고 있다. 후지시로는 이 끝에 그야말로 결정적인 사태가 기다리고 있을 것 같은 예감이 들어 견딜 수 없었다.

이어진 교무회의는 아수라장이었다. 어떻게 대응에 문제가 없었는지 논점을 정리하고 예상 문답집을 작성해 나갔다.

수업 참관 전에 B반의 학생에 대해 제대로 설명하기로 결론을 낸 뒤 겨우 회의가 끝나갈 때쯤, 교장 앞으로 전화 한 통이 왔다.

"토, 토죠 선생님! 지난번 일 때문이실까요? ……그 학생은 저희 학교 학생이 맞습니다. 이쪽에서도 여러 번 문제가── 아, 네. 바로 처분하겠습니다."

그 쩔쩔매는 모습을 보자 진땀이 배어 나왔다. 교장의 시선이 간간이 후지시로를 포착하고 있었기 때문이다.

교장의 긴박한 기색에 실내의 긴장감이 고조됐다. 교장은 전화를 마치더니, 크게 한숨을 토해내고는 무거운 어조로 천천히 입을 열었다.

"──후지시로 선생님, 지금 바로 그 아이를 불러내 주세요."

쑤욱 하고 바닥없는 늪에 발을 들여놓은 듯한 기분이 들었다.

# 제5장 「무정한 광상곡」

이렇게 말하긴 뭐하지만, 나는 지금 정학 처분을 받고 있다.

뭐, 사태는 조금 더 복잡하지만. 정확하게는 근신 처분을 받고 있는 중이며, 그것이 정학 처분과 무엇이 다른가 하면 공식적으로 기록이 남느냐 아니냐. 간단히 말하면 정학 처분(임시)이라고 할 수 있으리라. 출석 정지 일주일을 당해버렸다. 데헤헤 ♪

그 기간 중에 나에 대해 모조리 조사한다고 한다.

그나저나 이상했다. 나를 불러내길래 상대도 아마 나를 싫어하겠지 싶어 두근거리며 회의가 벌어지고 있는 방 안으로 들어갔는데, 모멸적인 시선만 받았을 뿐 별다른 일은 없었다.

교장과 나눈 면담에서 "처음 뵙겠습니다. 썩은 사과 코코노에 유키토입니다."라고 인사한 게 잘못이었는지도 모른다. 다들 얼굴이 굳어 있었다. 엄청 웃겼다.

조사는 순조롭게 끝났지만, '네가 괜한 짓을 해서 어쩌고저쩌고', '너 같은 학생은 주위에 악영향을 어쩌고저쩌고' 등등 온갖 소리를 다 들었다.

나로서는 적대나 반론을 할 생각이 전혀 없었기에 지당하신 말씀입니다, 제 말이 그 뜻입니다 하고 납죽 동의했는데, 왜 화를 내며 발을 동동 구른 걸까?

처분 소식을 들은 누나는 노발대발했다. 집에서는 더 노발대발했다. 나에게서 진의를 확인하려던 어머니에게 '왜 믿어주지 않는 거냐'며 격노했고, 어머니는 울면서 나를 놓지 않았다. 그래서 결국 또 나는 어머니와 같이 잠을 자게 됐다.

요즘은 내 방에서 잠을 잔 적이 거의 없다. 내가 무슨 갓난아기냐고. 예예 갓난아기입니다.

어차피 이 정도쯤이야 몰리브덴강보다 단단한 멘탈을 가진 나에게는 산들바람이나 마찬가지다. 이런 일에 익숙해진 나에게 정학 처분 따위는 신경 쓸 일도 아니었지만, 소동의 여파는 오히려 나보다 주변 사람들에게 영향을 미쳤다.

스마트폰으로 쉴 새 없이 연락이 온다.

나한테 이렇게 아는 사람이 많았던가?

모르는 번호로 걸려온 전화라 환급금 사기일까 봐 경계하며 받았더니 여신 선배였던 적도 있었고, 그 밖에 바둑부의 아이하라 선배나 세이도한테서도 연락을 받았다. 그 부모님께서도 안부 전화를 해주셨고.

미쿠리야 세이도와는 모종의 상담을 통해 친해졌다. 단순한 연애 상담이거나 제벅 효과와 펠티에 효과의 차이를 물어보려고 온 줄 알았는데, 생각지도 못한 헤비한 내용에 머리를 싸매고 말았다. 아무리 경솔하게 받은 상담이라도 받자마자 내던질 수는 없어서 꽤나 애를 먹었던 것 역시 좋은 추억이다.

아, 또 스마트폰이 울린다. 스오 선배였다.

왜 다들 내 연락처를 알고 있는 거지? 어느새 내 연락처가 유출됐다. 개인정보 브로커들의 짓인가? 일찍이 경험해본 적 없는 공전절후의 피버 상태다. 아싸 외톨이 간판을 반납할 때가 온 걸지도 모르겠다. 아무튼 그건 나중에 생각하기로 하고.

지금 내가 고민해야 할 건 나 자신의 일이었다.

이상하다. 위화감은 날이 갈수록 커져 가고, 의문은 부풀어 오르기만 했다. 나는 나를 전혀 신뢰하지 않는다. 내 멘탈은 너무 강했다. 이제는 아무것도 느끼지 않고 상처 입지 않는다.

하지만, 정말로 그럴까?

잃어버린 것이 너무나도 컸다. 나는 그것과 맞바꿔 이 필요없는 강함을 손에 넣었다. 그런데, 나는 언제부터 이렇게 된 거지?

근신 기간 중이라고 하니 마침 잘됐다. 이 기간 동안 나는 나 자신을 발견하기 위한 실마리를 찾을 것이다. 분명 그것이 망가진 나를 고치기 위해 필요한 과정일 테니까.

그렇다 쳐도 정학 처분이라니 웃음이 나왔다. 포복절도할 지경이다.

축구는 옐로카드 2장을 받으면 퇴장이지만 내 경우에는 10장 정도는 누적된 것 같다.

어느새 나는 의혹의 백화점을 넘어 의혹의 종합상사*가 되어 있었다. 그럽네.

코코노에 유키토 악당 전설은 현재 절호조를 달리며 차곡차곡 늘어나고 있었다. 대부분은 아무 증거도 없는 트집에 가까운 의혹이지

---

* 쓰지모토 기요미 의원이 2002년 '북방 4도 지원사업 입찰 관여 의혹'으로 중의원 예산 위원회 증인 소환 신문에 출석한 스즈키 무네오 의원에게 한 말 "왜 거짓말을 합니까? 당신은 의혹의 백화점이라고 불리고 있지만, 제가 보기엔 의혹의 종합상사예요."에서 유래한 것. 의혹이 너무 많다는 뜻이다.

만, 히나기에 대해 SNS에서 중상비방을 한 것만은 유일한 사실이다.

조사를 받을 때도 그 부분만은 맞다고 해뒀다. 이유에 대해서는 원한이라고만 하고 굳게 입을 다물었지만, 사유리 선생님이 미안한 표정을 짓게 만든 건 통탄스럽기 그지없었다.

표면적인 처분 사유는 히나기 건이지만, 그 사건 뒤로 제법 시간이 지났다. 이제 와서 갑자기 조사를 하고 처분한다는 것도 납득이 가지 않았다. 사유리 선생님에게 슬쩍 전해 들은 얘기로는 현의회 의원이 압력을 넣었다는데, 원한을 산 기억도 없거니와 자세한 내용까지는 듣지 못했다.

어째서 난데없이 정학 처분이 내려진 건지, 그 이유는 내가 제일 알고 싶다.

발단은 며칠 전, 학교에 한 소문이 퍼졌다.

코코노에 유키토가 상급생을 협박해 육체관계를 강요하고 있다는 소문이었다.

◇

"이게 어떻게 된 일이죠?! 설명해주세요!"

"유키토는 그런 짓 안 해요!"

"나도 그렇게 생각하고 있어!"

"납득이 가는 대답을 얻지 못할 경우 그에 적당한 장소에 보고하겠어."

"그건 곤란해, 케도. 제발 봐다오."

"그럴 순 없어!"

교장실. 학생 몇 명이 교장과 후지시로 사유리를 추궁했다. 코코노에 유키토의 정학 처분.

하지만 정학이라고 하기에는 애매한 처분이었다. 왜냐하면 증거를 하나도 발견하지 못했기 때문이다.

안 그래도 학생과 보호자에게 막대한 불신을 사서 신용노가 추락하고 있는 현 상황에서 아무리 요청이 있었다고 해도 퇴학으로 몰아갈 수는 없었다. 정학이라는 처분을 내리는 것조차 힘들었다. 그래서 나온 타협안이 근신 처분이었다. 교장도, 교장에게 찬성한 교원들도 어느새 볼품없이 초췌해져 있었다.

학교 측은 안절부절못했다. 시기가 너무 안 좋았다. 일을 최대한 덜 키우려고 조용히 조사를 진행했는데 반발이 너무 격렬해서 연일 몰려오는 학생들로 장사진을 이뤘다.

심지어는 소식이 이미 널리 퍼져서 이 처분에 격노한 B반의 보호자들로부터 항의 전화가 빗발쳐 대응에 쫓기고 있는 상태였다.

대체 어쩌다 일이 이렇게 된 건지 아무도 파악하지 못하고 있었다.

당사자들 중 한 사람인 스즈리카와도 불러내 조사했지만, 중상비방은 자신을 지키기 위해 한 행동이었다고 강하게 주장했다. 어째서 감싸는 거냐, 협박이라도 받은 거냐고 묻자 스즈리카와는 머리끝까지 화를 내며 정면으로 반박했다.

일이 이렇게 되자 처분 사유도 안개처럼 사라져 버렸다. 어디에도 피해자가 없었다.

학생회를 필두로 철저히 항전할 태세를 갖추는 와중, 우선은 소문의 진위를 확인하는 것이 선결이었다.

코코노에 유키토는 호출에 선뜻 응해 조사를 받더니, 요청에 따라 아무런 저항도 하지 않고 스스로 스마트폰을 내주었다. 통화 내역과 메시지 송신 기록, 사진 폴더까지 하나도 감추지 않고 드러냈다.

거기에는 가족 간에 나눈 대화 정도밖에 없었고, 사진 폴더에는 아무것도 저장돼 있지 않았다.

그건 그것대로 이상했지만 당연히 아무런 증거나 흔적도 찾을 수 없었다.

"이것 봐. 이게 유키토의 방이야. 그 애가 그런 짓을 할 리가 없다고!"

유리는 자신의 스마트폰으로 촬영한 유키토의 방 사진을 보여주었다.

"말도 안 돼……. 이게, 코코노에 유키토의 방이라고……? 그 애는 대체!"

"거짓말이지……? 유키토가 여기에서 살아? 하지만, 그런――!"

"유키의 방은 처음 봤어. 이랬다니…….."

그 이상함에 사람들은 말문을 잃었다. 눈물짓는 사람도 있었다. 그 방에는 아무것도 없었다. 아니, 책상과 옷장, 침대 등이 놓여 있으니 아무것도 없는 건 아니다. 하지만 그곳에는 누군가가 살고 있다는 개인을 증명하는 것이 아무것도 없었다. 방에는 개성이 드러나는 법이다. 좋아하는 가수의 포스터를 붙여 놓거나, 만화나 게임 등이 놓여 있는 등 뭔가 하나라도 그 방에 사는 사람의 개성이 반영될 수밖에 없었다.

하지만 그 방은 무기질적이었다. 마치 병원처럼 하얀 벽이 눈부시다. 코코노에 유키토라는 개성을 반영하는 것이 하나도 존재하지 않는 공허한 방. 그것이 코코노에 유키토의 방이었다.

"그 애는 언제든지 사라질 수 있는 준비를 하고 있었어. 자신이라는 존재를 지울 준비를 말이야. 이제야 조금씩이지만 나아지고 있었는데, 어째서 또 상처를 주려고 하는 거야! 그만 좀 해!"

유리가 폭발했다. 스즈리카와와 카미시로도 같은 심정이었다. 이일로 유키토가 다시 망가진다면 어떡하지. 어째서 늘 이런 일만 생기는 걸까. 두 사람은 그런 불안감에 짓눌릴 것만 같았다.

"증거도 불충분한데 왜 처분을 결정하신 거죠? 이런 식은 용납할수 없어요!"

"진정해, 케도! 정식으로 정학 처분을 내리기로 정한 게 아니야."

"그런 변명이 통할 리가 없잖아요! 이미 코코노에 유키토는 근신처분을 받았다고요!"

"하지만, 우리들도 아무것도 안 할 수는……."

"……현의회 의원 토죠 선생님이 전화를 하셨거든."

"——후지시로 선생님, 그만하시죠!"

얘기를 시작하는 후지시로를 교장이 황급히 말리려 했지만, 후지시로는 아랑곳없이 말을 이었다.

"계속 감춰둘 수 있을 리가 없잖아요! 이렇게 일이 꼬였으니 언젠가는 밝혀질 거예요. 얼마나 많은 학생들이 불만을 갖고 있는지 아세요? ——토죠 선생님은 딸이 다니는 학교에 그런 학생이 있다니 이게 무슨 일이냐고 노발대발하셨어."

"그래서 증거도 없는데 처분한 거고요?"

"시간을 번 거지. 그 동안 코코노에 유키토에게 죄가 없다는 걸 증명해야 해."

"케도, 우리도 어쩔 수 없었어. 토죠 선생님이 직접 전화를 하셔서 형식적으로나마 뭐라도 하지 않을 수가 없었다고."

"그런 당신들의 필요 때문에 유키토를 상처 입힌 거야?"

"후지시로 선생님, 당신은 그래도 괜찮은 건가요?"

"괜찮을 리가 없잖아! 나도—— 젠장!"

정말이지 한심한 얘기였다. 그런 적당한 이유가 말이 되는 소리냔 말이다. 애초에 그 현의회 의원인 토죠…… 토죠? 케도는 퍼뜩 깨달았다. 설마 그 사람은——.

"그 토죠라는 사람, 3학년 토죠 에리카의 아버지 아냐?"

"토죠 선생님은 우리 학교 졸업생이고 교육에도 열심이셔. 시찰에도 왔었고. 어차피 이제 나하고는 아무 상관도 없지만."

후지시로가 내뱉듯이 말했다. 후지시로의 심경도 학생들과 비슷했다. 처분을 막지 못한 자신에게도 혐오감을 느꼈다. 자신은 교사에 적성이 없는 게 아닐까 하고 요 며칠 고뇌도 했다.

"……이제야 모든 상황을 알겠어. 그런 거였나."

"잠깐만, 케도, 뭘 알았다는 거야!"

케도는 조바심이 났다. 소문의 출처는 그녀. 그리고 코코노에 유키토가 협박했다는 상급생. 그것은 자신을 말하는 게 분명했다.

그렇다면 나는 또 코코노에 유키토를——.

"아버지에게 처분을 내려달라고 부탁한 건 에리카야. 유리, 에리카의 반으로 가자. 아무래도 선생님들은 학생을 지킬 마음이 없는 것 같으니까."

"어이 케도, 기다려!"

"코코노에 유키토는 지금도 혼자서 고통에 시달리고 있다고! 웃기지 마!"

가속도가 붙듯 악화되어가는 상황에 아무도 착지점을 발견하지 못한 채로 끝이 조용히 다가오고 있었다.

◆

감기에 걸려 학교를 쉬고 있을 때, 몸 상태는 안 좋아도 텐션은 이상하게 높았던 그런 경험이 다들 한 번씩은 있었을 거다. 다른 아이들이 학교에서 공부를 하고 있을 때, 혼자만 자유시간을 즐긴다는 그런 배덕감으로 가득 차는 거다.

나는 모처럼 받은 근신 처분을 실컷 만끽하고 있었다.

"하천 부지에 놀러 왔습니다!"

맑게 갠 푸른 하늘, 쾌적하게 부는 바람. 조건은 완벽하다. 엥, 근신? 할 리가 없잖아!

정식으로 정학 처분을 받았으면 몰라도. 뭘 조사한다고 하던 것 같긴 했지만 그런 건 나랑 아무 상관도 없으니까. 반성해야 할 일이 아무것도 없으니 요청에 따를 필요는 전혀 없었다.

지루해 죽을 것만 같던 나는 마음속에 몰래 간직하고 있었던 '언젠가 해보고 싶은 시리즈' 제1탄으로 연날리기에 도전하기로 했다. 그래서 영차영차 짐을 짊어지고 하천 부지로 온 거다!

　이런 레트로한 놀이는 로망이 있지. 팽이치기 놀이 같은 거 말이야.

　막과자 가게 할머니에게 물어봤더니, 어른들 중에서도 팽이에 줄을 감는 법을 모르는 사람이 늘고 있다고 한다.

　그건 아무래도 상관없지만, 막상 연을 하늘에 띄우기만 하는 단계가 되자 실패를 직감했다.

　"……너무 크지 않아?"

　이걸 어떻게 띄우지? 연은 어제 만들었는데, 처음이다 보니 실제 크기를 몰라서 반쯤 재미삼아 너무 크게 만들어버렸다.

　그리고 지금은 여름 직전이다. 양력을 이용해야 하는데 하강기류가 발생하는 여름 날씨는 근본적으로 연을 띄우기에 적합하지 않았다.

　연날리기는 겨울에 하는 놀이라는 이미지가 있는데 그건 상승기류가 발생하기 때문이다. 예부터 이어져 내려온 전통적인 놀이에는 이렇게 자연을 통찰한 사람들의 혜안이 담겨 있었다.

　치명적인 두 가지 실수를 범한 어리석은 코코노에 유키토와 거대 연.

　현실이란 비정하여라아아아아아아!

　"꼬마야, 연은 지금은 못 날려. 무슨 일에든 맞는 철이란 게 있단다."

멀리서 지켜보던 나이스 미들이 말을 걸어왔다. 60대쯤 되었을까, 나이에 걸맞은 중후함이 있는 잘생긴 아저씨였다. 수염이 멋스럽다. 나도 나중엔 저런 댄디한 사람이 되고 싶네.

"아, 형님, 안녕하세요. 여름의 다운포스*가 만만치 않네요."

"어이어이, 형님이라니. 너 아부를 너무 못하잖아! 내가 그런 소리 들을 나이냐고. 참 나, 40년 만에 형 소리를 다 들어보네."

"젊어 보이는 편이 기분 좋으실 것 같아서요."

잘생긴 아저씨가 약간 쑥스러워하며 뺨을 붉적거렸다. 어머니도 여대생 같다고 말했을 때 기뻐하는 걸 보면 실제 나이보다 어리게 본다고 기분 나빠하는 사람은 적지 않을까?

"그래도 그렇지 정도라는 게 있잖아, 정도라는 게! 그나저나 이 연은 너무 크지 않아? 여름에 연날리기는 왜 또 하는 거고?"

"첫 도전이라 해보고 싶어서요. 그렇지, 형님! 괜찮으시면 좀 도와주실래요? 저 혼자서는 힘들다는 걸 깨달았거든요."

"그러니까 그 형님 소리 좀……. 뭐, 도와주는 거야 상관없다만 꼬맹아, 학교는 어쩌고 여기에 왔어? 이런 곳에서 수다나 떨고 있어도 괜찮은 거야?"

잘생긴 아저씨는 성격까지 잘생긴 아저씨였다. 말투는 거칠지만 친절함으로 넘쳐흐르고 있다.

"실은 근신 중이라 심심해서요."

"엉? 무슨 나쁜 짓이라도 저질렀어?"

"아뇨, 전혀요. 그래서 처분에 따를 생각은 없고, 기왕 쉬는 거 이

---

* 공기역학에서 양력과 반대 방향으로 작용하는 힘을 말한다.

기회를 만끽해보자 싶었어요. 학교에도 집에도 제가 있을 곳은 없으니까요."

최근엔 누나뿐만 아니라 어머니까지 내 방에 있는 빈도수가 높아지고 있었다.

덕분에 마음이 불편해 견딜 수가 없다. 긴장감도 장난이 아니고. 그건 딱 봐도 땅을 팔라는 시위였다. 넌지시 빨리 나가라고 재촉하고 있다. 외딴섬에서 귤을 재배할 날도 그리 멀지 않은 듯하다.

"꼬맹아…… 그런 슬픈 소리는 하는 게 아냐! 무슨 일이라도 있었어? 난처한 일이 있거든 말해봐. 알겠냐? 어린애는 얼마든지 어른한테 의지해도 돼! 살날이 얼마 남지 않은 나와 창창한 미래가 있는 꼬맹이 너는 사회에서 가지는 가치가 다르다고. 스스로를 너무 낮게 보지 마."

잘생긴 아저씨는 눈물샘이 약한지 콧물을 훌쩍이더니 듬직한 손으로 내 머리를 쓰다듬었다.

"걱정해주셔서 감사해요. 그래도 일주일 정도니까 괜찮을 거예요. 형님은 쉬는 날이신가요?"

"나? 챙길 게 조금 있어서. 다 맡겨둘 수도 없으니까. 갓난아기 때부터 알고 지내던 녀석이 이번에 드디어 결혼을 하거든. 그래서 성대하게 축하해주려고."

"축하드려요!"

"그렇지, 나한테 축하한다고 해도 난감하지만, 고마워."

히미야마 씨네 오빠도 결혼한다던데, 요즘 경사스러운 일이 많네. 두 사람의 첫 출발에 행복한 미래가 찾아오기를 기도할 따름이다. 누군가와 함께 걷는 미래는 나에게는 너무 아득해서 눈부셨다.

"꼬맹이 너, 코코노에…… 유키토였어?"

"어떻게 제 이름을? 설마 초능력자?"

"무슨 소리야! 연에 커다랗게 이름을 써놨잖아. 오히려 주장이 너무 강한 거 아냐?"

"그림을 그리려고 했는데요, 디자인이 안 떠올라서 그냥 이름으로 했어요."

하얀 연에는 커다란 글씨로 '코코노에 유키토'라는 이름이 적혀 있었다. 소지품에 이름을 적는 건 철칙이다.

"……넌 이상한 녀석이구나."

"이상하다. 이유는 모르겠는데 다들 그런 소릴 하더라고요."

"그래도 나쁜 녀석 같지는 않네. 이래 봬도 내가 사람 보는 눈은 있거든. 그렇지, 꼬맹아. 배 고프지 않냐? 내가 사줄게. 그 김에 자세히 얘기나 들어보게. 그리고 근신 중이라며. 혹시 나중에 심심하거든 언제든지 나한테 놀러 와. 생선을 손질하는 법이나 쥐는 법 정도는 가르쳐 줄 테니까."

"오오, 이세계에 소환됐을 때 도움이 될 만한 서바이벌 스킬이다!"

"넌 굳이 말하자면 바로 추방될 것 같은데……."

"잘 아시네요. 혹시 형님, 이세계에서 돌아오셨어요?"

"이 늙은 몸으로 세계를 구할 수 있겠냐! 손주가 그런 걸 좋아해서 말이지, 같이 애니메이션 같은 걸 보다 보니 덩달아 잘 알게 됐어. 자, 얼른 연이나 날리자── 하나둘!"

잘생긴 아저씨와 협력해서 힘껏 줄을 잡아당기자 연이 바람을 타고 하늘 높이 날아오르기 시작했다.

"오오오오오!"

멀리서 이쪽을 지켜보던 군중들이 환호성을 질렀다. 계속 신경 쓰고 있었던 모양이다. 유아차를 끌고 있는 산책 중인 주부나, 일을 땡땡이치고 있는 게 분명한 회사원, 러닝을 중단하고 구경하던 사람들에게서 짝짝 박수 소리가 날아왔다.

"이게 연날리기! 만족스럽네요."

"보통은 겨울에 하는 건데 말이야…… 왜 이런 시기에…….."

감동하는데, 순간 강풍이 휘몰아쳤다.

"흐아아아아아아아!"

"이봐, 어디로 가는 거야?! 괜찮냐, 꼬맹아?!"

◆

"에리카, 마음에 들지 않는 사람을 배제해서 학교에서 쫓아내니까 성이 풀려? 이게 네가 하고 싶었던 일이었어?!"

"거짓말! 거짓말이야, 그런 건! 무츠키, 넌 속고 있는 거야! 눈을 떠――."

"눈을 떠야 할 사람은 너겠지!"

케도 회장이 토죠 선배의 멱살을 쥐고 몰아세웠다.

찰싹 하는 메마른 소리와 함께 따귀를 맞은 토죠 선배가 휘청거렸다.

토죠 선배와 같은 반 선배들이 그 모습을 멍하니 쳐다보고 있었다.

심상찮은 분위기에 뒤따라온 우리들도 숨을 삼켰다. 케도 회장과 토죠 선배, 두 사람이 어떤 관계인지는 모르겠지만, 딱 하나 알 수 있는 건 유키토는 두 사람 사이에 말려든 것뿐이라는 사실이었다.

입학 이후 몇 달 동안 늘 화제의 중심에 있었던 유키토의 평가는 심각했다.

여기저기서 험담을 해댔다. 원래 학생이 정학 처분을 받는 경우는 거의 드물다.

그 학생이 장안의 화제인 1학년이라면 싫든 좋든 주목을 받을 수밖에 없었다. 너나 할 것 없이 그저 재미 삼아 내키는 대로 그를 폄하했다. 이대로 가다간 유키토가 복귀해도 가는 곳마다 가시방석일 게 뻔했다.

"얘가 왜 하늘을 날고 있지……?"

스마트폰을 보며 유리 씨가 뭔가를 혼잣말했다.

죄송해요, 유리 씨. 차마 말로 할 수 없는 사과를 마음속으로 중얼거린다.

원인을 따지면 일이 이렇게 된 건 내가 안이하게 유키토를 의지했기 때문이다. 아무리 사과해도 용서받을 수 없다.

그런데도 나는 몇 번이나 그를 상처 입히고 괴롭혀왔다.

그래도, 약속했으니까. 그 데이트 날, 유키토는 나를 의지해줬어.

내가 어떻게든 해야 해! 그를 도울 거라고, 다음번엔 내 차례라고 맹세했으니까!

"하지만 어떡해야……. 나 혼자선 아무것도……."

조바심에 마음만 헛돌고 있다. 멍청한 자신이 싫어졌다.

상황이 이렇게 되자 스스로의 한심스러운 모습이 눈에 들어왔다. 소통능력의 부재. 입학하고 지금까지 유키토만 쫓아다니느라 적극적으로 타인과 관계하지 않았다.

이럴 때 유키토라면 어떻게 하면 좋을지 바로 해결책을 떠올렸을 텐데.

자신의 무력함에 눈물이 흘러내렸다. 나는 대체 그동안 뭘 해온 걸까.

도움만 받아봤기에 그것이 얼마나 어려운 일인지 깨닫지 못했다. 그 힘듦과 그 고통을.

"냉정해져, 스즈리카와 히나기. 그를 도와줄 사람이 꼭 나일 필요는 없어. 난 어차피 진 히로인이 못 되니까, 내가 아닌 누구라도 상관없어. 유키토는 수단 방법 따위 가리지 않잖아. 그러니까 나도——."

유키토의 말을 떠올린다. '시야를 좁게 가지지 마.' 유키토는 그렇게 말했다.

이곳에는 유키토를 걱정해서 이렇게 많은 사람들이 모여 있다.

그건 유키토가 남겨온 발자취였다. 애매하지도 않고, 소문 같은 적당한 것도 아니었다.

유키토를 아는 사람들이, 유키토와 직접 접해본 사람들이 유키토의 허상을 뒤엎을 것이다.

"——맞아, 그런 거였어……."

이제야 비로소 그 말의 의미를 이해했다. 시야가 트이고 사고가 명료해진다.

의지하기만 하고 늘 유키토만 봐온 나에게 압도적으로 부족한 것.

어쩌면 그것은 인생 경험이라고도 부를 수 있는, 상황을 타개하고 만회하는 힘.

유키토가 그것 말고도 뭐라고 말했는데. 기억해내, 스즈리카와 히나기! 맞아, 유키토는——.

"스즈리카와!"

"사토?"

"이제 더는 못 참겠어! 어째서 코코노에만 이런 꼴을 당해야 해. 원인을 만든 건 나인데!"

두 사람이 달려왔다. 그녀, 사토 코하루의 질투로 나는 고통을 받았다. 그저 좋아하는 사람에게 고백을 받았다는 이유로.

하지만 원한은 느끼지 않는다. 원망하지도 않았다. 왜냐하면 나도 그녀의 심정을 아플 만큼 이해하기 때문이다.

소꿉친구가 너무 좋아서 어쩔 줄 몰랐다. 아무에게도 넘겨주고 싶지 않을 만큼.

지금도 사토의 옆에서는 미야하라가 그녀를 지탱해주고 있다. 이상적인 두 사람.

"왜 잊고 있었지……. 내가 유키토에게 말했던 거잖아."

심호흡을 하며 주위를 둘러보자 아름다운 것들이 넘쳐나고 있다. 그 말대로였다.

나는 더러운 것만 봐왔다. 주변 사람들을 전부 적이라고 생각했다.

하지만 그렇지 않았다. 냉정해지자 보이기 시작했다.

카미시로는 이런 나에게 친구가 되자고 말해줬다. 케도 회장도, 유리 씨도, 사토도, 반 아이들도. 선생님들 중에도 협력해줄 사람들은 있다.

유키토의 편이 되어줄 사람이 이렇게나 많았다. 너무나도 멋지고 자랑스러운 소꿉친구다.

내가 유키토에게 말했다. 같이 생각하자고. 혼자서 고민해봤자 소용없다고.

어느 한 명이 희생하는 그런 해결책은 이제 필요 없으니까.

"사토, 너한테 협력을 구하고 싶은 일이 있어."

"──! 응, 뭐든지 말해. 이번엔 우리가 힘내는 거야!"

잠깐의 망설임도 없이 사토가 대답했다. 사토는 혼자가 아니라서 강하다.

"저기! 들어주셨으면 하는 말이 있어요."

회장 일행에게 말을 걸었다. 비밀 따윈 이제 숨기지 않아도 된다. 유키토가 옆에 있어줄 테니까.

어떤 곤란도 극복할 수 있다고, 그렇게 믿게 해준 소꿉친구가 있으니까.

"기다려, 유키토. ──반드시 네가 있을 곳을 되찾아 놓을 테니까."


◆


어쩌다 보니 거대한 연을 타고 하늘을 난다는 귀중한 경험을 해버렸다. 무슨 닌자도 아니고. 닌닌.

잘생긴 아저씨는 형이 아니라 대장*이었다. 직접 쥐어서 내접해 준 초밥은 일품이었고, 멋스러운 가게 안은 일반적인 음식점과는 선을 긋고 있었다. 무엇보다——.

"……웹검색으로도 안 나오네. 악의 비밀결사인가?"

삼라만상을 망라하는 검색 엔진의 힘으로도 전혀 가게의 상세 정보를 알아낼 수 없었다.

'이마치즈키**'라는 가게 이름은 대장의 말에 따르면 특정한 날에만 영업하기 때문에 붙인 거라는데, 나한테는 언제든지 놀러 와도 된다고 했다. 다음번엔 어머니와 누나도 데리고 와야겠다.

"그런데 유키토, 이 시간엔 웬일이야? 학교에 가 있을 시간 아냐?"

히미야마 씨는 평소처럼 생글거리고 있었지만, 어쩐지 걱정스러워하는 기색이었다.

근신 기간이라고 해도 정말로 한 발짝도 집 밖으로 안 나가고 틀어박혀 있을 수는 없다. 오히려 그편이 불건전했다.

대접을 받고 돌아가는 길, 쇼핑이라도 하러 나온 건지 위협적인 조우율을 자랑하는 히미야마 씨와 마주치는 바람에 지금에 이르렀다.

아니, 좋기는 한데 말이지? 이 사람은 왠지 묘하게 거리감이…… 응.

"부끄럽지만 정학 처분 중이라서요."

"쿠키를 구워봤어. 좀 먹어볼래?"

* 大将. 요리집 주인을 부르는 말.
** 居待月. 음력 18일 밤 달

"감사합니다. 이거 뭐야, 맛있잖아?!"

"……정학 처분이라니 흉흉하네. 유키토, 무슨 나쁜 짓이라도 저질렀어?"

"확실히 저는 속성으로 치면 '악'이지만, 그런 짓은 안 해요."

히미야마 씨는 속성으로 치면 '페어리'겠지. 왠지 분위기가 몽글몽글하니까. 즉, 타입 상성으로도 나는 히미야마 씨에게 절대로 이길 수 없는 데다, 히미야마 씨는 나에게 효과가 아주 뛰어났다. 오늘도 내 옆에 앉아 있는데, 당연하다는 듯이 손을 내 허벅지에 두고 있었다.

왜지? 왜 그런 짓을 하는 거야?! 빼앵.

뭐 아무튼, 딱히 숨길 이유도 없었기에 나는 솔직히 얘기했다.

경험상 나는 일을 숨기거나 이것저것 하려고 들면 이유는 알 수 없지만 그것이 착각과 오해를 불러 소동이 확대된다는 사실을 학습하고 있었다. 같은 잘못은 하지 않을 것이다. 인간은 정직한 게 제일이다.

그래서 말인데 조금만 더 몸을 떼어주시면 안 될까요?!

"그게 뭐야, 용서할 수 없어!"

"히미야마 씨?"

"힘들었지, 유키토……."

어찌 된 영문인지 히미야마 씨가 나를 꼭 끌어안았다. 박하 향기가 뇌수를 달콤하게 자극했다.

요즘 사람들이 걸핏하면 나를 끌어안는 듯한 기분이 드는데, 나는 안고 자는 베개가 아니다.

"내가 도와줄게. 현의회 의원이 뭔데? 그게 어쨌다고? 그런 잔챙이가 나의 유키토를 상처 입히다니 용서 못 해."

"아니, 저기 히미야마 씨, 대체 무슨 소릴? 엥? 나의?"

히미야마 씨는 자리에서 일어나더니 어딘가에 전화하기 시작했다. 오빠니 할아버지니 하는 소리가 들린다. 대체 어떤 암약이 이뤄지고 있는 건지 듣고 싶지 않았다. 들었다간 분명 안 좋은 일이 생길 테니까. 내 식스 센스가 그렇게 속삭이고 있지만, 내 식스센스는 전혀 믿을 수 없기로 정평이 나 있다.

이내 히미야마 씨가 생글거리며 돌아왔다.

"유키토, 이제는 괜찮을 거야."

"어째서냐고 물어보면 안 될 것 같은 기분이 드네요."

"우후후후후후후후. 누명을 씌우려고 했으니 벌을 받아야겠지?"

"대관 나리, 부디 살살!"

"걱정 마. 금방 해결될 거야."

"아, 이거 위험한 거다."

인생을 잘 살려면 굳이 파고들어서는 안 되는 일이 있다. 그런 거다.

나는 돌다리를 두드리고 또 두드리고 또 두드려서 결국 깨버리는 바람에 다리를 건너갈 수 없게 되는 남자, 코코노에 유키토다.

그런 위험한 인생과는 랄라 바이 하고 무난하게 살고 말 테다!

"그렇지! 유키토, 괜찮으면 날 엄마라고 불러봐 주지 않을래?"

"네? 제 모친은 코코노에 오우카 한 분뿐이라······."

"그럼, 마마라고 불러봐 줄래?"

"그럼, 그럼이라니 뭐죠?! 얘기가 달라진 것도 아닌데요?! 그리고 저희 어머니도 요즘 막 마마로 클래스 변경을 하셔서——."

"도와줬잖아. 안 그래, 유키토? 후——."

"히엡."

귓가에 훅 바람을 분다. 달콤한 숨결에 현기증이 나기 시작했다. 어느새 도움을 받은 사람이 되어 있었지만, 나에게는 이 상황이 더 궁지였다.

나를 도와준 것 같은 히미야마 씨도 이 상황에서는 도와줄 것 같지 않았다.

"히미야마 씨는 미인이니까, 너무 그러시면 제 이성이……."

"우후후후후후후후. 괜찮아, 유키토. 얼마든지 응석을 부려도…… 자…… 이것 봐."

뭐가 자야? 엥? 헐?! 잠깐! 무슨 짓을——?!

조금 말로 표현하기 힘든 분위기로 흘러가고 있다.

이 지옥의 도원경에서 탈출할 방법이 과연 있을까?! 절체절명의 나였다.

그러고 보니 생각났는데 말이야, 저기 있잖아. 난, 언제쯤 돌아갈 수 있는 거야?

◆

방금 전까지 그가 앉아 있었던 소파에는 아직 온기가 남아 있었다.

살짝 닿은 손가락 끝에 남은 열이 아쉽고 섭섭했다. 다시 이렇게 타인의 체온을 원하게 되는 날이 올 줄이야.

외롭다. 그렇게 누구에게인지 모를 토로를 한다. 즐거운 시간은 순식간에 지나갔다. 유키토가 사라지면 나는 이렇게 다시 홀로 부질없는 하루하루를 보냈다.

"널 만나지 않았다면, 모르고 살 수 있었을 텐데——."

재회는 갑작스러웠고, 회한은 다시금 나를 괴롭혔다. 유키토는 나 같은 건 기억하지 못했다. 하지만 그건 그에게 별것 아닌 일이었기 때문이 아니다.

자연스럽게 과거 일에 대해 물어보았다.

「예전 일은 바로 잊어버리려고 하고 있어요. 싫은 기억들뿐이라서요.」

평정을 가장하는 건 무리였다. 넘쳐흐른 눈물을 보이지 않으려 참았지만, 그는 당황하더니 다정하게 보살펴줬다. 몰랐다면 좋았을 텐데—— 그 다정함을.

알아버린 이상, 남은 건 더욱 잔혹한 사실뿐이었다.

그를 짓밟고 흉악한 짓을 벌인 나라는 추악한 악마.

물방울이 뚝뚝 뺨을 타고 흘렀다. 손에 물이 떨어지고서야 자신이 눈물을 흘리고 있다는 것을 깨달았다.

눈물을 흘린 게 얼마 만이더라……. 떠올려보려고 해도 기억은 애매했다. 마음은 어느새 두꺼운 얼음으로 뒤덮여 이토록 꽁꽁 얼어 있었다.

차가운 여자인 줄 알았다. 눈물을 흘릴 일은 이제 없을 거라 생각했는데.

그런데도 어째서인지 마음이 일렁였다. 꼭 그때로 돌아간 것처럼.

탁자 위에 놓인 동전 한 개. 아까 유키토가 보여준 마술에 쓴 것이다. 주먹 쥔 손바닥에 어느새 들려 있었다.

영국 여왕이 그려진 행운의 6펜스 동전.

오빠가 결혼한다는 얘기를 듣고 유키토가 일부러 준비해왔다.

몇 년 전, 운이 너무 나빠서 지푸라기라도 잡는 심정으로 산 것인데 결혼식 때 사용하는 것이라는 말을 듣고는 어떻게 해야 할지 몰라 방치했었나.* 이런 건 받을 수 없다고 사양하려 했지만, 자신은 쓸 예정도 없다고 해서 결국 건네받았다.

오빠도 분명 기뻐하겠지. 나와는 다르니까. 오빠는 행복해졌으면 좋겠다.

반지함을 손에 들고 코인을 치켜들었다.

"……유키토, 나도 행복해져도 되는 걸까?"

또 한 개의 동전. 오빠가 아니라 나에게 준 것.

그는 내 부러움을 꿰뚫어본 것처럼 처음부터 동전을 두 개 준비해왔다.

「히미야마 씨도 행복해지세요.」

아무 거리낌 없이 그렇게 말하는 그를, 어느 누구보다도 다정한 그를 또다시 예전의 나처럼 아무렇지 않게 괴롭히고 상처 입히는 누군가가 있다.

---

* 신부의 왼쪽 구두 안에 6펜스 동전을 넣고 결혼식을 올리면 행복한 결혼생활을 할 수 있다고 한다.

"용서 못 해……. 절대로."

부글부글 끓어오르는 분노와 그를 계속 속이고 있다는 죄책감.

속죄의 의미도 아니고, 이런 일을 한다고 해서 용서받을 수 있을 거라 생각하지도 않는다.

어둠에 몸을 숨기고 있던 악마는 내리쬐는 빛에 맥없이 무대 위로 끌려 나왔다.

어둠을 쫓아버리는 나의 빛을 흐리게 만드는 존재는 용서치 않을 것이다. 어쩌면 이 모든 일은 필연일지도 모른다.

초등학교를 그만두고 한 번은 마음이 꺾였을 그녀는 그럼에도 굴하지 않고 일어나 채용시험을 다시 치고 고등학교 교사가 됐다. 그리고 또 만났다. 운명처럼.

그리고 나도 만났다. 이끌린 것처럼, 서로를 잊어버린 채로.

"……계속 이 상태로 있을 순 없겠지. ──이번엔 내가 널 지킬 거야."

오랫동안 잊고 지냈던 고양감. 감정의 흥분에 몸을 맡기고 동전을 꽉 쥔다.

그가 준 행복을 손에서 놓지 않도록, 결의를 가슴에 품고서.

## 제6장 「유리의 소년」

　"화를 내고 있는 게 아냐. 그래도 남의 물건을 도둑질하는 건 나쁜 짓이야. 너도 알잖아? 그러니까 얌전히 사과하자. 알겠지?"

　타이르듯이 다정하게 걸어오는 말에 저도 모르게 '응' 하고 고개를 끄덕일 뻔했다. 고혹적이고 감미로운 울림이 귓구멍을 진동시켰지만, 코코노에 유키토는 서슴없이 그 말을 부정했다.

　"저는 하지 않았어요."

　"그럼, 왜 코코노에 네 책상에 들어 있었어?"

　"몰라요."

　정말로 몰라서 그렇게 대답하는 수밖에 없었다.

　눈앞의 교육실습생의 얼굴에 난처한 기색이 어렸다.

　코코노에 유키토라는 소년이 미안하다는 한마디만 하면 바로 끝날 이야기였다.

　실제로 화가 나지도 않았고, 이런 일을 한 것도 자신에게 관심이 있어서라고 기쁘게 생각했을 정도였다.

　그래서 배려도 없이 교실 안이라는 장소에서 그를 추궁한 것에 교육실습생 히미야마 미사키는 후회를 하기 시작하고 있었다.

　"정말! 코코노에, 왜 솔직히 말하지 않는 거니? 네가 한 일은 가게에서 몰래 물건을 훔친 거나 다름없는 절도죄야. 범죄라고. 성인이었다면 경찰에 체포될 만한 짓을 했단 말이야!"

"그런가요? 하지만 그 짓을 한 건 제가 아니라서요."

"코코노에!"

"스, 스즈카 선생님, 진정하세요. 저는 화가 나지 않았고, 말로 잘 타이르면 분명 코코노에도 알아줄 테니까요. 네?"

"뭐라고 말씀하셔도 저는 아니라서 모르겠지만요."

"순순히 인정해! 부모님한테 연락할 거야!"

"얼마든지 하세요."

"코코노에!"

산죠지 스즈카가 언성을 높였지만 눈앞의 소년은 전혀 끄떡도 하지 않았다.

나쁜 짓을 했다는 자각을 조금도 하고 있지 않은 듯했다.

아이에게는 제대로 선악을 구별하게 만들 필요가 있었다. 교사는 학업만 가르쳐서 되는 존재가 아니다.

산죠지 스즈카는 보다 나은 인생, 반짝이는 미래를 걷기 위해서, 아이들이 올곧게 성장할 수 있도록 지침이 되고 이끌어주는 것 역시 교사의 의무라고 생각했다.

그리고 그 첫걸음을 떼는 곳이 바로 초등학교다.

초등학교의 교사는 어느 의미에서는 가족처럼 아이들을 대할 필요가 있었다.

집단 속에서의 생활과 상하 관계를 슬슬 자각하기 시작하는 고학년과는 달리 저학년이 될수록 그 경향은 강해졌다.

교육실습생으로서 이 반에 부임한 히미야마 미사키의 소지품이 코코노에 유키토의 책상에서 발견되었다. 청소 시간에 학생들이 책상을 옮기다 코코노에 유키토의 책상 안에서 흘러 떨어지는 것을 발견했다. 딱히 비싼 물건은 아니다. 없으면 곤란한 것도 아니었다. 화장도구라고 말하기도 멋쩍은 거울이 달린 작은 콤팩트.

동기는 히미야마 미사키가 마음에 들어서 저도 모르게 그녀의 소지품에 손을 대버린 걸로 정리할 수 있지 않을까. 선생님을 엄마라고 부르는 일조차 있을 만큼 초등학교 저학년이라는 감수성이 풍부한 나이대의 소년 소녀들에게 교사라는 존재는 특별했다. 희미한 호감을 품어도 이상하지 않았다.

그랬기에 처음에는 산죠지 스즈카도 히미야마 미사키도 그 정도의 가벼운 인식으로 수업을 마친 뒤 종례 시간에 그에게 물었다. 그가 '잘못했어요'라는 한마디만 하면 '더는 그러면 안 돼' 하고 웃으며 그의 머리를 어루만지는 것으로 끝낼 작정이었다.

웃으면서 끝낼 수 있는 그런 사소한 사건이었을 터였다.

하지만 그 예상과는 정반대로 그는 단호하게 부정했다. 자신의 죄를 조금도 인정하려 하지 않았다. 이렇게 되면 얘기는 달라진다. 교육자로서 학생을 올바른 방향으로 인도해야만 했다. 남의 물건을 훔치는 것이 나쁜 짓이라는 걸 코코노에 유키토라는 소년이 인식하지 않는 한 앞으로도 비슷한 일이 되풀이될지도 모른다.

그렇게 되면 그의 인생은 어둡고 당당하지 못한 것이 돼버릴 터였다. 그의 담임으로서 한 사람의 교육자로서 절대 그렇게 되도록 놔둘 수 없다는 사명감이 산죠지 스즈카의 마음속에 피어올랐다. 그리고 그것은 히미야마 미사키도 마찬가지였다.

그렇게 생각하며 타일렀지만, 그는 아무리 설득해도 사과하지 않았다.

심지어 죄를 인정하려고도 하지 않았다. 조금씩 열이 올라 그만 언성을 높이고 말았지만, 그래도 코코노에 유키토는 무표정한 얼굴로 태연히 받아들였다.

"정말로 연락할 거야! 그래도 상관없어?"

"끈질기시네요."

"스즈카 선생님, 그렇게까지 하지 않으셔도……."

"우리가 잘 타이르지 않으면 부모님에게 혼이 나야 해요. 코코노에가 한 행동은 범죄예요. 여기서 넘어가면 틀림없이 앞으로 계속 고생할 거예요."

"하지만……."

"미사키 선생님, 다정함은 미덕이지만 교사는 그것만으로는 될 수 없어요. 훌륭한 선생님이 되고 싶으시죠?"

"네……. 아이들을 좋아해서요."

"그럼 여기서는 마음을 굳게 먹어야 해요."

"그렇…… 겠죠. 사실은 이렇게 일을 크게 만들고 싶지는 않았지만요."

아직 종례 도중이었다. 반 아이들도 전부 남아 있다. 실랑이가 길어지는 가운데 먼저 종례를 마치고 온 스즈리카와 히나기가 교실 밖에서 불안한 표정을 지으며 그를 기다리고 있었다.

"얘기는 끝인가요? 히짱이 기다리고 있어서 빨리 돌아가고 싶은

데요."

"안 끝났어! 슬슬 솔직하게 인정해!"

"뭐를요?"

"코코노에, 있잖아. 남의 물건을 훔치는 건 나쁜 짓이야. 네가 한 행동은 도둑질이라고. 아주 잘못된 일이야."

"아까도 들었고, 제가 한 일이 아니라서 말씀하셔도 전 몰라요."

"미시키 신생님, 부모님께 연락하죠."

"스즈카 선생님⋯⋯. 그 방법밖에 없는 걸까요⋯⋯."

"이제 끝난 건가요? 히쨩이 기다리고 있어서 돌아갈게요."

금방 끝났어야 했던 종례 시간이 거짓말처럼 불온한 분위기로 뒤덮이기 시작했다.

기다리느라 싫증이 났는지 학생들 몇몇이 "도둑이다, 도둑!" 하고 야유를 던졌다.

상황이 이렇게 되자 산죠지 스즈카와 히미야마 미사키는 이 자리에서 이 얘기를 꺼낸 것을 후회하기 시작했다. 돌이킬 수 없는 완전한 실수.

초등학생들은 대체로 민감하다. 이 자리에서 끝났다면 별것 아니었을 일은, 질질 끌면서 반 아이들의 기억에 깊이 새겨지고 말았다.

'코코노에 유키토는 도둑'이라는 마인드가 반 안에 널리 퍼지면 그것이 그대로 집단 따돌림으로 이어질 위험성도 있었다.

원래라면 그를 직원실이나 빈 교실로 불러내 개별적으로 대응했어야 했다.

당사자인 그도 이런 식으로 반 아이들의 구경거리가 되는 것에 상처받지 않을 리가 없었다. 무표정을 가장하고 있어도 깊이 상처받았을 터다. 반 아이들 앞에서 인정하라고 몰아세운 것이 실수였다. 다른 곳에서 그 혼자만 불러놓고 추궁했다면 그도 순순히 인정했을지도 모른다. 분명 고집을 부리고 있는 것뿐. 창피한 것뿐이다.

그를 그렇게 만들어버린 건 자신들의 안이한 대응임을 뼈저리게 깨달았다.

산죠지 스즈카도 아직 한참 경험이 부족한 교사에 지나지 않았다. 모든 일을 잘할 수 있을 리가 없었다. 그녀는 자신의 안이한 인식에 속으로 혀를 찼다.

이대로 추궁을 이어가는 건 좋은 방법이 아니라고 판단 내릴 수밖에 없었다.

"코코노에, 집에 가서 부모님에게 네가 뭘 잘못한 건지 제대로 물어보고 오렴."

결코 코코노에 유키토를 싫어하는 게 아니다. 그는 소중하디소중한 제자이자, 미래가 창창한 소년이었다. 오히려 이건 그를 걱정해서 하는 말인 것이다.

그 마음이 전해지기를 기도하며, 산죠지 스즈카와 히미야마 미사키는 불안한 기색으로 교실 밖으로 나가는 코코노에 유키토의 등을 바라보았다.


"히짱, 늦어서 미안해."

"아니이. 괜찮아. 그래도 너무해! 유짱이 그런 짓을 할 리가 없는데!"

상황을 전부 파악한 건 아니지만 그래도 일련의 사태를 복도에서 지켜본 스즈리카와 히니기는 씩씩 화를 내면서 그와 맞잡은 오른손과는 반대인 왼손을 위아래로 붕붕 휘둘렀다. 분노를 표현하고 있는 모양이다.

"히짱은 날 믿어주는 거야?"

"당연하지! 나랑 유짱은 소꿉친구잖아. 유짱이 그런 나쁜 짓을 할 리가 없다는 걸 알고 있으니까."

"고마워, 히짱."

"에헤헤."

멋쩍게 웃는 그 표정에 코코노에 유키토의 마음도 가벼워졌다.

"그런데 왜 그런 게 내 책상에 들어 있었을까……."

"모르겠어. 주운 사람이 유짱 거라고 생각했던 걸까?"

"글쎄. 하지만 그런 건 여자애들만 가지고 다니지 않아?"

"우리 엄마도 갖고 있어!"

"그렇겠지."

등하교는 늘 이렇게 둘이서 같이 했다. 사담잖은 수다를 떨며 걷다 보면 금세 목적지에 도착한다. 평소와 다름없는 일상. 그래도 코코노에 유키토는 이 시간이 좋았다. 소중했다.

불현듯, 무언가가 걸리는 느낌이 들어 걸음을 멈췄다.

"어?"

"왜 그래, 유짱?"

"히미야마 선생님은 어제 방과 후에 잃어버렸다고 말씀하셨어."

"그랬어?"

"응. 그치만 이상해. 난 어제도 바로 이렇게 히짱이랑 집으로 돌아갔잖아."

"같이 공원에서 놀았지!"

"그럼, 역시 난 훔칠 수 없는 거잖아."

콤팩트가 어제 방과 후에 도둑맞은 거라면 자신이 그 일을 하는 건 불가능하다.

"맞아! 유짱은 나랑 같이 있었으니까!"

"히짱이랑 집으로 돌아가는 길에 늘 가게 앞을 지나갔잖아. 그리고 야마모토 할아버지랑도 마주쳤고."

행인이 많은 길을 걷다 보면 그만큼 다양한 사람들과 만났다. 개를 산책시키는 이웃이나 가게 점원, 낯선 사람도 있거니와 낯익은 사람도 있다. 그렇다면, 어제 그렇게 만난 사람들 전원이 자신이 범인이 아니라는 증거가 될 수 있다.

"집에 도착하면 행동 기록을 만들자!"

"유짱, 또 무슨 생각이 난 거야?"

"응. 히짱, 오늘은 같이 못 노는데 괜찮아?"

"나도 도와줄게!"

"괜찮아, 히짱. 그렇게 많이 시간이 걸리지는 않을 거거든. 오늘은 이미 늦었으니까, 다음에 또 같이 놀자."

"그렇구나……."

추욱 하고, 마치 감정을 표현하듯 양갈래로 묶은 머리가 늘어졌다. 스즈리카와 히나기는 무척 알기 쉬운 소녀였다.

집에 도착하자 아쉽다는 듯이 잡고 있던 손이 떨어져 나간다.

아련한 쓸쓸함이 느껴졌다. 아주 살짝 체온이 높은 그 손의 온기는 자신이 여기에 있다고, 사라지지 않아도 된다고 말해주는 듯했다. 그래서 코코노에 유키토는 이 시간이 좋았다.

"그럼 잘 가, 히쨩. 내일 또 봐."

"응. 유쨩도 바이 바이!"

영원히 그 손을 잡고 있을 수 있다면 좋겠다는, 오로지 그 생각만이 들었다.


저녁 8시가 지날 무렵 전화가 왔다.

그게 무슨 전화인지 코코노에 유키토는 알고 있었다. 어머니인 코코노에 오우카도 귀가했다.

전화를 받은 코코노에 오우카의 표정이 서서히 당황으로 가득 찼다.

밖으로 새어나온 대화로 보건대 상대방이 담임인 산죠지 스즈카라는 건 의심할 여지가 없었다. 누나인 코코노에 유리도 의아한 표정으로 그 모습을 바라보고 있었다.

전화를 마친 오우카는 무어라 말을 꺼내야 할지 알 수 없다는 기색으로 입을 열었다.

애초에 그렇게 대화가 많은 집안이 아니었다. 오히려 필요할 때를 제외하면 거의 얘기를 나누지 않는 것이 일상이었다.

상황을 그렇게 만든 원인은 전부 코코노에 오우카에게 있었고, 스스로도 그 사실을 자각하고 있었다. 그래서일까, 가장 사랑하는 아들일 터인 코코노에 유키토도 어떻게 대해야 하고 어떻게 말을 걸어야 좋을지 알 수 없었다.

아이를 어떻게 마주해야 좋을지 몰랐다. 그래서 잘못을 저질렀다.

결코 진심이 아닌데, 그런 말을 하고 싶었던 게 아닌데도.

"유키토, 있잖니. 방금 담임 선생님에게 전화를 받았는데, 교생으로 와 있던 선생님의 소지품을 훔쳤다는 게 사실이야?"

"그게 뭐야."

미간을 찌푸리며 불안함을 숨기지도 않고 유리가 중얼거렸다.

"훔치지 않았어요."

"그래도 선생님이 그렇게 말했어. 오늘 학교에서 무슨 일이라도 있었어? 가르쳐 줄래? 원하는 게 있으면 말해도 괜찮아. 뭐든지 사 줄게. 그러니까 물건을 훔치거나 하면 안 돼, 알았지?"

"안 돼, 그러면——!"

유리가 당황한 기색으로 제지하려 했지만 허사였다.

"그렇구나. 역시 믿지 않는구나."

코코노에 유키토가 툭 중얼거렸다. 그것은 마치 단순한 사실 확인 같았다.

억양이 없고, 아무런 감정도 읽을 수 없는 평상시의 코코노에 유키토가 거기에 있었다.

하지만 그 말을 들은 오우카와 유리는 자신들이 단단히 실수했다는 것을 깨달았다. 또 잘못했다는 걸 눈치 채고 말았다.

처음에 꺼냈어야 할 말을 잘못 고른 게 명백했다.

"민폐를 끼쳐서 죄송해요. 그래도 전 아무것도 훔치지 않았고 갖고 싶은 것도 없어요. 이 일도 금방 해결할게요."

코코노에 유키토는 거실에서 자기 방으로 돌아가려고 자리에서 일어났다.

"기, 기다려! 오해야. 무슨 일이 있었는지 물어보고 싶었을 뿐이지 의심한 게 아냐――!"

"유키토, 난 널 믿어! 네가 그런 짓을 할 애가 아니라고."

"별로 억지로 믿지 않으셔도 괜찮아요."

"억지로 믿는 게 아냐! 난 언제나 너를――!"

"그러시군요. 감사합니다."

말과는 반대되는 태도. 떠나가는 뒷모습이 그 이상의 말을 거부하고 있었다. 허망함만이 그 자리에 남았다.

무슨 일이 벌어진 건지 알지 못한 채 그저 멍하니 있을 수밖에 없었다.

만약 처음부터 그를 믿어줬다면, 뭔가를 알려줬을지도 모른다. 도움을 요청해줬을지도 모른다. 자신은 훔치지 않았다고 말했다. 그게 사실이라면 무슨 일이 있었던 걸까. 엇갈린 주장.

원래라면 그것이야말로 아들에게 질문했어야 할 내용이었고, 그 어긋남을 메우는 것이 부모의 역할이었다. 그럼에도 불구하고 아들이 훔쳤다는 것을 전제로 얘기해버렸다.

어머니인 자신이 절대로 아들의 편이 되어줘야 했는데, 또 이렇게 아들을 배신했다.

후회해도 이미 늦었다. 아들은 '역시 믿지 않는구나'란 말을 중얼거렸다.

처음부터 어머니가 믿어주지 않을 거라고 예상한 걸까.

그리고 실제로도 그 예상대로 자신은 아들을 믿지 않았다. 얄궂게도 아들은 자신에 대해 정확히 파악하고 있었다고, 그렇게 생각할 수밖에 없었다.

　"왜 늘, 항상, 항상, 항상!"

　회가 난 유리도 자기 방으로 가버렸다.

　유리가 속에 품은 갈 곳 없는 질망감. 유리 역시도 큰 상처를 입었다. 무너지고 있는 가족관계.

　상황을 그렇게 만들어버린 건 나다. 단란한 가족은커녕 언제나 진심조차 전하지 못해 이렇게 걱정하면서도 헛돌고만 있다.

　"금방 해결하겠다니…… 무슨 짓을 할 생각인 거지?"

　아들은 늘 한 번 뱉은 말은 무슨 일이 있어도 실행했다. 또 아무것도 모르는 채로 그 혼자 모든 일을 떠안고 끝내는 모습을 지켜보게 되는 걸까.

　어차피 믿지 않는 어머니에게는 의지하지 않고.

　그렇다면 자신은 무엇 때문에 존재하는 걸까. 내가 뭘 해줄 수 있지?

　"믿어주지도 못하는데, 내가 해줄 수 있는 일 같은 게……."

　어머니란 원래 이렇게 무력한 걸까.

　"유키토……."

　사랑스러운 그 이름을 입 밖으로 내뱉어도, 대답해줄 사람은 이미 이 자리에는 없었다.


　"됐다!"

나도 모르게 이상하게 손가락질하는 포즈를 취하고 말았다.

남아 있던 도화지에 기억이 나는 대로 적어 만든 건 어제의 행동 기록이다.

기왕 하는 김에 방과 후뿐만 아니라 어제 하루 그 시간에 무슨 일을 했고 어디에 있었고 누구와 있었는지도 상세히 작성했다.

이걸 보면 자신이 범인이 아니라는 걸 알 테고, 그때그때 만난 사람에게 물어봐도 방과 후에 물건을 훔칠 수가 없었다는 것이 명확해질 것이다.

누가 무슨 목적으로 자신의 책상에 넣어 뒀는지는 모르겠지만, 자신이 한 짓이 아니라는 것만 알아준다면 그걸로 충분하다고 코코노에 유키토는 생각했다.

"히짱한테 감사해야겠다."

이런 걸 만들려고 생각한 것도 소꿉친구인 스즈리카와 히나기가 자신을 믿어줬기 때문이다. 그녀만이 자신을 믿어주었다. 그래서 무죄를 증명하고 싶다고 생각했다.

그에게 이 세계는 늘 적들투성이다.

그래도 단 한 사람만이라도 자신을 믿어주는 사람이 있다면 계속 살아갈 수 있다.

사막에 딱 한 알 존재하는 그런 보석 같은 소중한 사람.

맞잡았던 손의 온기만이 코코노에 유키토가 지금 이렇게 살아가는 것을 포기하지 않는 이유가 되어주고 있었다. 유일한 존재 이유.

이걸로 해결됐다고 기분 좋게 잠을 청하던 코코노에 유키토는 몰랐다.

——악의는 늘 모르는 사이에 진행되고, 그를 결코 놓치지 않는다는 걸.


　스즈리카와 히나기와 같이 학교에 갔다.

　같은 학교를 다니고 있어도 자신을 싫어하는 누나와는 함께 등교하지 않았다.

　아침에 어머니인 오우카가 무어라 말하려고 했지만, 고개를 숙인 채 끝내 말을 잇지 못했다. 코코노에 유키토도 딱히 그 말을 듣고 싶다는 생각은 하지 않았다.

　교문을 통과해 신발장에 도착하자 이변이 눈에 들어왔다.

　"실내화가 없어?"

　"왜 그래, 유짱?"

　먼저 실내화를 갈아신고 이쪽으로 다가온 스즈리카와 히나기가 시선 끝을 기웃거렸다.

　"누가 숨긴 것 같아."

　"헉! 어어어어, 어떡해, 유짱!"

　어찌할 바를 몰라 온몸으로 허둥거리며, 스즈리카와 히나기가 양 갈래로 묶은 머리를 뿅뿅 흔들며 걱정스레 말을 걸어왔다.

　자신의 이름이 붙어 있는 신발장에서 실내화가 사라졌다. 텅 빈 공간에 있어야 할 것이 없다.

　완전히 사라진 건 아니리라. 누가 숨긴 게 분명하다.

　학교에서는 자주 있는 일이다. 잃어버리면 또 사달라고 해야 한다. 어머니에게 그런 민폐를 끼치기는 싫었다.

이런 짓을 한 건 반 아이들 중 누군가다. 너무나도 알기 쉬운 괴롭힘. 이런 유의 일은 한 번 시작되면 끝이 보이지 않았다. 하는 쪽은 반쯤 재미라도, 당하는 쪽은 한없이 증오를 부풀려 나간다. 그리고 매일 무슨 짓을 당하는 게 아닐까 흠칫거리며 학교를 다녀야 했다. 그런 건 지옥이다.

하지만 코코노에 유키토는 마음이 편해지는 것을 느꼈다.

알고 있었기 때문이다. 거부나 부정은 늘 있는 일이다.

그게 당연한 수순이고 일상이라고.

늘, 언제나, 다들 그렇게 악의를 퍼붓는다.

그러니 내가 할 일도 늘 같았다.

끝이 보이지 않는다면 직접 끝내면 된다.

깡그리 다 끊어버리면 될 뿐이다.

성가신 이 세계에서, 모든 것을——.

"유짱!"

어느새 눈을 감고 있었는지 정신을 차리자 스즈리카와 하나기의 얼굴이 눈앞에 있었다. 나를 바라보는 눈동자가 슬프게 일렁이며 눈물을 담고 있었다.

"히짱?"

그 이유를 알 수 없어, 코코노에 유키토는 그저 그녀의 이름을 중얼거렸다.

"유짱, 사라지지 않을 거지?"

"난 여기에 있는데……."

"잘은 모르겠지만, 그래도 유짱이 사라지는 건 싫어!"

그 마음이 무엇인지 스즈리카와 히나기는 아직 파악하지 못했다.

그래도 본능에 따르는 것처럼 그의 손을 세게 꼭 쥐었다.

"같이 찾아보자, 알겠지?"

어디에도 가지 않게, 없어지지 않게, 소꿉친구인 그가 사라져 버리지 않도록, 그녀는 그가 거기에 있다는 걸 확인하듯이 손을 잡았다.

어째서일까?

어째서 그녀는 이다지도——.

내가 사라지게 놔두지 않는 걸까?

무언가가 마음속에서 외치고 있었다.

뭔가를 호소하려 하고 있다.

하지만 코코노에 유키토는 그것이 무엇인지 알 수 없었다. 강제력을 띤 사고가 안개를 드리우는 것처럼 감정을 덮어 감췄다. 대체, 언제부터 이렇게 돼버린 걸까. 사고와 감정의 연결은 단절된 채로 이어지지 않고 있었다.

그런데도 어째서 이토록 그녀의 말에 솔깃하는 걸까?

"괜찮아, 히짱. 내 멘탈은 일요일 아침 슈퍼히어로 타임*에 나오는 레드만큼 최강이니까."

"유짱, 굉장해!"

스즈리카와 히나기가 커다란 눈을 동그랗게 뜨며 놀라워했다.

사고의 지옥에 틀어박힌 감정을 방기하며 코코노에 유키토는 한

---

* TV아사히에서 파워레인저 시리즈와 가면라이더 시리즈의 에피소드를 연속으로 방송하는 일요일 아침 9시부터 10시 사이의 시간대를 말한다.

숨을 내쉬었다.

"찾을 필요 없어. 숨긴 녀석한테 가지고 오라고 하면 되니까."

"그런 게 가능해?"

양말만 신고 있을 수는 없어서 방문객용 슬리퍼를 가지러 갔다.

"금방 해결될 거야."

어젯밤과 같은 말을 이번에는 소꿉친구에게 하며 코코노에 유키
토는 교실로 향했다.


교실에 도착하자 그곳에서도 금세 이변을 발견할 수 있었다.

책상 위에 낙서가 되어 있다. '도둑'이니 '범죄자' 같은 말이 자기
멋대로 적혀 있었다. 서랍 안에서 교과서를 꺼내 보자 교과서도 낙
서가 되어 너덜너덜해져 있었다. 계절은 5월 중순. 아직 새 교과서
로 바꾼 지 두 달여밖에 지나지 않았는데도, 도저히 새 물건이라 말
할 수 없는 상태로 변해 있었다.

"누가 이랬는지 몰라?"

옆자리에 앉은 카자하야 아카리에게 물었다.

카자하야 아카리는 자리가 옆이라 그런지, 평소에도 틈만 나면 적
극적으로 말을 걸어오는 여자애였다. 수업시간에 모르는 부분이 생
겼을 때도 질문을 해와서 가르쳐 줬던 적도 많았다.

"남의 물건을 훔치다니 정말 못됐어! 죽어버리면 좋을 텐데. 내
물건을 훔치기만 했단 봐."

하지만 지금은 혐오와 모멸이 역력하게 담긴 눈으로 자신을 보며
말을 내뱉고 있었다.

키득거리는 조소 사이사이에 '바보', '헐, 도둑이다', '내 것도 훔쳐 가면 어떡해' 같은 말이 곳곳에서 터져 나왔다.

코코노에 유키토는 아무 말도 하지 않고 자리에 앉았다. 그 반응에 기분이 좋아졌는지 선동하는 목소리가 한층 볼륨과 밀도를 높이기 시작했다.

잠시 후 담임인 신죠지 스즈카와 교육실습생인 히미야마 미사키가 등장하자 그를 비난하던 목소리는 딱 그치고 아무 일도 없었던 것처럼 조용해졌다.

조례 전, 산죠지 스즈카가 얘기를 꺼내는 걸 기다리지 않고 코코노에 유키토는 말을 걸었다.

"선생님."

"뭐지, 코코노에?"

그 눈빛이 훼방꾼이라도 보는 것처럼 귀찮아 보인다고 코코노에 유키토는 생각했다. 히미야마 미사키도 비슷한 시선을 보내고 있었다.

"오늘, 제 실내화가 없어졌어요."

"뭐!"

그제야 비로소 시선이 아래로 내려간다. 코코노에 유키토는 슬리퍼를 신고 있었다.

그 모습을 본 산죠지 스즈카와 히미야마 미사키가 얼굴을 찡그렸다. 자신들이 경솔한 행동을 하는 바람에 괴롭힘이 시작된 걸 직감한 것이다. 후회해도 때는 늦었다. 좀 더 신경을 썼어야 했다. 하지만 모든 건 엎질러진 물이었다.

산죠지 스즈카는 표정을 날카롭게 곤두세우고는 교실을 둘러보았다.

"코코노에 유키토의 실내화를 숨긴 건 누구죠?"

낄낄거리며 바보 취급하는 듯한 웃음소리가 교실 안에 울려 퍼졌다.

"모르겠는데요~. 도둑이라서 도둑질을 당한 게 아닐까요?"

"도둑은 거짓말쟁이니까 거짓말 아냐?"

"다들 그만!"

산죠지 스즈카가 제지하려고 했지만, 허물어진 댐처럼, 둑이 터진 하천처럼, 흐르기 시작한 악의는 홍수처럼 탁류가 되어 그 자리를 집어삼키기 시작했다.

누가 말하고 있는 건지, 혹은 전부 다인지.

증폭되고 확산되어가는 악의.

이 녀석은 괴롭혀도 되는 존재라는.

상처 입히고 바보 취급해도 되는 존재라는.

그런 공통인식이 퍼져 나간다.

히미야마 미사키의 얼굴이 창백해졌다.

산죠지 스즈카도 씁쓸한 표정을 짓고 있었다.

교사가 되기로 한 이상 반 학교 폭력은 피해서 지나갈 수 없는, 누구나 직면하는 문제다. 오히려 그것을 피한다면 교사가 될 자격이 없었다.

보고도 못 본 척 무난하게 사는 것이 훌륭한 교사라 할 수 있을까. 과연 자랑스러운 교육자일까.

산죠지 스즈카는 한 사람의 교육자로서, 히미야마 미사키는 앞으로 교사가 될 사람으로서, 지금 눈앞에서 벌어지고 있는 문제를 좌시할 수 없었다. 학급을 붕괴시킬 수는 없다. 그것이 두 사람의 공통된 인식이었다.

산죠지 스즈카가 소란을 진정시키려 입을 열었지만, 그것을 중단시킨 긴 다롬이닌 코코노에 유키토였다.

"점심시간까지 기다리겠습니다. 실내화를 숨긴 사람은 그때까지 제 자리로 신발을 가져오세요. 책상과 교과서에 낙서한 사람도 사과하러 오세요. 범인이 누군지 아는 사람도 가르쳐주세요. 다시 한 번 말하겠습니다. 점심시간까지입니다."

그가 반 아이들 전원에게 말하자 그 말을 듣고 비웃음이 더 거세졌다.

"점심시간까지 못 찾으면 어떻게 할 건데요~?"

꺄하하하 웃으며 타카야마 코스케가 그를 바보 취급하듯 도발했다. 어세를 몰아 타카야마를 중심으로 한 장난꾸러기 무리가 야유를 보냈다. 남자와 여자를 가릴 것 없이 아이들은 흥미로운 장난감이라도 발견한 것처럼 웃고 있었다.

당연히 반 아이들 전원이 악의에 물든 것은 아니리라.

하지만 그런 개인의 저항 따위는 지금 이 순간 반 전체에 퍼진 분위기 앞에서는 무력했다. 동조압력이라는 이름의 폭력. 그리고 이런 상황에서 자신과는 상관없다고 무관심한 척을 하는 것 또한 결국 가해자와 다를 바가 없었다.

그런 와중에 코코노에 유키토는 아무런 감정도 드러나지 않는 눈으로 그 모습을 응시하며 그저 선언했다.


"연대 책임으로 전원 적이 됩니다."


뭐가 재밌는지 교실 안에 더 큰 웃음소리가 울려 퍼졌다.


1교시는 자습이었다.

코코노에 유키토는 산죠지 스즈카에게 불려와 빈 교실에 있었다. 히미야마 미사키도 함께 있다.

"코코노에, 괜찮아?"

"뭐가요?"

"뭐냐니……."

어떻게 말을 걸어야 좋을지 몰라 머뭇거렸다. 태연한 듯 보여도 상처 입지 않았을 리가 없다. 자신들이 경솔하게 학생들 앞에서 그를 나무라는 바람에, 괴롭힘의 방아쇠를 당기고 말았다. 산죠지 스즈카와 히미야마 미사키는 그 책임을 통감하고 있었다.

"코코노에, 괜찮아. 우리가 널 꼭 지켜줄 테니까. 얘기가 끝나면 반 아이들이랑 같이 찾아보자."

"나도 도울 테니까. 응?"

"딱히 찾지 않으셔도 괜찮아요."

"그럴 수는 없지. 고집부릴 필요 없어. 선생님을 믿으렴."

"선생님은 저를 믿지 않으시면서, 선생님을 믿으라고 하셔도 무리예요."

"코코노에!"

정곡을 찔린 것처럼 두 사람이 얼굴을 찌푸렸다.

하지만 그것을 무시하며 코코노에 유키토는 히미야마 미사키를 돌아보았다.

"그런데 히미야마 선생님, 선생님은 언제 소지품을 잃어버리셨어요?"

설마 이 상황에서 다시 그걸 물어볼 줄은 몰랐기에 히미야마 미사키는 동요하면서도 대답했다.

"그저께 방과 후였던 것 같아. 그게 왜?"

"그게 확실한가요?"

"그래, 틀리진 않았을 텐데……."

대체 무슨 말을 하려고 하는 건지 알 수 없어 묻는 대로 대답할 수밖에 없었다.

"이상하네요. 그날 저는 히짱…… 3반의 스즈리카와 히나기랑 방과 후에 바로 집으로 돌아가서 놀았거든요. 그런데 제가 언제 훔칠 수 있었던 걸까요?"

"뭐? ……그, 그랬어? 그럼 5교시가 끝났을 때쯤이었나——?"

"아까는 방과 후라고 하셨죠? 선생님께서 거짓말을 하신 건가요? 적당히 아무렇게나 말씀하지 말아주세요."

"나, 난 거짓말을 하지 않았어!"

그 모습을 보다 못한 산죠지 스즈카가 대화에 끼어들었다.

"코코노에, 넌 아직도 그런 소릴 하는 거지?! 자꾸 고집을 부리지 말고 순순히 잘못을 인정하고 사과해. 부모님께서도 혼을 내셨지?"

"혼날 이유가 없는데요."

"확실히 다른 아이들이 보는 앞에서 그런 소릴 하면서 널 나무란 건 우리 잘못이었어. 그래도 말이지, 지금 여기에는 선생님들밖에 없어. 솔직해지자, 코코노에. 알겠지? 네가 여기서 제대로 사과하면 그걸로 끝낼게. 그러면 선생님들도 네 편이 될 수 있어. 실내화를 숨긴 아이도 낙서한 아이도 단단히 혼을 낼게. 절대로 차별하거나 못 본 척하지 않을 테니까."

그러니까 알겠지?

그렇게 말귀를 못 알아듣는 아이를 타이르듯이 산죠지 스즈카가 말을 이었다.

"코코노에, 난 화가 나지 않았고 선생님도 네 편이서. 만약 네가 날 좋아해서 내 소지품을 가져간 거면, 그건 정말 기쁜 일이라고 생각해. 하지만 사람한테 말도 없이 물건을 훔쳐 가면 안 되는 거잖아?"

다정한 그 말이 코코노에 유키토에게는 참을 수 없이 역겹게 들렸다.

"아하하하하하. 제 편 따위는 필요 없어요."

"네가 계속 그런 식으로 행동하니까 실내화를 도둑맞는 거야! 왜 그걸 모르니?!"

격분한 산죠지 스즈카를 무시하며 코코노에 유키토는 가져온 도화지를 꺼내 펼쳤다.

"히미야마 선생님, 다시 한 번 물어볼게요. 대체 언제 물건을 도둑맞으신 거예요? 이걸 봐주세요. 이 종이에는 어제 제가 한 행동이 전부 적혀 있어요. 이걸 보시면 범인이 제가 아니라는 걸 알 거라——

——."

"——그만 좀 해!"

산죠지 스즈카의 손바닥이 코코노에 유키토의 뺨을 때렸다.

그 바람에 손에 들고 있던 도화지가 맥없이 찢어졌다.

"코코노에!"

히미야마 미사키가 반사적으로 비틀거리는 코코노에 유키토를 부축했다.

산죠지 스즈카는 순간 퍼뜩 정신을 차렸다. 순간 욱해서 체벌을 하고 말았다.

과거에는 당연했다고 하지만, 현대 교육계에서는 용납되지 않았다. 아무런 변명도 할 수 없다. 소송을 당하면 교사 생명에도 지장이 가는 치명적인 과실.

너무 감정적으로 행동했다. 어째서인지 눈앞의 코코노에 유키토라는 소년을 앞에 두면 마음이 술렁거렸다. 그가 가진 찰나적인 분위기에 휘말리고 말았다.

"아~ 아. 기껏 어제, 열심히 만들었는데 말이야."

코코노에 유키토는 무참하게 찢어진 그걸 주워들더니 구깃구깃 뭉쳐 내던졌다.

"과연. 저도 이제야 알았어요. 제가 잘못했네요."

마침내 그가 내뱉은 사죄의 말.

산죠지 스즈카는 그 말에 순간적으로 자신도 사과해야 한다는 생각이 들었다.

당연하다. 아무리 이유가 있었다고 해도 학생에게 체벌을 가한 건 용서받지 못할 일이다. 하지만 지금은 사회적인 책임과 자기 보신 같은 걸 고려하기 전에, 그저 자신이 저질러버린 일에 대해 사과하지 않으면 성인이라 말할 수 없다는 생각이 들었다.

"나도 너무 감정적으로 굴었어. 미안——."

"선생님들은, 진실 같은 건 아무래도 상관없었던 거였어요. 그럼 처음부터 그렇게 말씀해주세요. 결국 제가 범인이 아니면 상황이 난처했던 것뿐이잖아요."

뼛속까지 스며들 듯 오싹한 소리가 빈 교실에 울려 퍼졌다.

애초에 코코노에 유키토라는 학생은 어쩐지 종잡을 수가 없었다. 사고와 감정이 좀처럼 보이지 않아 무슨 생각을 하는지 알 수 없다. 그런가 하면 공부와 운동은 또 잘했다. 신기한 학생, 산죠지 스즈카는 그런 인식을 갖고 있었고 짧은 시간이나마 학생들을 접해 봤던 히미야마 미사키도 그와 비슷한 인식을 하고 있었다.

"무슨 소릴——."

"이런 걸 만든 제가 바보 같잖아요. 아, 그런가. 얘기하면 전해질 거라 생각했던 시점에서 제가 바보였네요."

"——윽!"

그 눈을 보며 저도 모르게 숨을 삼켰다.

깊디깊고 어둡디어두운, 한없이 깊은 곳으로 떨어져 간다. 순수하면서도 한없이 혼탁한 눈동자가 산죠지 스즈카와 히미야마 미사키를 사로잡았다.

"간단한 거였어요. 제가 나빴어요. 당신들을 교사라고 생각했던 게 잘못이었어요. 죄송합니다."

코코노에 유키토는 아무것도 아닌 일이라는 듯이 그토록 거부했던 사과를 선뜻 입에 담았다.

하지만 그 말, 그건——.

"당신들도 적이었구나."

명백한 결별 선언이었다.


산죠지 스즈카는 빈 교실에서 태연히 돌아가는 코코노에 유키토를 불러 세우려 했지만, 어떻게 말을 걸어야 할지 알 수 없었다. 그렇게 머뭇거리는 동안 그는 저벅저벅 떠나가고 말았다.

"왜 일이 이렇게 된 거지……."

히미야마 미사키는 비탄에 잠겨 있었다. 이럴 리가 없었다.

불과 며칠 전까지만 해도 즐겁게 지내고 있었는데. 교사라는 직업에 충실감을 느끼고 있었다. 천직이라고 느꼈다. 아이들을 이끄는, 그런 직업에 품었던 동경이 요 이틀 사이에 산산히 조각났다.

불현듯 코코노에 유키토가 내던지고 간 종이가 눈에 들어왔다. 아까는 훑어볼 생각조차 하지 않았다.

대체 저게 뭐길래 싶어 불안한 걸음으로 다가가 구겨져 내던져진 도화지 뭉치를 손에 들고 펼쳤다.

그것이 무엇을 의미하는지, 히미야마 미사키는 바로 깨달았다.

"스, 스즈카 선생님! 이것 좀 봐주세요."

"뭐죠?"

산죠지 스즈가도 정신적으로 피폐해져 있었다. 아직 오전 중인데도 피로가 피크에 달해 있다. 정신적인 스트레스가 체력을 크게 갉아먹고 있었다. 자신이 체벌을 저지른 것, 그리고 마지막에 그에게 들은 말이 뇌리에 달라붙어 떨어지지 않았다.

술렁거리는 마음으로 히미야마 미사키가 펼친 종이에 시선을 떨구었다.

"이건 그저께의……? 자, 잠깐! 그럴 리가 없어!"

그 도화지에는 그저께 있었던 모든 일이 또박또박 적혀 있었다.

그것은 코코노에 유키토의 하루나 마찬가지였다. 아침 등교 때 누구와 같이 학교에 왔는지. 수업 중, 쉬는 시간, 그리고 방과 후에 이르기까지 누구와 함께 있었는지, 누구를 만났는지, 어디에 있었는지. 그냥 봐도 한눈에 알 수 있을 만큼 깔끔하게 적혀 있었다.

하지만 그렇게까지 자신의 행동을 분명하게 기억한다는 게 가능한 일인가.

너무나도 자세히 기록된 그것은 믿을 수 없을 만큼 완성도가 높았다.

적당히 끼적인 여름방학 시간표와는 비교도 할 수 없을 정도다.

하지만 거기에 적혀 있는 내용 대부분은 두 사람의 기억과도 중복되고 있었다.

그 말은 즉, 적혀 있는 내용의 신빙성에서 의심할 여지가 없다는 뜻이기도 했다.

떨리는 손이 종이를 더듬었다.

방과 후. 이날은 수업이 5교시까지였다.

오후 2시 45분에는 스즈리카와 히나기라는 소녀와 같이 하교했다고 적혀 있었다. 정성에 정성을 다해서 하교 중에 있었던 일까지 세세하게 적어놓은 것이 무시무시했다.

"코코노에가 아냐? 잠깐만. 그럼 누가, 누가 훔친 거지?! 내가 했던 일은, 내가 그 애한테 했던 말이——."

"미사키 선생님, 진정하세요!"

보고 싶지 않았다. 제발 거짓이어 달라고 최악의 기도를 할 수밖에 없었다. 이 종이에 적힌 내용이 진짜라면, 그는 무슨 수를 쓰더라도 물건을 훔칠 수가 없었다.

"이, 이거! 봐주세요, 미사키 선생님."

거기에는 하교 전에 사무직원인 타키가와와 마주쳐 인사를 했다고 적혀 있었다.

"확인해보죠! 서둘러요!"

"네!"

가만히 있을 수가 없었다. 풀솜으로 목을 졸린 것처럼 자신들이 근본적인 실책을 범했던 게 아닐까 하는 생각이 드디어 들었던 것이다.

수업은 자습이었다. 얼른 교실로 돌아가지 않으면 또 소동이 벌어질지도 모른다. 하지만 지금은 진실을 확인하는 것이 중요했다. 그것이 최우선이다. 확인하지 않으면 다시는 그의 앞에서 고개를 들 수가 없었다.

평소에는 복도를 달리는 학생들에게 주의를 줬던 자신들이 지금은 복도를 뛰고 있다.

산죠지 스즈카는 그 사실에 자조하면서도 결정적인 파멸이 다가오고 있음을 직감하고 있었다.


"타키가와 씨, 타키가와 씨 안에 계세요?!"

사무실로 들이닥친 젊은 여교사늘. 그 결사적인 모습에 타키가와는 저도 모르게 어리둥절하고 말았다. 뭔가 곤란한 일이라도 생겼나 생각하며 말을 걸었다.

"왜, 왜 그러시죠?"

"타키가와 씨. 그저께 방과 후에 신발장 근처에서 학생과 마주치셨나요?"

막연한 산죠지 스즈카의 질문에 타키가와는 애매한 대답을 돌려주었다.

"엇, 그게. 그게 아니라 이 아이에요."

산죠지 스즈카는 얼굴 사진이 실려 있는 학급 명부를 보여 주었다.

"아, 이 애요. 꼬마 아가씨랑 사이좋게 손을 잡고 집으로 돌아가는 걸 봤지요."

"그, 그게 몇 시쯤이었나요?!"

"종이 울리고 나서 바로였다고 기억하니까, 오후 3시 전이었겠죠. 제대로 인사하고 돌아갔어요."

"이럴…… 수가……."

그 선고는 마치 사신의 낫 같았다. 예리한 칼날이 목까지 닿았다.

잔혹한 현실을 앞에 둔 히미야마 미사키는 털썩 자리에 주저앉아 흐느껴 울었다. 산죠지 스즈카도 같은 심정이었다. 그래도 그것이 자신에게 허락되지 않은 일이라는 것을 자각할 만큼의 경험과 자존심은 있었고, 그 덕분에 쓰러지지 않고 있었다.

"왜, 왜 그러시죠?"

사정을 모르는 타키가와가 황급히 히미야마 미사키를 일으켜 세웠다.

전부 다, 모든 것이 착각이었다.

처음부터 그가 옳았고, 자신들이 틀렸다.

어째서? 왜 조금도 그의 변명을 들으려고 하지 않았을까?

왜 그가 아닐 가능성을 고려하려 하지 않았던 걸까?

그는 철저하게 부정했다. 단호히 인정하지 않았다.

일부러 자신의 행동을 상세히 기록한 종이까지 준비했다.

하지만 나는 믿지 않았다.

그래서 버림받고 결별 당했다.


이제 와서 깨닫고 후회해봤자 이미 때는 늦었다.


점심시간.

아침부터 아무도 코코노에 유키토에게 말을 걸지 않은 채로 이 시간이 찾아왔다.

당연히 아직 슬리퍼를 신고 있었고 실내화는 돌아오지 않았다.

코코노에 유키토가 점심시간까지라고 지정하는 바람에, 오히려 그때까지 무시하자는 분위기가 형성되었다. 비웃는 미소를 지으며 깔보는 시선이 사방에서 날아온다.

옆자리에 앉은 카자하야 아카리는 한껏 책상을 당겨 거리를 두고 있었다. 괴롭힘인지 단순히 붙어 있기 싫다는 심리인 건지는 모르겠지만, 아무튼 그런 일도 코코노에 유키토는 딱히 아무래도 상관없었다. 왜냐하면 적이니까.

"시간이 됐네. 그럼 가볼까."

툭 혼잣말하며 코코노에 유키토는 신발장으로 향했다.

청소 도구함에서 쓰레기 봉투를 꺼낸다.

이 시간에 현관에 올 만한 학생은 없다. 코코노에 유키토는 쓰레기봉투에 반 아이들 전원의 실외화를 아무렇게나 집어넣었다. 봉투 하나로는 부족해서 두 장이나 썼지만, 어쩔 수 없다. 어깨에 쓰레기봉투를 짊어지고 걷는 모습은 때늦은 산타클로스 같았다.

그가 찾아온 곳은 안뜰이었다. 안뜰이라고 해도 그렇게까지 크지는 않아서, 마음껏 놀기에 충분한 공간이 있지도 않았다. 코코노에 유키토의 목적은 연못이었다.

"음~, 이 상태로는 안 되려나? 맞다, 돌이라도 집어넣자."

연석이 있는 곳에서 돌을 주워 쓰레기봉투에 넣었다. 양이 만만치 않다 보니 충분한 무게가 되었다.

그는 가볍게 쓰레기봉투 입구를 묶고는 그대로 연못에 던져 넣었다. 봉투는 대량의 신발과 함께 허무하게 물속으로 가라앉았다. 쓰레기봉투는 딱히 밀봉되어 있지 않아서, 금세 안쪽까지 물에 잠겼다.

"우와, 비참하다."

물에 젖은 신발 따위는 신고 싶지 않다. 축축한 감촉이 기분 나쁘니까.

그렇게 생각하면서도 반 아이들이 오늘 어떻게 집으로 돌아갈지는 조금도 걱정하지 않았다. 흥미도 관심도 없었다.

왜냐하면 같은 반 친구가 아니라 적이니까.

유리의 소년은 비춘다.

악의에는 악의를. 그거면 충분하다.

"계속 적만 있어도 상관없어."

그것이 그가 알고 있는 단 하나의 정답이었다.


"유짱, 오늘은 놀 수 있어?"

아침 통학로. 두 사람의 소년 소녀가 나란히 걷고 있었다.

소꿉친구 스즈리카와 히나기가 동그란 눈으로 옆에 있는 소년에게 물었다. 소년은 잡힌 손에 아주 살짝 힘이 실리는 것을 느꼈다.

"미안해, 히짱. 어제는 할 일이 있어서 바빴어."

"히오짱도 유짱이랑 놀고 싶댔어!"

"오늘은 놀 수 있지 않을까?"

"만세!"

양갈래로 묶은 머리가 뿅 하고 튀어 올랐다. 히오짱은 스즈리카와 히나기의 여동생인 스즈리카와 히오리를 말한다. 스즈리카와 히나기가 소꿉친구라면, 스즈리카와 히오리 역시 소꿉친구라고 말할 수 있을지도 모른다.

생글생글 만면에 미소를 지으며 스즈리카와 히나기가 걸었다. 기분이 아주 좋아 보였다. 솔직한 말. 표리부동이라곤 없는 따뜻한 심성. 항상 솔직하게 감정을 표현하는 소녀는 언제까지나 순수한 소년의 아군이었다.

코코노에 유키토는 생각했다. 어째서 이런 한심한 일에 신경을 쓰고 있어야 하지? 적과 아군. 우선해야 할 건 언제나 아군이다. 그런데도 자신은 적을 상대하느라 아군인 히짱과 놀 시간을 잃고 있었다.

적에게 상대할 가치 따윈 없는데. 정말이지, 쓸데없기 그지없었다.

"얼른 끝내야겠다."

"?"

그 말은 스즈리카와 히나기의 귀에도 닿았다. 의미는 알 수 없다. 그래도 스즈리카와 히나기는 되묻지 않았다. 옆에 있는 소년은 늘 자신과는 다른 곳을 보고 있었으니까.

소꿉친구라고 해도 타인에 불과한 소년의 모든 것을 이해할 필요는 없었다. 중요한 건 그와 마음으로 이어져 있다는 것뿐이다. 자신이 상대방을 생각하고, 상대방도 자신을 생각해준다. 그것을 믿을 수 있다면 불안할 일은 없었다.

종종걸음으로 내빈용 슬리퍼를 가지러 가는 코코노에 유키토를 보며 스즈리카와 히나기가 표정을 흐렸다.

"유짱, 실내화는 못 찾았어?"

코코노에 유키토가 슬리퍼를 신고 있다는 건 누군가가 숨긴 실내화가 아직도 돌아오지 않았다는 뜻이었다.

"응? 신경 쓰지 않아도 돼. 오늘 중으로는 돌아올 테니까."

"……그렇구나. 응. 돌아오겠지!"

커다란 눈망울이 물끄러미 소년을 시야에 담았다. 소년의 표정은 늘 한결같았다. 하지만 스즈리카와 히나기가 알 수 있는 것도 있었다. 그가 오늘 돌아온다고 말한 이상, 반드시 그렇게 되리라는 것이다.

스즈리카와 히나기는 코코노에 유키토의 말을 의심하지 않았다. 왜냐하면 믿기 때문이다. 그는 말을 실수한 적이 없으니까. 그러니까 틀림없이 괜찮을 거다.

솔직히 말하자면 지금 당장이라도 같이 찾고 싶었다. 그래도 그가 그렇게 말한다면 자신은 믿는다.

그게── 신뢰니까.

"가자! 유짱."

이 손을 놓지 않을 것이다. 놓지 않는 것만이 자신이 할 수 있는 유일한 일임을 스즈리카와 히나기는 이해하고 있었다. 이때 확실히 느꼈다. 그건 결코 핑계가 아니었다. 어린아이 특유의 순수함 때문인지 본능인 건지는 알 수 없어도.

그래도 분명 이 순간, 소녀는 소년과 마음이 이어진 것을 누구보다 정확하게 이해하고 정답을 도출해내고 있었다.

그녀가 그것을 잃어버리는 건, 좀 더 나중의 얘기다.

코코노에 유키토가 제 반 교실에 발을 내딛자 그 순간부터 엄청난 적의가 그에게 와 꽂혔다. 자신의 책상을 보자 어제보다 더 심한 몰골로 변해 있었다.

책상과 교과서에 적힌 건 이미 낙서를 넘은 중상비방이었다. 어머니가 만들어준 천 주머니는 가위인지 뭔지 모를 날붙이로 갈기갈기 찢겨 있었다.

"야 너! 잘도 우리 신발을 연못에 버렸더라?"

또 어머니한테 폐를 끼치겠네. 코코노에 유키토가 그렇게 생각하고 있는데, 누군가가 뭐라고 외치더니 남자 그룹의 세 명이 다가왔다.

타카야마랬던가? 여태까지 깊은 접점이랄 게 없었기에 그 정도 인식밖에 없지만, 어찌 된 영문인지 심하게 화가 난 것 같았다.

"네가 한 짓이지!"

"다 젖어서 집에 돌아가지도 못했다고!"

"뭐가?"

코코노에 유키토는 완전히 잊고 있었다. 왜냐하면 어제는 바빴기 때문이다.

여기저기를 돌아다니느라 스즈리카와 히나기와도 놀지 못했다. 귀가도 늦어졌지만, 그 뒤에도 이런저런 일들이 있었다. 그 일들을 수습하느라 바빠서 자신이 무슨 짓을 했는지도 다 까먹고 있었다.

"연못에 신발을 숨긴 거 너잖아!"

"……아! 그런 일이 있었구나. 몰랐어. 도둑이 한 짓 아닐까?"

그러고 보니 그런 일을 했던 기억이 났지만, 시치미를 뗐다. 그런 짓을 저지른 건 도둑이다. 자신의 실내화를 감춘 것도 도둑이 한 짓이라면, 이번에도 그렇겠지. 그럴 터다. 이상할 건 아무것도 없다.

"까불지 마!"

"도둑이 감춘 거잖아? 난 몰라."

그 대답이 마음에 들지 않았던 건 남자아이들 무리뿐만이 아닌 듯했다.

남자애들도 여자애들도 똑같이 혐오와 멸시의 시선을 보냈다.

적의가 한층 더 날카로워졌다. 유리컵에 든 물이 흘러넘치기 직전처럼 표면장력으로 유지되고 있던 균형이 붕괴되려 하고 있었다.

"때려버려!"

누군가가 그렇게 말했다. 여자애의 목소리였다. 하지만 그 여자애가 말을 꺼내지 않았어도, 언제든 누군가가 같은 말을 입에 담았으리라. 아니면 눈앞의 남자애들이 한계에 다다르는 편이 빨랐든가. 그 정도 차이에 지나지 않는다.

"너 이 자식! 죽어!"

타카야마와 하시모토, 키타가와 세 사람이 한꺼번에 달려들었다. 아무도 도우려 하지 않았다.

코코노에 유키토는 속절없이 얻어맞았다. 반 아이들은 그 모습을 유쾌한 기색으로 쳐다보고 있었다. 거기에 있는 건 기대였다. 신경에 거슬리는 녀석을, 이물질을 배제한다는 기본 원리. 그것은 소년 소녀들에게 절대적으로 올바른 것이었다.

자기들의 신발을 물에 빠뜨린 건 저 녀석이니까, 전부 저 녀석 잘못이다.

나쁜 건 코코노에 유키토, 코코노에 유키토가 악이고, 코코노에 유키토가 적이니까.

"그만해! 내가 아냐! 아프다고!"

코코노에 유키토는 애원했다. 하지만 폭력은 그치지 않았다.

"시끄러워! 너 같은 녀석은 필요 없어!"

"도둑은 죽어!"

여럿의 폭력이 코코노에 유키토를 덮쳤다.

무저항으로 머리를 감싼 채 몸을 웅크린 코코노에 유키토의 모습에 다카야마 코스케 무리, 남자 그룹은 흥분했다. 분비된 아드레날린이 브레이크를 파괴하고 이성을 지워 나갔다. 제어할 수 없다.

자신들이 하고 있는 행동은 정의다. 반 아이들도 응원하고 있다.

타카야마 코스케는 희열을 느끼고 있었다. 상대방은 범죄자이자 자신들의 신발을 연못에 빠뜨린 나쁜 녀석이었다. 일요일 슈퍼히어로 타임에 나오는 파워 레인저들도 집단으로 적을 린치하고 있다. 정의는 자신이고, 악은, 범죄자는 코코노에 유키토다. 이성을 작동하게 할 방해물 따위는 아무것도 없었다.

"내가 아냐! 아파! 그만해!"

반 아이들은 깔깔 웃으며 무자비한 야유를 날렸다.

"더 때려!"

"묵사발을 내 버려!"

신발이 물에 빠져서 어지간히도 화가 났는지 폭행을 말리는 사람은 없었다. 타카야마 무리는 이미 스스로는 자신들을 제어할 수 없었다.

엮이기 싫어서 나 몰라라 하는 사람도 있었다. 하지만 과열된 분위기 속에서는 그 또한 의미 없는 것이었다.

타카야마 코스케는 가학심이 차오르는 것을 느꼈다. 자신은 절대적 강자고 타인을 학대해도 되는 존재다. 약자를 짓밟고 군림하는 왕인 것이다. 자신은 강하다. 자신에게는 힘이 있다. 눈앞에 몸을 웅크린 짜증 나는 녀석을 구타하면서 그 전능한 느낌에 취해 있었다.

자신은 지배자다. 초등학교 저학년에게는 아직 교내 서열이라는 개념이 확립되어 있지 않다. 그럼에도 그것은 확실히 생겨나려 하고 있었다.

인간은 평등하지 않고, 약한 녀석이 강한 녀석에게 대드는 건 용납되지 않는다. 그것이 이 세계의 엄연한 규칙이었다.

"아파! 그만해! 내가 아냐!"

그때 불현듯 위화감이 들었다. 고장 난 레코드 같은 무언가…….

하지만 그런 사소한 위화감은 압도적이기까지 한 도취감에 휩쓸려 사라졌다.

지금은 그저 눈앞의 비참한 쓰레기를 꼴사납게 기게 만들고 울려서 비웃어 주는 것밖에 머릿속에 없었다.


"너희들, 이게 무슨 짓이야!"

"다들 그만해!"

산죠지 스즈카와 히미야마 미사키가 교실로 달려왔다.

"이 자식이 잘못했어요!"

불길한 예감이 적중한 것에 산죠지 스즈카는 가슴이 아파오는 것을 느꼈다. 히미야마 미사키도 요 며칠 사이 몰라보게 초췌해져 있었다.

어제 방과 후에는 작은 소동이 있었다. 누가 학생들의 신발을 연못에 빠뜨렸기 때문이다. 처음에는 누가 신발을 감췄다고 한 학생이 그렇게 보고하러 왔다.

하지만 그 보고는 한 사람으로 끝나지 않았다. 이 반 학생 전원의 신발이 사라졌기 때문이다. 특정인을 괴롭힐 목적이라기에는 너무나도 대규모다. 타깃이 너무 넓었다.

하지만 괴롭힘이 아니라면 뭘까——.

학생들과 산죠지 스즈카, 히미야마 미사키는 학교 내를 돌아다니며 신발을 찾아보기로 했다. 하지만 그것은 교내가 아닌 장소에서 발견되었다. 발견된 곳은 안뜰의 연못 안이었다.

신발을 찾아다닌 학생들 중에 코코노에 유키토는 보이지 않았다. 코코노에 유키토가 한 짓이 분명했다. 코코노에 유키토가 했던 말이 떠올랐다. 모두 적이라고, 확실히 그렇게 말했다.

평소였다면 바로 불러낼 필요가 있었다. 이만한 사고를 쳤는데도 부모님에게 보고하지 않을 수는 없었다.

하지만 그래도, 코코노에 유키토가 틀림없다고 해도, 산죠지 스즈카는 망설였다.

자신들은 하지도 않은 죄를 뒤집어 씌워 그를 범인으로 몰아세운 참이었다.

그의 어머니에게 하지도 않은 죄를 보고하고 그를 잘 타이르라고 말하기까지 했다.

아무리 확신이 들어도, 아무리 코코노에 유키토가 범인이라는 사실이 명백해도 그에게 누명을 씌운 자신들이 증거도 없는데 다시 코코노에 유키토를 범인으로 취급할 수는 없었다. 그래서 망설였다.

다음 날에 먼저 코코노에 유키토에게 얘기를 들어보려고 처분을 미뤘다.

그렇게 학생들을 설득했지만 학생들은 역시 납득하지 못했다. 자신은 또 대응에 실수했다. 그 안이한 판단이 이번에는 폭행 사건을 불러일으켰다.

결코 싸움이 아니었다. 일방적인 폭행. 그는 힘없이 몸을 웅크리고 있었다.

산죠지 시즈카와 히미야마 미사키는 그 모습이 어쩐지 믿기지 않았지만, 눈앞의 광경이야말로 사실이었다.

"내가 아냐! 그만해! 아파!"

타카야마 무리는 교사가 온 것을 보고도 폭행을 멈추지 않았다. 아니, 멈출 수 없었다. 제어할 수 있는 단계를 훌쩍 넘어선 상태였다.

아, 즐겁다. 약한 인간을 혼내주는 건 왜 이렇게 즐거운 걸까. 때리고 차서 굴복시키는 것이 더할 나위 없이 즐겁다.

지금 이 공간에서 그것은 최대의 엔터테인먼트였다.

그것은 인간이 가진 본능이라고 부를 수 있을지도 모른다. 밖으로 드러난 야성.

그것은 아무리 인간사회가 성숙해져도 사라지지 않을 종류의 것이었다.

사람들은 누구나 빈틈만 생기면 상대를 함정에 빠뜨리고 때려눕혀서 무릎 꿇게 하고 싶다고 생각하니까!

그러니까 그렇다.

그런 폭력에 대항하는 건,

그런 폭력을 멈출 수 있는 건,

언제나——.

그것을 상회하는 폭력밖에 없었다.


산죠지 스즈카는 한순간 코코노에 유키토와 시선이 마주친 듯한 느낌을 받았다.

그 순간, 아무 일도 없었던 것처럼 코코노에 유키토가 자리에서 일어서더니 타카야마 코스케를 발로 걷어찼다. 차여서 날아간 충격으로 책상과 의자가 흐트러졌다.

"어?"

히미야마 미사키는 이해할 수 없었다. 아니, 그 자리에 있는 전원의 머리 위에 '?'가 떠 있었다.

그만큼 소란스러웠던 교실이 순식간에 정적에 감싸였다.

코코노에 유키토는 자신을 잡고 때리고 있던 하시모토의 손가락을 뒤로 꺾었다.

"끄아아아아아아아아아!"

그리고는 반사적으로 손을 뗀 하시모토를 그대로 후려쳤다.

"이, 이게 무슨 짓이야!"

난데없는 폭거에 동요한 기색을 숨기지 못한 채 키타가와가 달려들었지만, 주먹을 휘둘러도 하반신이 따라오지 못했다.

애초에 코코노에 유키토는 싸움에 익숙했다. 여러모로 운이 나쁜 소년은 이런 일에 휘말린 경험이 그럭저럭 많았다. 딱히 특별한 일도 아닌 일상의 한 토막 같은 감각밖에 없었다. 그에 맞서려고 매일 러닝과 근력 운동 등도 빼놓지 않고 있다.

흥분에 맡겨 기세만으로 달려드는 상대 따위는 애초부터 상대가 되지도 않았다.

불안정한 다리를 후려치자 간단히 키타가와의 자세가 무너졌다.

그대로 당겨서 쓰러뜨린 뒤 축구공처럼 걷어찼다.

"……윽!"

요란한 소리를 내며 다시 책상과 의자가 흐트러졌다.

타카야마가 무슨 일이 벌어진 건지 모르겠다는 표정을 지으며 자리에서 일어났다.

그리고는 방금 전까지 품고 있었던 도취감에 지배당한 채 다시 코코노에 유키토를 때리려 달려들었다.

"너 이 자시이이이이이이익!"

정면으로 달려드는 타카야마의 무릎에 수직으로 발차기를 먹이자 휘청 허리가 내려앉았다. 그대로 안면에 니킥을 날렸다.

"끄악!"

차마 들을 수 없는 소리를 지르며 허물어진다. 코피가 나고 있었다. 코코노에 유키토는 그대로 타카야마의 머리채를 잡고는 몸을 일으켜 세우게 한 뒤 벽에 안면을 처박았다.

"……끄윽."

아무도 꼼짝할 수 없었다. 무슨 일이 일어나고 있는 건지 알지 못했다.

그리고 그건 타카야마 무리도 마찬가지였다.

자신은 강자였을 터다. 자신은 히어로였을 터다. 짓밟고, 무릎 꿇리고, 악한 녀석을 지배하고 유린하는, 그런 압도적인 존재였을 텐데!

그런데 어째서, 어째서.

지금 당하고 있는 건 자신들인 걸까?

아무리 이해를 거부해봤자 변하는 건 없었다. 그렇게 한껏 올랐던 열이 급속도로 가시기 시작했다. 냉정해지고 아드레날린 분비가 멈추자 기다리고 있는 건 아픔이라는 현실뿐이었다.

"그러고 보니 타카야마. 내 실내화가 없는데 어디 있는지 몰라?"

"무, 무슨 소릴……."

오싹하리만큼 차가운 말이 귀에 닿았다.

이상해. 조금 전까지는 그렇게 비참하고 꼴사납게 애원하고 있었잖아!

그런데도 그 남자는 지금은 마치 그런 일이 없었던 것처럼 태연한 기색으로 자신의 안면을 다시 벽에 처박았다.

"——그만, 그만해!"

우둑 하고 둔탁한 소리가 났다.

"내가 그렇게 말했을 때 너는 멈추지 않았지? 그래서, 내 실내화는 도둑이 훔친 거랬던가?"

한 번 더 처박는다.

"있잖아, 타카야마. 어디에 있는지 알고 있는 거 아냐?"

다시 처박는다.

타카야마의 눈에 어렸던 가학심은 이미 사라지고 없었다. 지금 눈동자에 깃든 것은 두려움뿐이다.

정체를 알 수 없는 공포와 고통이라는 현실이 고양되었던 기분을 덧칠하고 위축시켰다.

"가져와."

그저 그렇게만 말했다.

"우와아아아아이아아아!"

타카야마 코스케는 울부짖으며 교실 밖으로 뛰쳐나갔다.

코코노에 유키토는 빙글 고개를 돌려 아까까지 그를 도발하고 야유했던 반 아이들을 쳐다보았다.

그리고는 성큼성큼 그쪽으로 걸어갔다. 아이들은 너 나 할 것 없이 도망치고 싶은 충동을 느꼈다. 하지만 다리가 떨려 꼼짝도 할 수 없었다. 순식간에 돌변해버린 세계를 인식이 따라가지 못했다.

"묵사발을 내버리라고 했던가? 그럼 너도 때려도 되는 거지?"

"엇…… 아, 아냐……."

코코노에 유키토는 카자하야 아카리의 멱살을 추켜잡았다.

공포로 몸이 위축되어 말이 나오지 않았다. 자신의 신발을 물에 빠뜨린 녀석이 맞고 있는 모습을 보며 가슴이 후련해지는 것을 느꼈다. 좀 더 하라고 생각했다.

그래서 성원을 보냈다. 나는 아무런 잘못도 하지 않았다.

그런데, 어째서, 왜 일이 이렇게 된 거지?

그때, 속박이 풀린 것처럼 퍼뜩 정신이 돌아온 산죠지 스즈카가 소리를 질렀다.

"여자애를 때리면 안 돼!"

"지금은 남녀평등의 시대인데요."

"그, 그건 그런 뜻이 아니야!"

황급히 코코노에 유키토에게 다가가 그를 제지한다. 무시무시한 힘으로 멱살을 쥐고 있었다. 열심히 떼어내려 했지만 전혀 들은 척도 하지 않는다.

"이 녀석들도 같은 죄를 지었어요. 저는 일방적으로 맞고 있었죠. 그리고 이 녀석들은 그걸 부추기고 있었고요. 모르세요? 그것도 폭력이에요. 보고 계셨잖아요?"

"그, 그건……."

산죠지 스즈카는 그제야 비로소 깨달았다. 그 생각에 이르는 것이 너무나도 늦었다. 타카야마 무리의 폭행은 자신들이 교실에 오기 전부터 시작되었다. 그리고 자신들이 교실에 오고 난 뒤에도 계속되었다. 이 소년은 일부러 그것을 자신들에게 보여주었던 것이다.

처음부터 막을 능력이 있었음에도 불구하고 자신의 행동을 정당화하기 위해서.

그리고 그가 한 말은 무엇 하나 틀린 게 없었다.

교사, 혹은 방조. 결국 누구도 그를 도와주려 하지 않았다. 즉, 그에게는 모두가 공범인 것이나 마찬가지였다.

"당신들이 저한테 한 짓도 언어 폭력이에요."

"그건……!"

반론의 여지도 없었다. 그 말이 맞았으니까. 이 사태를 일으킨 원인은 전부 자신에게 있다. 그의 말에 한 번도 귀를 기울이지 않는 바람에 이렇게 됐다.

"지금부터 전 이 녀석들을 전부 묵사발로 만들 거예요."

"힉⋯⋯! 난 아무 짓도 안 했어!"

"나도 몰라! 그 녀석들이 멋대로——!"

책임 회피, 자기 보신. 아우성 치기 시작한다. 누구나 그런 말을 들으면 이렇게 되리라. 그가 눈앞에서 실제로 묵사발을 내는 모습을 보여준 것이다. 쉽게 실행하리라.

"더 이상 폭력을 휘두르면 안 돼요!"

"그럼 어떻게 할까요? 교과서도 어머니가 만들어준 주머니도 넝마가 됐어요. 이건 폭력이 아닌가요?"

"왜 그런 심한 짓을⋯⋯."

히미야마 미사키는 너덜너덜해진 천 주머니를 떨리는 손으로 집어 들었다. 그것이 자신의 죄라고 말하는 것만 같아 외면할 수도 없었다.

"이 녀석들의 부모한테 한 명도 빼놓지 말고 연락해주세요. 그 정도는 하실 수 있으시죠? 전 하지도 않았는데 어머니한테 연락하셨잖아요. 하지만 이 녀석들이 한 짓은 전부 사실이에요."

어차피 계속 숨기는 건 불가능했다. 타카야마 무리의 부모님에게는 연락할 수밖에 없다. 하지만 눈앞의 소년은 그걸로 만족할 생각 따위는 털끝만큼도 없어 보였다.

코코노에 유키토가 한 말은, 요컨대 반 전원의 보호자에게 자신들이 저지른 어리석은 행위를 전달하고 사과하러 오게 하라는 것이었다.

"자, 잠깐만! 부탁이니까 조금만 시간을 줘! 절대, 없었던 일로 하지 않을게. 이번에는 꼭 네 얘기를 제대로——."

낭패, 곤혹, 혼란. 아무 생각도 할 수 없고 무엇부터 생각해야 할지 알 수 없었다.

지금은 그저 이 자리를 어떻게든 수습하려고 필사적으로 말을 거듭할 수밖에 없었다.


"——이게 무슨 소란입니까?!"


그런 산죠지 스즈카의 사고를 중단시킨 건 교감인 토야마였다.


"산죠지 선생님, 이게 무슨 소란입니까?"

"아뇨, 그게……."

교감인 토야마가 산죠지 스즈카에게 물었다. 하지만 어떻게 대답해야 좋을지 알 수 없어 산죠지 스즈카는 말문이 막혔다.

교감 선생님이 왜 여기에? 그렇게 생각했지만 이만큼 일이 커졌으니 다른 반에도 들렸을 테고 때마침 지나가던 교감이 그걸 눈치챈 걸지도 몰랐다. 어느 쪽이든 운이 나빴다. 좀 더 상황이 수습된 뒤가 아니면 설명도 제대로 하기 힘들었다.

"아, 기다리고 있었어요, 교감 선생님."

"넌……. 이 소란은 네가 일으킨 거니?"

하지만 무슨 이유에선지 교감인 토야마에게 친근하게 말을 건 사람은 코코노에 유키토였다. 산죠지 스즈카와 히미야마 미사키는 직감적으로 그것이 좋지 않은 일임을 깨달았다. 이 소년이 무슨 행동을 하면, 그것은 전부 최악의 방향으로 흘렀기 때문이다.

"아뇨. 일방적으로 맞고 있었어요."

"뭐라고? 제대로 처음부터 설명해보렴."

태연한 기색이라고는 해도 그만큼 맞았으니 코코노에 유키토는 너덜너덜해진 상태였다. 제삼자도 그것이 거짓이 아니라는 걸 보면 알 수 있었다. 토야마의 눈이 사나워졌지만, 코코노에 유키토는 그런 건 상관없다는 듯이 말을 이었다.

"그보다 교감 선생님, 어제 얘기를 다시 해주실 수 있을까요?"

"대체 무슨 소리를 하는 거냐? 그보다 무슨 일이 있었는지 설명해보렴."

"교감 선생님께서 얘기해주시면 모든 게 밝혀질 거예요. 부탁드립니다. 한 번만 더 말씀해주세요."

"그게 뭐라고……."

고분고분히 꾸벅 고개를 숙이는 코코노에 유키토를 보자 토야마는 독기가 빠졌다.

"하아……. 알았어. 그럼 넌 뭐가 듣고 싶은 거지?"

"감사합니다."

이제부터 무엇이 시작되려고 하는지, 산죠지 시즈카는 왠지 모르게 알 것 같은 기분이 들었다.


교단 앞에서 코코노에 유키토는 교감인 토야마에게 질문을 이어갔다.

"교감 선생님은 사흘 전 방과 후에 이 교실 복도를 지나가셨죠?"

"그랬지. 이 앞 창고에 있는 비품을 확인할 필요가 있었거든."

"그게 몇 시쯤이었죠?"

"오후 4시 넘어서였을 거야."

"그때 이 반에 누가 있었나요?"

"아아, 학생이 딱 한 명 남아 있었어. 사고가 없게 조심해서 집에 가라고 말을 걸었으니까 기억하고 있지."

"엇?"

소리를 낸 건 히미야마 미사키였다.

그날은 오후 3시 전에 수업이 끝났다. 4시경까지 교실에 남아 있는 학생은 거의 드물었다.

"그 학생은 누구였나요?"

"응? 그건…… 아. 저 아이야."

교감인 토야마는 교실 안을 둘러보더니 바로 손가락을 가리켰다.

교감이 가리킨 그 학생, 오카모토 카즈히로는 고개를 숙인 채 몸을 떨고 있었다.

"감사합니다, 교감 선생님. 그럼 마지막 질문인데요. 저 아이는 그때 어디에 있었나요?"

"응? 거기 자리에 앉아서 돌아갈 준비를 하고 있었지."

"이걸로 전부 해결됐네요. 역시 교감 선생님. 남자답고 다정하고 훌륭하세요. 정말이지 교사의 귀감! 존경하고 있습니다."

"가, 갑작스럽게 무슨. 그렇게 말해주는 건 고맙지만, 그래서 대체 이 질문으로 뭘 알 수 있다고……."

코코노에 유키토는 오카모토 카즈히로에게 다가가 그대로 주먹을 날렸다.

우당탕!

하고 큰 소리를 내며 오카모토 카즈히로는 나동그라졌다.

"잠깐! 무슨 짓을 하는 거야! 멈춰!"

토야마는 황급히 제지하려 했지만, 코코노에 유키토는 오카모토 카즈히로를 잡아 일으켜 세우고는 그대로 교단에 내던졌다.

"교감 선생님, 오카모토가 집에 갈 준비를 하고 있었다던 그 자리는 제 책상이었어요."

"뭐라고?"

"오카모토 너. 내 자리에서 무슨 짓을 했어?"

지금 이 순간은 산죠지 스즈카와 히미야마 미사키도 방관자에 불과했다. 그래서 꼼짝도 할 수 없었다.

마치 연극의 관객이 된 것처럼 바라보고 있을 수밖에 없었다. 이건, 그가 하고 있는 것은 바로 단죄였으니까.

"아무 짓도 안 했어! 마침 그 자리에 앉아 있었을 뿐——."

"집에 갈 준비를 했다며? 넌 내 책상에서 뭘 꺼냈지? 아니, 뭘 넣으려고 했어? 저 여자의 콤팩트를 훔친 건 너지?"

"아, 아냐! 난——."

"네가 훔친 거잖아!"

"아냐! 제대로 나중에 돌려주려고——!"

윽박마저도 연기인 건지 가면처럼 꿈쩍도 하지 않는 무표정한 얼굴이었다.

교실 안은 쥐 죽은 듯이 조용해졌다. 그 고백은 무엇보다도 확실하게 죄를 자백하고 있었다.

"그만하시 못해! 대체 무슨 일이 있었다는 거야!"

기다림에 지친 토야마가 언성을 높였다.

코코노에 유키토는 주위를 빙 둘러보며 말했다.

"간단해요. 결론부터 말하자면 이 녀석들이 한통속이 돼서 절 범인으로 몰아세웠다, 그거거든요."

'이 녀석들'. 코코노에 유키토가 그렇게 부른 사람들 속에 자신이 포함되어 있다는 걸 산죠지 스즈카와 히미야마 미사키는 깨달았다.

예상 밖. 오카모토 카즈히로는 그저 그렇게밖에 말할 수가 없었다. 점점 커지는 소동에 겁을 집어먹은 오카모토는 자신이 범인이라고 나서지도 못하고 그저 방관하기만 했다.

하지만 그건 결국 죄에 지나지 않았던 것이다.


"무슨 짓을……."

토야마는 씁쓸한 표정을 지었다. 코코노에 유키토는 처음부터 다 얘기했다.

그리고 이런 상황에서는 산죠지 스즈카와 히미야마 미사키도 거짓을 말할 수가 없었다.

그 사이에 울어서 눈이 퉁퉁 부은 타카야마가 코코노에 유키토의 실내화를 가지고 돌아왔지만, 그 자리에서 다시 코코노에 유키토가 그를 때리며 또 한바탕 소란이 일었다가 일단 얻어맞은 세 사람은 보건실로 옮겨졌다.

"다행히 교감 선생님께서 목격하신 덕택에 살았어요. 안 그랬으면 변호사와 상담할 생각이었거든요."

"벼, 변호사라니……."

"저는 콤팩트를 전혀 건드리지 않았어요. 그러니까 콤팩트에는 범인의 지문이 묻어 있을 거예요."

"그렇게 됐다간……."

아이의 입에서 변호사 같은 말이 튀어나오는 바람에 동요를 감출 수 없었다.

그렇게 되면 소동은 학교 밖으로 퍼져 나가 비약적으로 확대되었을 것이다.

사실 그 방법을 궁리해낸 건 코코노에 유키토가 아니었다. 코코노에 유키토는 어머니의 여동생인 코코노에 세츠카에게 범인을 찾으려면 어떤 방법을 써야 할지 의논했다.

코코노에 세츠카도 어디까지나 그런 방법도 있다는 뜻으로 지나가듯 말했을 뿐이지, 그 말을 하라고 지시하지는 않았다. 단지 그것을 코코노에 유키토가 진지하게 받아들여서 발언했을 뿐이다.

"사정은 알았어. 산죠지 선생님, 어째서 이렇게까지 일이 꼬인 거죠? 당신이라면 좀 더 잘할 수 있었을 텐데요?"

"알고 있습니다. 알고 있지만……."

그 질문은 그야말로 산죠지 스즈카가 몇 번이고 자문자답한 것이었다. 사태가 이렇게 되기 전에 되돌릴 타이밍이 몇 번이나 있었다.

그는 오늘 이 상황에 이르기까지 여러 차례 손을 내밀었다. 자신들에게도, 반 아이들에게도. 그건 유예였다. 점심시간까지 기다리겠다고 말했다. 하지만 아무도 그를 도우려 하지 않았다. 자신이 범인이 아니라는 증거를 댔다. 하지만 아무도 그를 믿지 않았다.

그 끝에 벌어진 최악의 결과. 잘못한 건 그의 손을 쳐낸 자신들이었다.

모든 것이 자업자득이고 변명의 여지 없는 실수였다. 그게 얼마나 그를 상처 입히고 분노하게 만들었을지 상상조차 할 수 없었다.

"하지만 폭력을 쓴 건 잘못이야. 그건 알지?"

"물론이에요."

산죠지 스즈카에게는 아무리 해도 신경 쓰이는 일이 있었다.

"타카야마랑 다른 애들한테 그렇게까지 해야 할 필요가 있었니?"

"이 자식 무슨 소리를 하는 거야? 아, 죄송합니다. 말이 잘못 나왔어요."

"너는——!"

"보시다시피 전 일방적으로 얻어맞았어요. 어쩔 수 없이 필사적으로 반격했을 뿐이에요. 봐주면서 때릴 여유가 없었다고요."

거짓말이다!

그 자리에 있던 모두가 그렇게 생각했다. 하지만 그걸 거짓말이라고 비난할 수 있을 리가 없었다.

결국 먼저 손을 댄 건 타카야마 무리였고, 자신들은 일방적으로 얻어맞는 코코노에 유키토를 봤다. 그가 거짓말이라고 인정하지 않는 한 절대 뒤엎을 수 없었다.

단죄는 조용히 이어졌다.

코코노에 유키토가 이쪽으로 시선을 보낸다. 몹시도 어두운 눈빛이었다. 흐려진 그 눈동자는 다양한 감정을 비추지 않았다.

불현듯 기억이 났다. 그러고 보니 오늘 그는 한 번도 자신을 선생님이라고 부르지 않았다. 불리지 않았다. 어제 들었던 말을 떠올렸다.

　그렇구나, 저 애는. 저 애 안에서 우리들은 이미, 교사가 아니라——.

　"저한테 실컷 말씀하셨죠? 나쁜 행동을 했으면 사과하라고. 하지만 아무도 사과하지 않잖아요. 당신들도 타카야마도, 쓰레기 같은 이 교실 녀석들도, 저기 저 도둑놈도."

　히미야마 미사키가 퍼뜩 고개를 들었다.

　그제야 자신들도 여태껏 코코노에 유키토에게 해온 말을 무엇 하나 실행하지 않았다는 것을 깨달은 것이다.


　"거짓말쟁이는 당신들이야."


　그 뒤로 산죠지 스즈카와 히미야마 미사키는 지옥 같은 나날을 보냈다. 사태 수습에만 며칠이 걸렸고 보호자들에게 사과하러 가는 날들이 이어졌다. 자신의 아이가 얻어맞고 집으로 돌아온 것에 분노한 부모님들도 자신의 아이가 한 짓을 듣자 치켜든 주먹을 내릴 수밖에 없었다. 자업자득이었으니까.

　반 분위기는 그야말로 최악이었다.

　타카야마 무리는 다른 사람처럼 변했다. 겁을 먹고 움찔거리며 코코노에 유키토의 안색만 살폈다. 낙서를 당한 교과서는 전부 변상받았다. 천 주머니를 칼로 찢은 범인도 타카야마 무리였는데, 코코노에 유키토는 또 가차 없이 때렸다.

"고, 코코노에를 범인 취급하다니 쟤들 너무한 것 같아!"

"짜증 나니까 말 걸지 마."

카자하야 아카리가 아첨했지만 이미 때는 늦어 있었다. 모든 일의 원흉인 오카모토는 점점 고립되어 있을 곳을 잃었지만, 담임인 산죠지 스즈카는 물론 누구도 어떻게 해줄 수가 없었다. 소동이 너무 커져서 다른 반까지 퍼졌기에 반을 옮기기도 어려웠다. 그런 환경을 견딜 수 없게 된 오카모토는 결국 전학을 가게 된다.

히미야마 미사키는 한계였다. 일개 교생에게는 너무 무거운 짐이었다.

하지만 그녀의 긍지가 이대로는 안 된다고 말하고 있었다. 이대로 끝내는 것만은 용납할 수 없었기에 얼마 남지 않은 기간을 필사적으로 버텼다.

어떻게 하면 용서를 받을 수 있을까, 어떻게 하면 전달될까. 자신은 여기서 도망칠 수 있어도 산죠지 스즈카는 도망칠 수 없다. 이대로 망가진 반에서 계속 담임 선생님으로 남아야 하는 것이다. 그것도 걱정되는 부분이었다.

이미 산죠지 스즈카와 자신의 관계는 단순한 선후배가 아니었다. 기묘한 우정이 싹튼 상태였다. 혹은 같은 죄를 짊어진 공범 관계려나.

긴밀히 연락을 주고받게 되면서 많은 얘기를 나누었다.

뭘 위해 교사가 되려고 했는지.

교사가 돼서 뭘 하고 싶었는지.

아이가 너무 좋았다.

그래서 천직이라고 믿었다.

결코 누군가를 짓밟고 싶었던 게 아니다.

상처 입히고 싶었던 게 아니다.

그런데도 현실은 너무나 무정하고,

자신은 너무나도 이리석었다.

조금이라도 그와의 관계를 개선하는 것이 자신이 할 수 있는 마지막 일이라고, 그녀에게는 그것을 믿는 수밖에 자신을 지탱할 방법이 남아 있지 않았다.

"그럼 미사키 선생님과도 오늘로 마지막이 되겠네요. 다들 박수."

건성으로 치는 박수 소리가 울려 퍼졌다. 충실감도 달성감도, 아쉬움도 없었다. 당연하다. 자신이 한 짓은 이 반에 불화를 불러와 붕괴시켰을 뿐이니까. 너 같은 건 오지 말았어야 했다고 대놓고 말을 듣지 않은 것만으로도 다행이라 여겨야 할지 모른다.

학생들 앞에서 인사했다. 그에게로 시선을 보냈지만 그는 무관심 그 자체였다.

전혀 듣고 있지 않으리라. 하지만 이대로 끝낼 수는 없었다. 끝낼 수 있을 리가 없었다.

그래서 히미야마 미사키는 그에게로 다가갔다.

그리고는 깊이 고개를 숙였다.

"정말로 미안해. 널 믿었어야 했어. 네 얘기를 들었어야 했어. 이제 와서 사과해봤자 용서받지 못할 거란 건 알아. 그래도 사과하게 해줘. 부모님에게도 폐를 끼쳐버렸어."

전달되었는지 아닌지, 그 표정에서는 아무것도 읽어낼 수 없었다.

"내 마음이야. 집에 가서 읽어줬으면 해."

편지를 건넨다. 어제, 히미야마 미사키가 밤을 새워 쓴 것이었다.

몇 번이고 고쳐 썼다. 말로 사과하는 것도 중요하지만, 뭔가 형태가 될 것을 남기고 싶었기 때문이다. 일이 이렇게 되긴 했지만, 자신이 그동안 해온 일에는 의미가 있다고 믿고 싶었다.

자신의 온 마음을 담은 편지.

그것은 히미야마 미사키의 속죄이자, 동시에 용서받고 싶다는 응석이기도 했다.

코코노에 유키토는 그걸 무시하더니, 그대로 가방을 메고는 교실 출입구로 향했다.

"앗⋯⋯."

"그럼 잘 가세요."

그렇게, 히미야마 미사키의 마음은 꺾였고 그녀는 교사의 길을 포기했다.

# 제7장 「코코노에 유키토」

"음~. 역시 히미야미 씨랑 예전에 만난 적이 있나?"

IMF도 깜짝 놀랄 호감도 하이퍼 인플레이션의 누나 히미야마 씨, 아무리 봐도 과거에 틀림없이 만난 적이 있는 것 같다.

도원향에서 목숨만 겨우 챙겨 달아났다. 하마터면 승천할 뻔했다.

새빨간 타인을 마마라고 불러도 용서되는 건 초등학교 담임이거나 마마카츠* 정도다.

가짜 마마는 어떤 존재일까. 꼭 얄다바오트 같은 영지주의를 방불케 하지만, 히미야마 씨 역시 모성이 남아도는 것일 수도 있다.

아무튼 몸조심 좀 하세요. 제 몸이 남아나질 않으니까.

과거에 대한 질문을 받았는데, 너무 힘들어 보여서 차마 보고 있을 수가 없었다.

계속 잊어버린 채로, 모르는 채로 살아도 괜찮은 걸까.

기억나지 않는 것들만 쌓여간다. 기억력에는 자신이 있지만, 그 반면 과거의 기억은 그다지 떠오르지 않는다.

쓸데없는 기억은 바로 삭제하는 게 일상이었다.

잊어버린 과거에 해답이 있을지도 모른다는 생각에, 손으로 더듬어가며 책을 읽어내렸다.

---

* 나이 든 여자가 금전을 지원하는 형태로 젊은 남자와 사귀는 것.

"······별로, 없네."

집으로 돌아와 방에서 앨범을 팔락팔락 넘긴다. 사진도 점점 디지털화되고 있다고는 하지만 이렇게 한 권의 앨범으로 남겨두는 것도 귀중하다.

결국 후세에 남는 건 전자 정보가 아닌 석판이기 때문이다. 정보는 클라우드가 아닌 그라운드에 깃들었다.

젊었을 적 어머니도 미인이네······. 아, 누나가 태어났을 때 사진이다!

코코노에 유리 탄생! 성스럽다! 번쩍 후광을 내뿜고 있다.

가족이 걸어온 길을 시작부터 더듬어간다. 이 무렵에는 사진을 많이 찍었는지 장수도 많았다. 내가 태어나면서 서서히 사진도 줄어갔다. 관심이 없었던 거겠지.

"······이게, 나?"

나라고 짐작되는 0살 아이가 울고 있다. 나라고 짐작되는 1살 아이가 웃고 있다.

나라고 짐작되는 2살 아이가 화내고 있다. 나라고 짐작되는 3살 아이가──.

"──잠깐만. 그러고 보니 이때 나는 분명······."

어느새 무표정한 내가 있었다. 이 무렵부터는 장수도 거의 없고 가족사진이라기보다는 나 혼자 찍혀 있는 사진이 점점이 나열돼 있었다. 이해한다. 같은 프레임 안에 들어가고 싶지 않았겠지. 앨범 안에서 나만 혼자 남겨져 있었다.

기억해내! 어쩌다 이렇게 됐지? 나는 언제부터 잘못된 거지?

있을 자리라곤 어디에도 없고, 사람들도 다 나를 버려서, 아니, 아 냐.

그때, 손을 내밀어준 사람이, 구해준 사람이 분명 있었을 터다——.


"잠깐 들어가도 될까?"

똑똑 노크를 하며 어머니가 들어왔다. 밖으로 나갔다 돌아왔는지 평소보다 격식 있는 복장을 입고 있었다. 성인 여성이란 느낌이 들어 멋있다.

"앨범을 보다니 웬일이야? 마음에 걸리는 거라도 있었어?"

"아무것도 아냐. 그보다 무슨 일이야?"

순간 그늘진 표정을 짓더니, 어머니가 조용히 입을 열었다.

"……미안해. 널 의심하는 건 아니었어. 방금 학교에 항의하고 왔단다. 기왕 시작한 거 철저히 싸우려고. 그래도 혹시나 네가 그 학교가 싫으면, 그만둬도 괜찮아. 다른 학교로 전학 가도 돼."

"진짜?"

"정식으로 결정된 뒤에 말하려고 했는데, 난 앞으로 독립하려고 생각 중이야. 일 때문에 힘들면 언제든지 날 도와주기만 해도 좋으니까. 그러니까 유키토가 내키는 대로 해도 돼."

옆에 앉은 어머니가 살며시 내 무릎에 손을 얹었다.

미래, 그건 내가 여태껏 전혀 고민해본 적 없던 것이었다.

그런데도 어머니는 이 나이에도 확고한 미래상을 그리고 있다.

"——커서는 어떻게 하고 싶어?"

"외딴섬에서 귤 재배를……."

"귤?"

기쁜 선택지. 당연히 예라고 대답해야 하는데도 망설여졌다.

어차피 퇴학할 생각이었다. 그걸 지지해준다면 마음이 든든했다.

히나기나 카미시로도 설마 진짜로 학교를 그만두면서까지 따라오지는 않을 터다. 그런 짓은 부모님이 허락하지 않을 테니까. 나하고는 모든 게 달랐다. 그래도,

"조금만 더 가족이랑 같이 살고 싶었는데 말이야……."

아주 조금 실망했다. 그도 그럴 게 어머니의 말과 행동이 다르잖아.

내 방에 또 어머니와 누나의 물건이 늘었다. 조금씩 창고로 만들 생각이다. 얼른 방을 내놓고 나가라고 압력을 행사하고 있다.

전학가면 혼자서 자취하게 되려나. 뭐, 하는 수 없지. 어느 쪽이든 그걸 재촉한다는 건 같이 살고 있는 현 상황이 불만이란 뜻이겠지. 어쩔 수 없는 일이다.

입으로는 필요하다고 말해주지만, 행동은 부정하고 있다.

조금씩 집에서 있을 곳이 사라지고, 학교에서도 쫓겨나려고 하고 있다.

그런 날이 올 거란 예상은 줄곧 하고 있었다. 충격은 없다.

하항, 알겠다. 보아하니 최후의 만찬이었구나?

그렇구나, 어머니의 태도가 요즘 이상했던 이유는 이거였어!

내가 사라질 걸 예측하고 마지막으로 다정하게 대해주자는 자비를 베푼 거였다.

모성은 요컨대 아이온*에서 소피아** 같은 신성을 가지고 있다.

"엇? 왜 울어?"

성모의 눈에도 눈물이 맺혔다. 황급히 근처에 있던 손수건으로 닦아냈다.

"그야, 네가 하고 싶은 걸 말해주니까……."

"엥? 그렇게 이상한가?"

조금씩 뭔가가 새어나오고 있다. 자신도 알아채지 못할 만큼 조금씩.

"엄마도 인정받을 수 있게 열심히 할 테니까, 그러니까 제발. 아무 데도 가지 말아줘! 외딴섬에도, 그 애한테도. 왜냐면, 너는 내 소중한——."

머리를 살며시 끌어안는다. 내가 희망을 입에 담은 게 그렇게 신기할 일인가?

천변지이가 일어난 것처럼 놀라워하는 모습에 곤혹스러움을 감출 수 없었지만, 그 온기와 진심이 방금 전까지 내가 하고 있던 생각이 전부 허구에 불과하다는 걸 가르쳐주었다.

삐뚤어진 사고의 인지. 슬슬 알아야 할 때가 왔다.

이 모순의 해답을.

◇

---

방송실 앞에 학년과 남녀를 가리지 않고 수많은 학생들이 모여 있었다.

"협조해줘서 고마워. 땡큐!"

"괜찮아, 시오리. ……이번에는 꼭 잘해봐."

점심시간에 하는 교내 방송. 원래는 방송부의 하스무라가 방송을 담당하는 날이었지만, 카미시로가 간곡히 부탁해서 대신 방송을 맡게 됐다. 허락이 떨어지지 않았더라도 어차피 학생회 알림이라는 형태로 방송 시간을 받았겠지만, 스즈리카와는 일이 순조롭게 진행된 것에 안도했다.

"정말로 괜찮겠어, 스즈리카와? 그리고 사토. 너희들한테는 힘든 고백이 될 텐데."

"상관없어요. 고통받고 있는 건, 힘든 건 제가 아니니까요."

"괜찮아요. 바보 같은 행동을 한 건 저니까."

"그보다, 너는 그걸로 만족해?"

유리가 날카롭게 궤도를 추궁했다.

"애초에 딱히 숨길 일도 아니었어. 이건 벌이야. 일이 이렇게 됐는데도 나 자신의 치부를 드러내는 데 주저한다면, 내가 스스로를 죽이고 싶어질 거야."

"무츠키…… 미안해."

"유미 때문이 아니야. 그리고 봐. 나 같은 허울뿐인 학생회장과는 달라. 이게 진짜 인망이고 인덕이라는 거야."

불과 몇 달 사이에 코코노에 유키토가 관여한 사람들이 이렇게나 많구나 싶어 궤도는 감탄했다. 그리고 그 사람들은 하나도 빠짐없이 그를 돕고 싶어서 이렇게 모여 있었다.

얼굴을 아는 사람도 있는가 하면 그렇지 않은 사람도 있다. 서로 교우관계가 있는 것도 아니다.

그래도 지금 이 자리에 있는 사람들에게는 단 한 가지 공통점이 있었다.

"자신을 비하하는 긴 그만해. 그 애가 슬퍼할 거야."

"미안해, 유리."

유리의 질책에 케도는 순순히 고개를 숙였다. 그랬다, 그는 그런 남자다.

"그 지옥에서 날 구해준 건 유키토였어. 아버지는 당장이라도 와서 깽판을 칠 것처럼 화를 내셨고. 뭐, 진짜로 그러신다면 나도 말리지 않겠지만."

미쿠리야 세이도가 난처한 기색으로 미소를 지었다. 그가 지금 이렇게 웃을 수 있는 것도 코코노에 유키토 덕택이다. 그래서 더더욱 이 부당한 처사를 용납할 수 없었다.

"렌지, 꼭 구해주자. 알았지?"

"레이카 너에 대해서 실컷 고민을 상담했으니까. 이번에는 우리들이 도와줄 순번이겠지."

자포자기하던 스오의 모습은 이제 없었다. 아이하라가 옆에서 지탱해주고 있다. 그리고 그 두 사람을 이어준 사람이 코코노에 유키토였다.

"코코노에한테는 빚을 지기만 했으니까. 슬슬 갚지 않으면 빚에 깔려 꼼짝도 못 하게 될 거야. 게다가 농구부 애들도 그 녀석이 없으면 안 되는 몸이 돼버렸어."

"토시로, 너무 한심하지 않아?"

"그나저나 유키토는 지금쯤 뭘 하고 있을까? 연락해도 안 받고. 어차피 그 녀석이라면 멋대로 하고 있겠지만."

"유키를 걱정해봤자 소용없어. 그도 그럴 게 유키인걸."

방송실로 다 들어가지도 못할 만큼 사람들로 흘러넘치고 있다. 이게 그가 해온 일.

그 사실이 카미시로는 자랑스러웠다. 자신이 좋아하게 된 사람이 그래서 다행이라고 생각하며 새로이 결의를 다졌다.

"저기~. 나도 끼어도 될까? 그 뭐야, 여신님으로서 말이지, 귀엽기 그지없는 신자가 궁지에 처해 있는 걸 가만히 두고 볼 수는 없다— — 싶어서, 아하하하…… 하?"

생각지도 못한 사람의 등장에 웅성거리며 소란이 번졌다.

소마 쿄우카. 2학년 학생들 중에서도 유명하다.

최근 분위기가 몰라볼 만큼 부드러워졌다.

"정마아아아아알! 역시 전혀 받아주지를 않잖아!"

"감사합니다!"

어째서인지 머리를 싸매고 있는 소마에게 스즈리카와가 고개를 숙였다. 스즈리카와는 놀라고 있었다.

유키토에 대해서는 전부 다 알고 있는 줄 알았다. 하지만 그건 오만에 지나지 않았다.

자신이 모르는 무수한 인연. 그것이 커다란 힘이 되어 그를 구하려 하고 있었다.

넓은 시야를 가져. 스즈리카와는 비로소 그 말의 진정한 뜻을 실감했다.

유키토만 보고 있었다. 두 사람으로만 이뤄진, 그런 작은 세계에서 살아왔다.

하지만 그것만으로는 안 됐다. 그래서 자신은 실수했다. 그래서 나를 구해줄 사람은 유키토밖에 없었던 거다.

이제부터 진정한 고교생활이 시작될 것 같다고 스즈리카와는 생각했다.

그가 준 일상. 그가 가르쳐준 가능성으로 충만한, 그런 다정한 세계.

자, 시작하자. 그리고 끝을 내자.

되돌아온 그와 다시 함께 지낼 수 있도록.

"이걸로 된 거겠지……? 유키토."

◆

"지금 당장 중단시키세요!"

직원실은 아수라장이었다. 교내 방송으로 차례차례 밝혀지기 시작한 진실은 부정할 수 없는 현실성을 가지고 교내에 침투되었다.

번갈아 가며 수많은 학생들의 입으로 전달되는 한 명의 1학년.

그는 근신 처분을 받았기에 지금은 학교에 오지 않았다.

어째서 중상비방을 했는지, 어째서 그렇게 할 수밖에 없었는지. 피해자인 스즈리카와와 가해자였던 사토. 두 사람은 내막을 설명하며 그에게 감사했다.

어째서 B반의 성적이 좋았는지, 이제는 운동부 중에서도 특히 열심히 동아리 활동에 매진하고 있는 농구부, 어째서 어째서 어째서. 적나라하게 밝혀져 가는 배경은 마치 미스터리의 수수께끼를 푸는 것처럼 통쾌해서 그만 귀를 기울이게 됐다.

학생회장인 케도가 실수로 치한 누명을 씌우려고 했던 일이나, 그걸 오해한 사람이 퇴학 처분을 받도록 계획을 꾸민 일들도 만천하에 드러났다.

교장의 지시를 받고 황급히 제지하러 가는 동료들을 막아 세운 건 산죠지였다.

"그럴 필요는 없어요."

"산죠지 선생, 무슨 소리를 하는 건가! 이대로 가다간——."

"교장 선생님이야말로 무슨 말씀을 하시는 거죠? 학생들은 아무런 교칙 위반도 저지르지 않았어요. 그저 교내 방송이잖아요. 대체 무슨 이유로 그걸 중단시키시겠다는 거죠? 저희가 규칙을 지키지 않는데 학생들에게 규칙을 지키라고 해봤자, 그게 통용될 거라 생각하시나요?"

"지금은 그런 원론적인 얘기를 하고 있을 때가 아니잖나!"

처음에는 토죠가 압력을 가하자 내심 쌍수를 들고 환영했던 교사들도 연일 걸려오는 보호자의 민원 전화에 대응하고 학생들의 격렬한 반발을 상대하느라 피폐해져 있었다. 그 상황에서 이런 폭로가 발생한 것이다.

이미 더 이상은 코코노에 유키토와 관련해 섣불리 뭔가를 발언하는 것조차 힘들어졌다.

"아무래도 썩은 사과는 저희들이었던 것 같네요. 그리고 억지로 중지시켰다간 다음에는 학교 밖으로 얘기를 퍼뜨릴지도 몰라요."

코코노에 유키토가 그 방법을 이미 써 보였다. 나머지는 따라 하기만 하면 됐다. 다음번에야말로 큰 문제가 될지도 모른다. 그렇게 되면 학교가 입을 상처는 막대해질 디었다.

이미 원만하게 수습할 수 있는 단계를 지났다. 제어 따위는 불가능했다.

후지시로는 학생들이 이런 행동까지 하도록 만들어버린 걸 후회했다.

이렇게까지 결정적인 파탄을 맞이하기 전에 수습하는 것이 어른의 역할이다. 그럼에도 불구하고 교사들은 그 책임을 학생들에게 떠넘기고 심지어 그것을 억누르려 하고 있다.

그것은 후지시로가 지향했던 교사상과는 대척점에 있었다. 용납할 수 있을 리가 없다.

'……주사위는 던져졌어.'

이후의 전개가 어떻게 흘러갈지는 아무도 알 수 없다. 후지시로는 속으로 쓴웃음을 지으며 그저 흐름에 몸을 맡겼다.

◆

"코코노에라는 학생이 여기 있나?! 미안하지만 지금 당장 불러오게!"

난장판 속, 말 그대로 안색이 변한 남자가 필사적인 모습으로 직원실로 달려 들어왔다. 평상시와 같은 모습은 눈곱만큼도 보이지 않았다. 제삼자가 봐도 알 만큼 초조한 기색이었다.

　"토, 토죠 선생님?! 여긴 어쩐 일이십니까?"

　"그 학생 있잖나! 코코노에라고 하는. 며칠 전에 연락했을 텐데. 그 학생은 지금 뭘 하고 있지?!"

　난데없는 방문객에 동요하면서도 대응하지 않을 수 없었다. 교장인 요시나가도 기껏해야 한 고등학교의 책임자에 지나지 않는다. 상대방은 이 학교의 졸업생이자 지역 명사였다.

　그리고 무엇보다 현의회 의원이다. 교육에 열성을 다하는 것으로 유명한 토죠 히데오미. 허투루 대해도 되는 사람이 아니었다.

　"그 학생은 현재 근신 처분을 받고――."

　"지금 당장 처분을 풀고 불러내게!"

　"대체 왜 그러시는 겁니까? 그 학생은 토죠 선생님의 지시로――."

　"나는 지시 따윈 하지 않았네! 이런 학생이 있는 건 좀 어떤가 싶다고 말했을 뿐이지!"

　지극히 정치가다운 보신에 가득 찬 말이었다. 자신에게 책임이 미치지 않도록 최저한의 탈출구를 남겨두었다.

　하지만 그럼에도 불구하고 눈앞의 토죠는 심상치 않은 모습이었다.

　대체 이 남자에게 무슨 일이 있었던 걸까――.

　다들 그렇게 생각하고 있는데, 토죠가 쥐어짜듯이 말을 토해냈다.

"이대로 있다간 나는 파멸하고 말 거야."

토죠 히데오미는 현의회 의원을 3선에 성공해 12년 동안 역임하고 있었다. 언젠가는 중앙 정계 진출도 노리고 있다. 그런 히데오미에게 웬일로 딸이 부탁을 해왔다.

외동딸인 에리카는 히데오미에게 눈에 넣어도 아프지 않을 금지옥엽이었다. 에리카의 얘기를 들은 히데오미는 격노했다. 그런 학생이 딸과 같은 고등학교를 다니고 있다니 참을 수 없었다.

게다가 쇼요 고등학교는 자신의 모교이기도 했다. 그 남자가 한 짓은 확실한 범죄였다. 단순히 자신의 모교에 어울리지 않는 걸로 끝날 문제가 아니었다.

며칠 전 시찰을 갔을 때는 면학에 힘쓰는 학생들을 자랑스럽게 생각했는데.

히데오미는 전화기를 손에 들었다. 만약 이때 아주 조금이라도 에리카의 발언이 정말 확실한지 크로스 체크하는 정성을 들였다면 상황은 달라졌을지도 모른다.

하지만 모든 것은 엎질러진 물이었다.

며칠 뒤, 히데오미 앞으로 현지부 연합회 간부의 전화가 걸려왔다.

그 내용은 마른하늘에 날벼락이었다. 당의 공인 후보 자격을 취소하겠다는 말도 안 되는 얘기였다.

히데오미는 여당에서 공인을 받고 있었다. 현의회에서도 과반수를 독차지한 최대 당파의 일원이었다. 공인 후보 취소는 다음번 선거에서 조직의 협력을 받을 수 없게 되어 무소속으로 활동해야 한다는 것을 의미했다. 당연히 중앙 정계 진출도 수포로 돌아간다.

그런 일을 받아들일 수 있을 리가 없다. 뭔가 착오가 생긴 게 분명했다!

히데오미는 흥분해서 즉시 항의했지만, 싸늘한 대답만 돌아왔다.

그건 히미야마 리슈에게서 내려온 지시라고.

히미야마 리슈. 8선 국회의원으로 문부과학성 부대신*, 총무성 부대신, 후생노동성 대신** 등을 역임한 중진이다. 이미 정계에서 은퇴했지만, 은근한 그 영향력은 조금도 쇠퇴할 기미를 보이지 않았다.

——바보 같은, 말도 안 돼!

이해가 가지 않았다. 그도 그랬다. 중앙 정계를 노리는 히데오미에게 히미야마 리슈는 구름 위의 존재였다. 그 이전에 대화를 나누거나 얼굴을 본 적조차 없는 사람이었다.

자신을 알고 있을 리가 없다. 히미야마 리슈가 보기에 자신은 길가에 널린 돌멩이였다. 그런 사람이 어째서 자신의 공인 자격 취소를 요구하는 짓을 했을까.

하지만 딱 한 가지 깨달은 건 있었다. 히미야마 리슈의 눈에 들면, 바로 중앙 정계에 진출할 수 있을 뿐만 아니라 그가 커다란 발판이 돼줄 것이라는 사실이었다.

히미야마 리슈의 지반은 탄탄하다. 누가 그 기반을 물려받을지 후계자 경쟁에도 이목이 집중되고 있었다. 만약 자신이 그 후임 자

* 한국의 차관급에 해당한다.
** 한국의 장관급에 해당한다.

리에 앉을 수 있다면, 높이 날아오를 수 있으리라.

반대로 히미야마 리슈의 심기를 거스르면 자신의 미래는 없다고 봐야 했다.

깜짝 놀란 히데오미 앞으로 다시 전화가 걸려왔다. 히미야마 하루히코.

문부과학성에 근무하는 국가공무원이자 간부후보생. 하루히코는 냉랭한 목소리로 말했다.

사정을 알게 된 히데오미는 창백해졌다. 큰일이다, 어쩌다 이런 일이!

이제는 중앙 정계로 진출하는 게 문제가 아니었다. 그런 몽상을 하고 있을 때가 아니다.

오히려 지금 당장이라도 이 문제를 수습하지 않으면 자신의 미래가 사라질 판국이었다.

이대로 있다가는 파멸한다! 히데오미는 모든 일정을 취소하라고 비서에게 지시하고는 서둘러 모교로 향했다. 생각이 얕았다. 어리석었다. 별것 아닌 문제라고 생각했다. 사실 확인을 소홀히 했다.

그건 그대로 토쿄 히데오미가 정치인으로서 자질이 떨어진다는 것을 의미했다.

그렇게 낙인찍혀도 어쩔 수 없는 잘못을 저질렀다.

그 학생이 설마 히미야마와 연관이 있었을 줄이야!

죄 없는 학생을 궁지에 몰아넣고 말았다. 그 학생이 히미야마와 관련이 있다면 상상의 범주조차 넘어서는 사태였다.

사실확인을 게을리한 스스로의 어리석음을 탓하며, 히데오미는 초조하게 발길을 서둘렀다.

◆

"다행이다! 정말 다행이야……."

어머니를 따라 병원에 와 있었다. 유방암 정밀검사.

초음파 검사 결과는 '이상 없음.'

어머니가 말하길 유방암일 확률은 원래도 낮았다고 한다.

그래도 태연할 리가 없다. 의심이 된다는 것만으로도 불안해지는 게 사람 심리인 것이다.

하물며 아무에게도 상담하지 못하고 혼자서 끌어안기에는 너무 무거운 의심이었다.

어머니는 결과가 나올 때까지 손을 떨고 있었다. 내 손을 꼭 잡고서 가만히 공포를 참고 있었다. 지금은 마음이 놓였는지 한층 더 세게 손을 잡고 있다.

"미안해. ……너까지 따라오게 해서."

"할 일도 없었으니까. 이 정도밖에 해줄 수 있는 게 없지만."

근신 처분 중이니 당연하지만, 학생은 학교에 가 있을 시간대였다.

이 시간에 사복을 입고 밖을 돌아다니다니 나도 참 불량아였다.

이 정도면 양아치라고 불러도 괜찮을 것 같다. 코코노에 유키토 양아치 폼이랄까. 하지만 못이 박힌 야구방망이도 목검도 갖고 있지 않았다.

사람은 왜 수학여행에만 가면 목검을 사는 걸까. 영원의 수수께끼다.

"아니, 그런 뜻이 아냐. 네가 있어주지 않았다면 난 무너졌을지도 몰라. 옆에 있어준 것만으로도 마음이 든든했어. 고마워."

어머니의 모습에 가슴이 아팠다. 창백했던 얼굴에 비로소 생기가 돌아왔다.

왜 어머니였는지. 왜 내가 아닌 건지.

"내가 대신해줄 수 있었으면 좋았을 텐데……."

고통받는 건 나여야 했다. 나로 충분했을 터다.

어머니가 아니라. 어머니는 고통받아도 될 사람이 아니다.

언제나 업보를 짊어져야 하는 건 나고, 그런 역할은 내가──.

"다정하네. 그래도 다시는 그런 말을 하지 말았으면 좋겠어."

반론을 허용하지 않는 강한 어조. 어머니의 표정이 굳어 있었다.

"엄마?"

"미안해. 널 신경 써주지 않았던 건 나인데……."

어머니의 큰 눈동자에 순식간에 눈물이 차올랐다.

그 처량해 보이는 표정을 견딜 수 없어 황급히 화제를 돌렸다.

"그렇지. 이따가 누나가 돌아오면 같이 외식하러 가자. 얼마 전에 맛있는 가게를 알게 됐거든."

물론 돈은 제가 내겠습니다, 아무렴요. 평소에는 별로 용돈을 쓰지 않으니 이럴 때라도 호기롭게 쓰는 게 맞다고 생각한다.

대장에게 연락하려고 스마트폰 전원을 켜자, 메시지 목록이 호러 상태였다.

부재 중 통화도 무시무시하다. 귀찮아서 못 본 척하기로 했다.

"유키토가 이렇게 권히다니……. 그래. 유리한테도 얘기해야겠다. 그 애도 내 상태가 이상하다는 걸 눈치 챈 것 같으니까."

얼마나 불안했을지 나는 도저히 이해할 수 없으리라.

죽음에 대한 공포. 삶에 대한 갈망. 그 사이에서 어머니는 계속 고통스러워해 왔다.

내가 할 수 있는 건 걱정을 털어낼 수 있도록 최대한 다정하게 대하는 것뿐이다.

눈 뜨고 잘 보라고. 어머니가 기운을 차리도록 웹에서 배워온 필살기를 쓸 테니까!

"엄마가 무사해서 다행이야. 난 엄마가 제일 좋아! 나 엄마랑 결혼할래!"

크억! 소리를 내며 어머니가 대미지 이펙트를 흩뿌렸다. 힐, 괜찮아?!

으하하하하하하하! 봤느냐, 이 위력을!

어머니가 기뻐할 만한 걸로 검색했더니 유소년기 아이한테는 이런 말을 들으면 기쁘다고 하더라고.

돌이켜보면 나는 어린 시절에 그런 말을 해본 기억이 거의 없었다.

이 나이가 돼서 말해봤자 질색만 할지도 모르지만, 앞으로도 도전 정신을 소중히 이어가고 싶다.

"──정말로, 네가 내 남편이었다면 좋았을 텐데."

젖은 눈동자에 빨려들 것만 같다. 어라? 이상한데. 뭔가 실수를 했나?

"저기, 엄마? 왜 그렇게 얼굴을 가까이……? 아무리 두 번이 있으면 세 번도 있다지만 요즘 이 패턴이 너무 많지 않나— 웁— 웁—!"

……뭐랄까 되게 엄청났다. 자세히는 언급하지 않겠지만.

"미, 미안해! 너무 기뻐서 그만! ……그래도, 진심이란다."

큰일이다. 색향이 더 늘었다. 그야말로 사랑에 빠진 소녀처럼.

"마마부터 다시 시작할 생각이었는데, 네가 내 응석을 받아주니까, 점점 응석받이가 되고 있어. 더 이상은 안 돼. —진심이— 될 테니까."

찰싹 매달린 어머니에게 요 며칠 고민했던 제안을 했다.

"있잖아, 다음에 같이 가고 싶은 곳이 있어."

"……나랑 같이?"

"응."

자아 찾기 여행이다. 허세에 사는 젊은이들이 빠지기 쉬운 정신 질환의 일종이지만, 내 경우에는 진짜로 나를 찾는 여행이므로 허세에 사는 사람들과 동일시하지 말아줬으면 한다.

나는 난데없이 인도 같은 데로 떠나서 새로운 자아에 눈뜨는 짓은 하지 않는 남자 코코노에 유키토다. 나는 나 자신에게 의문을 품고 있었다.

여태까지는 아무것도 거칠 게 없었고 아무것도 신경 쓰지 않았다. 상처받는 일조차 없었다. 내 멘탈은 알파겔처럼 높은 충격 흡수성을 갖고 있다. 누가 뭐라고 하건 무슨 짓을 당하건 다치지 않았다. 그래서 아무래도 상관없었다.

자신에게는 물론 타인에게도 아무런 관심도 없었다. 내가 관심을 갖지 않는 것처럼 어차피 다른 사람들도 나에게 관심을 갖지 않았다. 그걸로 된 것 아닐까. 그걸로 전부 정리된다. 그렇게 모든 것을 방치했다.

하지만 계속 이 상태로 있어선 안 되는 거였다. 내 무언가가 변하지 않으면 나는 같은 일을 반복할 테고 누군가를 계속 힘들게 만들 것이다.

어머니는 왜 아까 울었을까? 누나는 뭣 때문에 나한테 키스를 한 걸까? 하나기는 뭘 증명하려고 했을까? 시오리는 매니저가 돼서 뭘 하고 싶었을까?

그녀들이 내게로 보내는 감정이 뭔지 나는 아마 알고 있다.

알고 있지만 이해하지 못하는 것뿐. 잃어버렸다고 생각했다. 하지만 확실히 거기에 있었다.

어렴풋하게 떠오르던 해답이 손에 걸리는 느낌이 났다.

◆

"──그런…… 그럼 나는?!"

"유키토랑 연락이 안 돼! 정말, 어디로 간 거야──."

"부탁이야, 어떻게든 연락이 닿을 방법을──!"

교장실은 아수라장이었다. 담임인 후지시로 사유리와 유리까지 한자리에 모여 있었다.

방금 전에 이곳에도 교육위원회로부터 연락이 왔다. 그건 히데오미가 들은 내용과 비슷했지만, 문제는 비약적으로 확대되어 더는 교내에서 수습할 수 없게 되었다는 점이었다.

눈을 덮고 싶어지는 여론 폭발. 요시나가도 처분은 면할 수 없으리라.

무츠키에게 모든 사정을 전해 들은 에리카는 쓰러져 울었다. 아버지인 히데오미노 생기를 잃었다. 죄 없는 사람을 궁지로 몰아간 에리카 역시 처분을 받을 수밖에 없었다.

실제로 코코노에 유키토는 아무런 과실이 없음에도 불구하고 정학 처분이나 마찬가지인 근신 처분을 받고 있다. 토죠 가가 벌인 한심한 소동에 일방적으로 말려들었을 뿐이었다. 에리카는 상황에 따라서는 최악의 경우 퇴학 처분까지 받을지도 몰랐다.

일이 이렇게 되자 에리카, 히데오미, 교장인 요시나가를 포함해 그것들의 생사여탈권을 쥐고 있는 사람이 다름 아닌 1학년 학생 코코노에 유키토가 돼버렸다.

최소한 토죠 히데오미는 코코노에 유키토에게 히미야마 가문에 중재를 요청해주지 않으면 미래가 없었다. 현재의 지위조차 바로 박탈당할지도 모른다.

"에리카, 네가 한 일은 용서받을 수 없는 일이야. 하지만 그게 나 때문에 한 일이라면 나도 너랑 같은 죄인이겠지. 아무리 민감한 문제라도 주변에 아무런 설명도 하지 않았던 건 내 잘못이야. 최악의 경우 나도 너랑 같이 학교를 떠나겠어."

"미안해요, 무츠키! 내가 잘못했어요! 당신이 떠날 필요는 없어요!"

유리는 그런 두 사람에게 차가운 시선을 보냈다. 분노가 끓어올랐다.

기껏 좋은 방향으로 가고 있었다고 생각했건만 바로 이렇게 됐다. 마치 악의라도 품은 것처럼 매번 이런 소동만 생긴다.

그리고 그때마다 코코노에 유키토는 망가져 갔다. 이젠 한계였다. 아주 조금이지만 동생이 자신에게 마음을 열어줬다고 생각한 찰나였기에 더더욱, 다시 망가질까 봐, 다시 동생이 자신을 남처럼 대할까 봐 참을 수 없었다.

"둘 다 퇴학해! 그 애 주변에 그 애를 상처 입히려고 하는 존재는 필요없어!"

"유리…… 미안해……."

잔뜩 날이 선 듯 긴박한 분위기가 감돌고 있다. 어찌할 방법이 없다.

이 사태를 수습할 수 있는 유일한 존재는 여기에 없었—— 을 터였는데.


"여, 아직 영업해?"


정말로 상황에 어울리지 않는 대사를 하며, 마치 즉흥적으로 선술집에 들른 회사원처럼 경박하게 이 자리의 생사여탈권을 손에 쥔 남자 코코노에 유키토가 나타났다.

"저지먼트로——."

"그만해."

"네."

도통 이해할 수 없는 대사와 함께.


"너, 여기엔 왜 왔어……?"

"그렇게 연락이 오면 보통은 무슨 일이 생겼나 생각한다고요."

병원에서 나와 스마트폰 선원을 겨자 전화와 메시지가 무시무시하게 와 있었다. 개인정보가 유출된 결과 스팸이 대량으로 발송된 건가 의심할 정도였다.

하지만 발신인은 누나와 학교였고, 아무리 나라도 이 정도면 무슨 일이 생긴 게 틀림없다는 생각에 이렇게 발길을 옮기게 된 것이다. 참고로 말하자면 아직 사복을 입은 상태다.

"전화는 왜 안 받은 거야?"

"아, 잠깐 외출했거든."

"넌 일단 근신 처분을 받고 있는 중인데……."

"제가 그에 따를 필요가 있을까요?"

교장의 표정이 어색해졌다. 당연하다. 나한테 전혀 잘못이 없는 이상 따를 이유가 없다.

명백한 부당 처분이니 사정이 알려지면 처분을 결정한 쪽에 문제가 생길 것이다.

"그래서, 어쩐 일이야?"

"코코노에, 미안해요!"

제일 먼저 입을 열어 사과한 건 3학년 학생이었다. 처음 만난 거라 면식은 없다. 눈이 퉁퉁 부어 있었다. 울었던 걸까. 그 옆에는 장년의 남성이 있었다. 남성은 후다닥 고개를 숙였다.

"정말 미안하다!"

"일단 무슨 일이 있었는지부터 설명해주시겠어요?"

도착하기 무섭게 이 꼴이다. 난장판인 건 눈으로 확인했지만 설명이 없으니 나로서는 상황을 종잡을 길이 없다. 나는 열 사람이 하는 말도 다 알아듣고 분간하는 쇼토쿠 태자가 아니라 코코노에 유키토였다. 평범한 사람은 하나를 들으면 열을 아는 흉내는 내기 어렵다.

한바탕 얘기를 듣고 난 나는 떨떠름한 표정을 지었다. 그도 그랬다. 이번 사태는 정말로 하늘에서 뚝 떨어지고 땅에서 솟아난 것처럼 뜬금없이 벌어졌는데, 들으면 들을수록 그저 관계가 없다는 말로 끝날 일이 아니었다.

내가 모르는 곳에서 나는 모르는 상태로 그냥 벌어진 거다. 뭐 이런 부당한 일이 다 있지?!

"그러니까 이런 뜻인가요? 제가 지금, 당신들이 멋대로 벌인 소동의 뒤치다꺼리까지 하게 생겼다고요."

너무 민폐잖아! 그야말로 안 해도 될 생고생이다. 사냥 게임에서 알을 운반하는 퀘스트급으로 쓸데없는 행위였다. 왜 큰 암석을 놔두면서까지 진로를 방해하는 걸까. 나만 개발자의 괴롭힘에 쩔쩔맸던 건 아닐 터다.

"전 책임지고 퇴학할게요. 그러니까, 부디, 제발 무츠키만은 용서해주세요! 무츠키는 이 학교에도 필요한 학생이에요!"

토죠라고 이름을 댄 선배는 눈물을 흘리며 애원했다. 하지만 나는 그 말을 들으며 순 제멋대로라고 생각했다. 이 사람은 아무것도 이해하지 못하고 있다.

"멋대로 오해해서 제 명예를 훼손해놓고 멋대로 퇴학하겠다고 말씀하시네요. 선배는 그걸로 만족하실지도 모르겠지만, 그게 민폐를 당한 저한테 과연 사과라고 할 수 있을까요?"

"하지만……!"

"선배, 만약 당한 사람이 제가 아니었다면 학교에서 부당한 처분을 받고 어쩌면 자살했을지도 몰라요. 그렇지 않더라도 큰 상처를 받았겠죠. 당신이 퇴학한다고 해서 그 상처가 치유될까요?"

"——자살?! 미안해! 정말 미안해!"

선배는 충격을 받은 듯 허물어졌다. 그것을 그녀의 아버지가 재빨리 부축했지만, 이 사람도 여간내기는 아니었다. 소동을 악화시킨 장본인이자 당사자인 것이다.

내 멘탈이 고릴라 글래스급 경도를 갖고 있었기에 문제가 없었을 뿐이지 평범한 사람이었다면 절망했어도 이상하지 않다.

게다가 학교 측까지 한통속이 되어 처분을 내렸다. 내 편이라곤 아무도 없다고 비탄에 잠겨도 어쩔 수 없었다.

"선배의 악의 때문에 혹시라도 죽었다면 어떻게 책임을 지셨을 건가요? 당신도 그래요. 토죠 씨. 왜 사실을 확인하지 않았던 거죠? 당신은 뭘 위해서 그 자리에 있는 건가요?"

"내 잘못일세."

"저를 도와준 사람들이 있어서 잘 해결됐을 뿐이지 그렇지 않았다면 이대로 계속 부당한 취급을 받았겠죠. 그 경우에는 어떻게 됐을까요."

"유키토, 명예훼손으로 손해배상을 청구하자."

"그것도 좋지만."

"그 정도라면 얼마든지 낼 수 있다. 정말 미안하구나! 난 그동안 교육에 힘써왔어. 그런 내가 이런 짓을 할 줄은 나도……."

"아버지, 아뇨, 제 잘못이에요. 제기 ──!"

"코코노에, 책임의 일부는 나한테도 있어."

정말이지 한심스럽다. 이렇게까지 후회할 거였으면서, 왜 좀 더 사려 깊게 상황을 알아볼 생각을 못 했을까. 아까도 말했지만 그 덕택에 나는 아무런 상관이 없는데도 그 뒤치다꺼리를 하게 생겼다는 최악의 패턴에 빠졌다.

상황이 여기까지 오자 여자 운이 나쁘다는 것도 그저 개그로만 느껴졌다.

하아. 큰 한숨이 새어 나온다. 주변 사람들이 흠칫 반응했다. 내 표정을 살피듯 시선이 집중되는 것이 느껴졌다. 왜 이런 성가신 일에만 휘말리는 걸까.

이 세계는 아무리 봐도 나한테만 과도하게 가혹하다. 좀 적당히 해줬으면 좋겠다.

이전의 나였다면 이 상황에서 어떤 대답을 했을까? 그런 생각을 해본다. 퇴학할 거면 하면 된다. 그녀가 한 짓은 용서받을 수 없다.

그리고 나하고는 상관없는 아무래도 좋은 존재다. 사라진다고 한들 아무 생각도 들지 않는다. 그런 식으로 대답했을까.

케도 회장도 씁쓸한 표정을 짓고 있었다. 회장도 원래라면 아무런 상관이 없는 외부인이다. 이 사태로 한정하면 억울하게 휘말린 피해자에 지나지 않았다.

토죠 선배가 퇴학하게 되면 회장은 슬퍼할까. 자신도 같이 퇴학하겠다고 말했다. HIPBOSS는 책임감이 강하다. 그렇지 않았다면 그 뒤로 끈질기게 나에게 상관하려 들지도 않았을 터다.

한 가시 생각이 들었다. 나는 확실히 여자 운이 나쁘다. 그건 틀림없는 사실이었다.

하지만 이번 일에서 나를 도와준 것도 여성이었다. 히미야마 씨도 그랬지만, 누나도 화를 내줬다. 학생회장도 이 자리에서 이렇게 책임을 통감하고 있다.

여태껏 나는 혼자서도 괜찮다고 생각했다. 그래야 한다고 생각했다.

나는 누군가를 상처 입히고 만다. 혼자 있는 것은 나에게는 아주 달가운 일이었다. 전혀 개의치 않았다. 외롭다는 감정도 느끼지 않았다. 하지만 그럼에도 그런 나에게서 떨어지지 않으려고 하는 사람들이 있었다. 다가오려고 하는 사람들도 있었다.

나는 아싸 외톨이지만, 지금은 도저히 그렇게 말할 수 없을 만큼 인간관계가 구축되었다. 아싸는 몰라도 외톨이라고는 입이 있어도 말할 수 없다. 인정해야 했다. 현 상황을 바르게 인식하고 바뀌지 않으면 앞으로 나아갈 수 없으니까.

그녀들이 보내고 있을 감정을 계속 눈치 채지 못한 채로 있고 싶지 않았다. 이제 다른 사람이 우는 얼굴도 보고 싶지 않다. 그런데도 내 앞에서는 또 누군가가 울고 있었다.

토죠 선배의 우는 얼굴을 본다. 군이 말하자면 그녀는 적이다. 나에게는 증오스러운 상대라고 할 수 있다. 하지만 그런 누군가를 증오하는 감정은 내게서 이미 사라지고 없었다.

그러니까——.

"토죠 선배, 당신에게 벌을 내릴게요. 먼저 자신이 저지른 짓을 만천하에 말하세요. 제 신용 회복을 위해 힘써 주세요. 그러지 않고 계속 이대로 있다간 저는 팔팔한 1학년 망나니로 남을 테니까요."

"네."

잠시 뜸을 들인 뒤 나는 선배의 손을 잡고 똑바로 시선을 맞췄다.

"그리고, 제 친구가 돼주세요."

"뭐?"

"전 진짜로 친구가 없거든요. 그동안 외톨이로 지내서."

"그건……."

"멋대로 퇴학이니 뭐니 말하면서 도망치는 건 금지예요. 그걸로 구원받는 건 선배뿐이잖아요. 저한테는 아무런 이득도 없어요. 이렇게 엄청난 민폐를 끼쳐놓고, 그런 일이 허락될 것 같아요?"

"하, 하지만…… 당신은 그래도 괜찮은 건가요?"

"제가 당한 민폐 만큼의 사과는 정확히 받아낼 거지만요."

"……고마워요. 그리고 정말 미안해요! 어째서, 어째서 전 당신을 미워하고 심한 짓을……."

"그러고 보니 토죠 선배는 어떻게 저희를 알고 계셨던 거예요? 회장이 실수로 저한테 누명을 씌워 범인으로 본 건 소문이 나지 않았을 텐데요……."

"편지가 도착했어요. 당신이 무츠키를 궁지로 몰아가려고 친 함정이라고요."

"바보야──! 그 녀석이 범인이라고!"

"대체 누가 그런 비열한 짓을 한 거야! 에리카, 그 편지는?"

"미안해요. 내용에 화가 나서 읽자마자 버리고 말았어요."

"그렇다 쳐도 이게 평소 행실의 결과라는 건가요. 순례를 가서 목욕재계하고 올 테니까 회장님은 신경 쓰지 마세요."

나란 녀석은 그렇게까지 미움을 받고 있었던 건가. 이게 루프 영애물이라면 인생을 쉽게 리셋 할 수 있었을 텐데.

그때 어째서인지 누나가 등 뒤에서 나를 끌어안았다. 가슴이 등 너머로 존재감을 주장하고 있었지만, 나는 창 너머 푸른 하늘을 올려다보며 마음을 가라앉혔다. 부드럽네……. (아련)

"유키토, 그래도 괜찮겠어?"

"괜찮긴 한데, 저기…… 갑자기 포옹은 왜?"

"왠지 뺏길 것 같은 느낌이 들어서. 오한이 느껴졌달까?"

누나가 영문 모를 소리를 하고 있다.

"하지만 코코노에 유키토. 넌 실제로 처분을 받았고, 에리카도 누군가에게 속아 넘어간 것 같아. 히데오미 씨, 이 일을 이대로 마무리할 수는 없지 않을까요?"

"그렇지. 요시나가 교장, 학교에서도 정보 처리에 세심한 주의를 기울여주기를 바라네. 아무래도 뭔가 수상한 구석이 있는 것 같으니까."

"며, 명심하겠습니다."

내 근신 처분은 그 자리에서 해제되었다. 이걸로 당당한 자유의 몸이다.

학교 측에 현의회 의원인 토죠 히데오미와는 비교도 되지 않을 만큼 강렬한 압력이 가해졌는지 어쨌거나 즉시 해제하라고 나온 모양인데, 대체 히미야마 씨는 무슨 짓을 한 걸까. 무시무시하다. 하지만 물어보는 건 더 무서웠다.

지난번에 집에 갔던 때의 기억이 떠오른다. 그 사람은 마녀다. 마녀가 틀림없다. 나를 홀리는 마성의 여자였다. 애초에 왜 가슴을——— 이런, 말이 헛나올 뻔했네.

"미안하다만 코코노에, 네게 이런 말을 하는 게 몹시 가슴 아프고 무책임한 짓이라는 건 안다. 전부 내 책임이야. 하지만, 부탁하마! 제발 히미야마 선생님과 나를 연결해주지 않겠니?"

"히미야마 선생님이라면, 저는 미사키 씨밖에……."

"미사키……?"

"애초에 저는 그쪽으로는 상관하지 않으니까———."

"부탁하마! 이대로 가다간 나는 이제 끝장이야. 그러면 에리카도 지금 같은 생활을 하기는 어려워지겠지! 제발 이렇게 빌마!"

다 큰 어른이 바닥에 납죽 엎드려 애원한다. 이 사람, 현의회 의원 아니었나?

히미야마 씨에게 어지간히도 매운맛을 봤나 보다. 수치심과 체면도 버리고 한심한 꼴을 내보이고 있다. 방금 한 말을 봐서는 의원 생명이 위협받고 있는 모양이다.

어느 쪽이든 너무 어른들의 얘기라 내가 개입할 여지가 없었다.

히미야마 씨에게 순순히 따를 뿐이다.

"알겠습니다. 그래도 제가 아는 사람은 미사키라는 여자분뿐이니까요. 그 사람에게 얘기해 볼 테니까, 뒷일은 그쪽에서 알아서 해주세요. 저는 잘 몰라서요."

"고맙구나, 이 은혜는 잊지 않으마! 여자분…… 이라면 리슈 선생님의 친척인 건가?"

"할아버지라고 말했으니까, 손녀가 아닐까요?"

"그랬군. 그래서 선생님께서 바로 움직이셨던 거였어. 넌 정말 대단한걸. 대체 어떻게 그런 인맥을……."

"가슴이…… 가슴을…… 왜 옷을…… 벗으면…… 안 돼…… 만지……."

"유키토! 왜 그래, 유키토?!"

"──핫?! 분명히 봉인해뒀을 기억의 문이?!"

"잠깐만, 방금 그 말은 뭐야! 무슨 일이 있었던 거야?!"

"하마터면 모성에 빠져 죽을 뻔했어."

"뭐야! 무슨 관계야?! 솔직히 말해!"

하지만 그동안 코코노에 유키토 양아치 폼으로 지내와서 그런지 내일부터 다시 평범하게 등교를 해야 한다고 생각하니 그건 그것대로 귀찮았다.

"저기…… 나는?"

"유죄."

그 뒤 교장인 요시나가는 감봉 1개월이라는 징계 처분을 받았다.

그 결과 손바닥 뒤집듯이 태도를 바꿔 코코노에 유키토의 심기를 살피는 교장의 모습이 교내에서 빈번하게 목격되었고, 코코노에 유키토는 더욱더 위험한 녀석 취급을 받게 되었지만, 본인이 그 사실을 알 길은 없었다.

교장실을 나오자 수많은 학생들이 모여 있었다.

이쪽의 모습을 보자마자 득달같이 달려온다.

"유키, 괜찮았어?! 유키가 이대로 사라지기라도 한다면 나는……. 있잖아, 어, 어땠어? 무슨 짓을 당한 건……. 유키! 유키, 정신 차려!"

"때—— 앵."

여학생들 중에서도 육체 강도 최강을 자랑하는 시오리의 베어허그가 작렬한다. 그 범상치 않은 위력에 뼈가 삐걱거리는 소리를 들으며 나는 서서히 의식을 잃어갔다.

"잠깐만, 시오리 그만해. 너 때문에 코코노에가 괜찮지 않아졌다고."

궁지에서 나를 구해준 사람은 뜻밖에도 나를 싫어하는 줄 알았던 하스무라였다.

"나도, 너한테 폐를 끼쳤으니까……."

하스무라가 어색한 미소를 지었다. 전에 나를 불러냈을 때는 노려보고 있었는데, 그때와는 인상이 많이 차이 났다. 원래 그녀의 모습은 이쪽일지도 모른다.

"코코노에, 미안해! 우리가 좀 더 너에 대해 제대로 알렸다면!"

"앞으로는 슈랑 같이 좀 더 적극적으로 노력해볼게!"

"그 전도사 같은 행동을 재검토해본다는 선택지는 없어?"

음유시인 콤비에게 못을 박아둔다.

"근신, 해제됐구나. 다행이다, 유키토!"

"외톨이 여신 선배*……."

"어라, 왜 그래? 그만 감동해버린 거야?"

"네. 외톨이 여신 선배노 제내로 비상계단이 아닌 장소에 출현하는구나 싶어서요."

"좋아, 다음번엔 진짜로 안 봐줄 거야."

싹싹 빌었다.

"참 나. 매번 걱정이나 시키고."

상큼 미남이 중얼거렸다. 여기저기에서 쿡쿡 웃는 소리가 울려 퍼졌다.

전부 낯익은 얼굴들이다. 반 아이들의 모습은 물론 상급생도 있었다.

누나가 급하게 말을 걸어 모아준 모양이다.

허허, 그 상냥한 마음씨에는 그저 감복할 따름이다. 대체 현세에서 얼마나 많은 덕을 쌓을 생각인 걸까. 치품 천사 유리엘, 당신께 감사드립니다.

아까도 들었지만, 누나와 회장, 히나기를 비롯한 여러 사람들이 나를 도우려고 꽤나 분골쇄신한 것 같다. 복합골절을 당한 건 아닌지 걱정이다.

"감사합니다."

---

* 게임 「드래곤 퀘스트」 시리즈에 등장하는 몬스터 '외톨이 메탈'에서 따온 별명. 조우 확률이 낮고 경험치를 많이 줘서 레벨 업 작업에 선호된다.

나는 사람들에게 고개를 숙였다. 보상도 없는데 손을 내미는 건 어려운 일이다.

무시해도 아무도 타박하지 않는다. 어차피 생판 남이다.

어느샌가 코코노에 유키토 악당 전설은 안개처럼 사라지고 없었다. 오히려 성인 전설이 막을 열고 있다. 매우 뜻밖이지만, 지금은 그런 소리를 할 만한 분위기가 아니었다.

짐이 너무 무겁다. 뒤에서 힘써 준 사람들에게 감사 편지라도 적어봐야겠다.

겨우 나 같은 사람을 위해서, 대체, 어째서 이렇게까지 해주는 걸까.

"다른 누군가가 아니라, 유키토이기 때문이야."

집단 속에서 히나기가 한 걸음 앞으로 나섰다.

그러고 보니 나 말고 다른 사람들은 전부 교복을 입고 있다. 나만 못 올 장소에 온 것 같은 느낌을 지울 수 없었다. 자신이 이물질이 된 것 같은 소외감. 그야말로 익숙하기 그지없는 감각이라 왠지 마음이 놓였다.

하지만 그 감각은 앞으로는 허락되지 않을지도 모른다.

어찌할 새도 없이 도움을 받고 말았다.

이렇게 많은 사람들에게.

이럴 때, 해야 할 말은 언제나 심플하다.


"어서 와."

"다녀왔어."

# 제8장 「여난의 상으로 극에 달한 자」

나는 그때와 같은 광경에 푹 빠져 있었다. 한없이 아득하게 높고 낮아 빨려들 것만 같은 하늘과 지상. 그 절경은 이전과 다름없이 나를 매료해 마지않는다.

찰나적인 충동에 휩싸인다. 그 뒤로 많은 시간이 흘렀다.

만약 그 유혹에 몸을 맡겼다면 어떻게 되었을까?

그때, 나는 확실히 '죽음'을 바라고 있었다. 적어도 이해는 못 했을지언정 의식은 하고 있었다. 하지만 언제부턴가 내가 죽음을 바라는 일은 없어졌다.

그건 마치 아이기스의 방패처럼 나를 지켜냈다. 코코노에 유키토의 멘탈은 상처받지 않는다. 그래서 죽음을 원하는 일도 없다.

단순한 이치였다. 그런데도 왜 눈치 채지 못했을까?

그런 건, 있을 수 없는 일인데.


"유키토! 유키토, 괜찮아!"


어머니가 나를 부르고 있다. 그렇다, 그날도 분명 이런 표정을 짓고 있었다.

흐릿한 기억이 데굴 굴러 나왔다. 대체 무슨 일이지?

내가 그렇게 당장이라도 여기에서 뛰어내릴 사람처럼 보이는 걸까?

그럴지도 모른다. 그때의 나라면 틀림없이 그랬을 테니까.

실제로 나한테는 전과가 있다. 걱정이 되는 것도 당연하다.

그래서 더더욱 나는, 오늘 여기에 있었다.

모든 것을 앞으로 나아가게 하기 위해서. 망가져 버린 날들을 되찾기 위해서.

◆

"이렇게 같이 외출하는 건 처음이지. 후훗. 기뻐."

어머니가 수줍은 미소를 짓고 있다. 자식과 함께 외출한 것뿐인데도 묘하게 기합이 들어 있었다. 화장도 완벽하다. 아주 귀엽다.

나와 어머니는 스카이트리에 와 있었다. 누나는 없다.

오늘은 어머니가 일을 쉬는 날이라 내가 부탁했다.

어머니는 두 글자로 OK해줬지만 눈물을 흘리는 바람에 달래느라 살짝 진땀을 뺐다.

"미안해. 원래는 내가……."

지금도 또 눈물을 글썽이고 있다. 나는 그동안 어머니에게 단 한 번도 뭔가를 해달라고 요청한 적이 없었다. 어차피 뭐라고 말해도 들어주지 않을 거라 생각했고, 계속 나를 싫어한다고 여겨왔기 때문이다.

하지만 그때, 정말로 싫다며 나를 거부했던 누나에게 얼마 전 정

310

말로 좋아한다는 말을 들었다. 어느 쪽이 진심인지 나로서는 알 수 없다.

그래도, 아니, 그래서 더더욱 대화를 해야 한다고 생각했다. 어머니와도.

전망대에서 내려와 밖으로 나오자 마침 시간도 적당했다. 좀 더 어머니와 둘이서만 얘기를 하고 싶었다. 오히려 본래 목적은 그쪽이었다.

해질녘 집으로 돌아가는 길, 우리들은 그저 조용히 대화를 쌓아갔다.

그동안의 시간을 메우고 공백에 색을 칠하듯이.

"오늘은 갑자기 외출하자고 해서 미안해."

"아냐. 기뻤어. 여태까지 그런 적이 한 번도 없었으니까."

"귀찮지 않았어?"

"그럴 리가 없잖니?"

어머니가 슬픈 기색으로 눈을 내리깐다. 그러고 보면 어머니는 늘 이런 표정을 지었다.

그렇게 만든 건 나다. 내가 이런 식으로 어머니를 슬프게 만들어 왔다.

"난 엄마가 나를 싫어하는 줄 알았어."

"그렇지 않아. 어째서 그렇게 생각했어? 싫어할 리가 없잖니?"

"하지만 그때, 엄마는 날 버렸잖아."

"――웃! 아냐. 유키토, 무슨 말이라도 들은 거야?! 넌 그때――."

"그래서 난 내가 필요없는 존재인 줄 알았어. 필요하다고 말해주지 않았으니까."

"……미안해! 괴로웠지……!"

"누나한테도 미움을 받고 있는 줄 알았어. 하지만, 누나는 얼마 전에 날 좋아한다고 말했어. 그래서 엄마한테도 물어보고 싶어졌어."

"──난, 사라지지 않아도 돼?"

어머니의 커다란 눈동자에서 눈물이 뚝뚝 흘러내렸다.

기껏 예쁘게 화장한 얼굴이 소용없게 됐다. 화장이 지워지는데도 신경 쓸 겨를조차 없는 듯했다.

어머니는 요즘 정말로 자주 울게 됐다. 그렇게 된 건 전부 나 때문이지만, 오늘만큼은 여기에서 이야기를 중단할 수가 없었다.

이 코코노에 유키토라는 인격을 다시 본연의 모습대로 교정하기 위해서라도 필요한 행위였다. 망가진 내가 아닌 진정한 나를 되찾기 위해서라도.

어머니의 몸이 떨리는 것을 알 수 있었다. 딱딱하게 굳어 있는 것이 느껴진다.

"난 좀 더 엄마와 얘기를 하고 싶었어. 하고 싶은 말이 많았거든."

"응……."

"하지만 엄마는 바빠 보였고, 나는 어느새 아무것도 말하지 않게 됐어. 그리고 그 감정은 누나에게로 옮겨갔지."

"유리도 싫어서 그랬던 건 아니야."

"하지만 엄마에 이어 누나한테까지 거절당해서, 나는 있을 곳을 잃었어. 그래서 사라지려고 했어. 그게 엄마와 누나가 바라는 거라면 그래도 상관없었어. 하지만 좋아한다고 말할 거면, 필요하다고 생각해줄 거면, 어째서 그때는 반박하지 않았던 거야? 왜 지켜주지 않았던 거야?"

"그래도 나는 같이 살고 싶었어."

내가 지금의 코코노에 유키토가 된 건, 그날부터다.

◆

나는 들떠 있었다. 처음으로 아들에게 함께 가고 싶은 곳이 있다는 말을 들었기 때문이다.

그게 처음이라는 사실이 얼마나 내가 죄 많은 존재인지를 웅변하고 있다. 아들이 어렸을 때는 일 때문에 바쁘다는 이유로 응석을 받아주지 못했다.

소중하게 여기고 있다. 내 보물이다.

아무리 그렇게 말해봤자 행동이 동반되지 않으면 전달되지 않는데도.

이렇게 사랑하건만, 먼 존재가 돼버린 유키토를 자신은 그저 바라볼 수밖에 없었다. 그리고 유리의 변화도 알아차리지 못했다.

그로 인해 그 사건이 벌어졌다. 아들이 스스로 죽음을 택하려 할 줄은 생각도 해보지 않았다. 막막한 공포. 지금도 악몽에 시달린다.

자신 때문에 아들이 죽음을 택하려고 했다. 나는 부모가 될 자격이 없다.

그런 아들이 나와 같이 외출하고 싶다고 말해줬다. 가슴이 뜨거워졌다.

여태까지 한 번도, 그런 일이 없었으니까.

사실은 늘 그러고 싶었는데. 예뻐해주고, 응석을 부리게 해주고 싶었는데. 부모가 그걸 해줄 수 있는 시간은 한정돼 있다. 아이는 점점 성장하고 만다.

애정을 퍼부어 줄 수 있는 시간이 유한한데도, 깨닫는 것이 너무 늦었다.

이제 내 말은 닿지 않을지도 모른다. 그렇게 생각했다.

그래서 그 애가 나한테 같이 외출하자고 해준 게 더할 나위 없이 기뻤다. 아직 부모로 봐주고 있다. 필요로 해주고 있다. 요 며칠 유키토는 조금 변한 모습을 보여주고 있었다.

아주 중요하고 소중한 변화. 유리와는 매일 딱 붙어 지내고 자주 함께 잠을 자고 있다.

나도 남 말 할 처지는 아니다. 어제도 같이 자버렸다. 그렇게 하지 않으면 변하려고 하는 아들이 다시 예전 모습으로 돌아갈 것 같은 기분이 들었기 때문이다.

평상시와 분위기가 달랐다. 심각한 표정. 물론 언제나 진지한 얼굴을 하고 있기는 하다.

단지, 이런 상황에서 좀 더 엉뚱한 말을 꺼내곤 했던 것이 평상시의 아들이었다.

하지만 오늘은 그런 모습을 조금도 찾아볼 수 없었다.

"그래도 나는 같이 살고 싶었어."

그 말이 가슴에 와 박혔다. 그날, 세츠카에게 끌려가던 이 아이를 지키지 못했다. 그래서 유키토는 가버렸다.

부모로서 자신감을 상실한 나머지 나랑 있으면 불행한 게 아닐까 하는 생각을 하고 말았다. 당연하다. 유리가 그런 행동을 하게 만든 것도, 유키토가 돌아오려 하지 않았던 것도, 그러다 크게 다친 것도 전부 다 내 책임이니까.

유키토는 내가 자신을 버렸다고 말했다. 아냐, 나는 유키토를 버리지 않았어!

추악한 변명. 언제나 한 발 늦은 뒤에야 깨닫는다.

좀 더 대화를 나눴다면, 좀 더 진지하게 마주했다면.

언제나 그런 후회만을 반복한다.

아들은 지금 나를 마주하고 있다. 여기서 잘못 대답하면 그때는 정말로 돌아오지 않으리라. 틀림없이 진짜로 손이 닿지 않는 곳에 가 버릴 것이다.

전망대에서 본 눈은, 그 추측을 증명하는 듯했다. 어둡디어두운 바다에 잠겨 한없이 허덕이는 듯한 그런 허무한 분위기가 감돌고 있었다.

지금도 이렇게——!

어라? 거짓말……. 어째서…….

"괜찮으니까. 깨달았거든. 난 달라지기 위해서 오늘 여기에 있어."

"유키토, 웃는 거야……?"

"웃어? ……내가? 내가 지금 웃고 있는 거야, 엄마?"

아들이 놀라며 의아한 표정을 지었다. 찰싹거리며 얼굴을 만지고 있다.

웃는다고? 이 아이가? 어리석게도 아들이 앞에서 웃는 모습을 본 게 언제였는지조차 떠오르지 않을 만큼 우리들의 관계는 일그러져 있었다.

나에게 열심히 말을 걸려고 노력했던 시절에는 분명 웃고 있었는데, 웃는 얼굴이 귀여웠는데, 어느새 미소는 사라지고 없었다. 그리고 그 미소를 빼앗은 건 틀림없는 나였다.

엄마 실격. 다시는 자신에게 그런 표정을 지어주지 않을 거라 생각했다.

그런데——!

"정말로 중요한 얘기가 있어. ——지금의 나는, 내가 아냐."

◇

언제나처럼 나는 그 집 앞에 있었다. 아파트의 한 호실. 언제나처럼 초인종을 누른다. 하지만 내 정신상태는 평소와는 달랐다.

가로등이 어둠을 밝히고 있다. 정적이 주위를 감싸고 있다. 그녀에게는 오늘 내가 가는 것을 얘기해뒀다. 그건 언제나처럼 특별한 하루였다.

내가 찾아온 인물은 기다리고 있었다는 듯이 바로 나와 주었다. 언제나처럼 낯익은 웃는 얼굴로 다정하게 미소지으며 나를 기다리고 있었다.

하지만 오늘은 평소와는 달랐다. 코코노에 유키토라는 인간의 시작.

지금의 내 모든 것이 여기, 바로 이 방에서 시작되었다.

"유키. 기다리고 있었어! 자, 들어와. 초밥이라도 먹자."

"오랜만이에요. 그런데, 그 전에 잠시 괜찮을까요?"

"뭔데?"

"당신이, 저를 이렇게 만든 거죠, 세츠카 씨?"

"설마 유키, 깨달았어?!"

동공이 확장된다. 놀람이 섞인 듯한 표정. 환희와 허전함.

정반대의 감정이 복잡하게 뒤얽힌 듯, 내 눈에는 그렇게 보였다.

코코노에 세츠카 씨. 어머니의 여동생이자 나에게는 또 한 명의 어머니라고 해도 좋을지도 모른다. 세츠카 씨는 나를 한없이 응석부리게 해줬다.

그런 세츠카 씨와 본격적인 접점을 갖기 시작한 건 내가 집을 나온 뒤부터다.

누나에게 밀쳐져 그대로 집으로 돌아가지 않은 나는 집과는 반대

방향으로 계속 걸어갔다. 사라져야 한다는, 그 충동만이 나를 움직이게 하고 있었다.

정신이 들자 나는 경찰의 보호를 받고 있었다. 눈앞에서 어머니와 누나가 흐느껴 울던 모습을 어렴풋이 기억하고 있다.

뼈가 부러진 나는 그대로 병원에 입원하게 됐다.

퇴원하던 날, 집에서는 어머니와 세츠카 씨가 대판 싸움을 했다. 싸움이라고 해도 몰아세우는 건 오로지 세츠카 씨였고, 어머니는 아무 말도 하지 못하는 상태였다.

격노한 세츠카 씨는 '언니가 키우지 못하겠으면 내가 키우겠어!'라는 말을 꺼냈다. 나는 그저 멍하니 그 모습을 지켜볼 수밖에 없었다.

떠오르는 기억이 있다. 그때, 나는 어머니가 그 말을 부정해주길 바랐다. 아무리 세츠카 씨가 어머니의 여동생이라도 내 어머니는 아니다.

그렇게는 안 된다고 반박해주기를 바랐다. 지켜주기를 바랐다.

하지만 어머니는 세츠카 씨의 서슬 퍼런 태도에 아무 말도 하지 못했고, 나는 세츠카 씨에게 끌려가 한 달 동안 같이 살게 됐다.

헤어질 때 보았던 어머니의 눈. 그때 어머니는 무슨 생각을 하고 있었을까. 나라는 애물단지가 사라져서 속이 시원하다고, 왜 돌아온 거냐고, 그대로 사라져 버리지 그랬냐고 생각하고 있었을까. 내 안에서 부정적인 감정이 점점 부풀어 올랐다.

누나에게 거부당하고 어머니에게도 버림받은 나에게 존재가치는 없다.

사라져야 한다. 세츠카 씨는 그런 나를 구해주었다.

"유키, 정말로 깨달은 거야? 내 암시를."

"네. 앨범을 보다가 알아차렸어요. 제가 감정을 잃어버린 건 여기에 온 다음부터라는 사실을요."

자신의 사고에 의문을 느꼈다. 내 사고에 걸려 있는 모종의 제한.

그게 어떤 것인지까지 자세히 알 필요는 없다. 나에게 그것이 기능한 인물은 단 한 사람. 내가 지금의 코코노에 유키토가 된 계기는 세츠카 씨밖에 없으니까.

세츠카 씨는 대학에서 심리학을 전공했다. 나에게도 자주 그 얘기를 해줬다.

그렇다면, 모든 것은 세츠카 씨가 알고 있는 셈이다. 세츠카 씨는 나에게 거짓말을 하지 않는다. 내가 물어보면 반드시 얘기해줄 거란 확신이 있었다.

"어째서…… 왜 그런 짓을 한 거죠?"

"둘이서 스카이트리에 갔을 때, 기억나?"

역시 그랬던 건가. 그날, 그래서 세츠카 씨는──.

"제가 세츠카 씨와 같이 지내게 된 지 얼마 되지 않았을 때였죠."

"맞아. 그때의 유키를 보면서 생각했어. 이대로 가다간 유키는 또 목숨을 내던지고 말겠구나. 또 사라지려고 하겠구나 하고."

"그건 틀리지 않았을 거라 생각해요."

"무서웠어. 유키가 다시 사라지려고 할까 봐. 그때는 마침 운이 좋아서 살았을 뿐. 또 같은 일이 벌어지면 다음번엔 이미 늦었을지도 모른다고."

"그래서 제 사고를 비튼 건가요?"

"아니. 내가 한 건 그런 거창한 게 아냐. 유키에게 조그만 주문을 걸었을 뿐이지."

"주문이요?"

세츠카 씨는 자조하듯 웃었다. 거실에서 우리들은 그동안 있었던 일의 답지를 맞추듯 그저 대화를 거듭했다.

"그래. 나는 유키가 죽지 않도록, 사라지고 싶다고 생각하지 않도록 유키에게 마인드 셋을 걸었어."

"그게 뭐죠?"

"유키는 자신이 필요 없는 존재라고 생각하고 있었지?"

"네."

"유키는 자아가 희박했어. 유키 스스로 자신의 존재를 아무래도 상관없다고 여기고 있었지. 그래서 난 유키가 우선 자신이 코코노에 유키토라고 강하게 인식하도록 유도했어. 마음이 허용치를 초과했을 때, 견디기 힘들어지기 전에 리셋 할 수 있도록 할 생각이었어."

그 말을 듣자 내 속에서 한 가지 의문이 풀렸다. 내가 무슨 일이 있을 때마다 '코코노에 유키토다'라는 자기 인식을 반복한 것도 전부 세츠카 씨 때문이었구나.

"그런데 말이지, 사실 그건 바로 풀려야 했어."

세츠카 씨의 목소리 톤이 한 단계 낮아졌다.

"언니도 유키를 제대로 사랑하고 있어. 유리도 그래. 그러니까 유키한테 그게 전달되면 바로 풀릴 간단한 거였지. 본격적이지도 전문적이지도 않은, 진짜로 심플한 주문이었어. 하지만……."

"?"

"유키는 너무 여자 운이 나빴어. 그 뒤에도 유키한테는 유키를 상처 입게 하는 일들만 벌어졌지. 중학교 때는 끔찍했고 말이야. 그때마다 내가 건 주문은 한층 견고하게 유키를 옭아매게 됐어."

"제 멘탈이 최강인 것도 그래서인가요?"

그랬구나, 나는 착각하고 있었다. 나는 망가졌기에 상처 입지 않았던 게 아니다. 상처 입지 않기에 망가졌던 거다. 상처 입지 않는 것과 망가지는 건 이율배반적인 관계였다.

최강의 멘탈, 그것이 나를 이상하게 만든 원인.

하지만 그것이 없었다면 나는 틀림없이 어느 시점인가에 목숨을 내던졌겠지.

"유키는 상처받지 않아. 하지만 말이지, 그때마다 조금씩 망가져 가. 그때는 이미 내가 어찌할 수 없는 상태가 되어 있었어."

"왜 어머니와 누나에게 말하지 않았던 건가요?"

"늘 유키 근처에 있는 두 사람에게는 견디기 힘든 얘기일 테니까. 망가져 가는 유키의 모습을 어떻게 참아 넘길 수 있겠어."

"그럼 세츠카 씨는——."

세츠카 씨는 울고 있었다. 동생이라 그런지 어딘지 모르게 어머니와 닮은 구석이 있었다.

나는 또 울리고 말았다. 더는 아무도 울리지 않겠다고 다짐했는데도.

어째서 나는 항상——.

그때 세츠카 씨가 나를 끌어안았다. 어머니처럼. 하지만 아주 조금 어머니와 다른 향기가 났다.

돌이켜보면 나는 늘 세츠카 씨에게 이렇게 안겨 있었다.

분명 어머니에게 응석을 부리지 못했던 내가 편하게 응석을 부릴 수 있도록 세츠카 씨 나름대로 배려해준 거겠지. 지금에 와서 보니 이해가 갔다.

"깨달았다는 건, 드디어 안 거구나. 유키가 제대로 사랑받고 있다는 걸. 다들 유키가 사라지길 바라지 않는다는 걸."

"네. 아마도…… 제가 그러면 다들 슬퍼하게 될 거라고, 생각해요."

"미안해……. 마음고생을 하게 만들어서…… 미안해!"

그동안 쌓인 모든 것을 씻어버리듯 세츠카 씨가 울었다.

나는 이 사람을 얼마나 걱정시켜온 걸까?

이 사람은 이렇게 나에게 최선을 다하고 있다.

아무리 어머니의 동생이라고 해도 타인에 지나지 않는데 말이다.

"세츠카 씨는 어째서 그렇게까지 저한테 잘해주시는 거예요?"

"지금의 유키라면 알지 않아?"

"……좋아하기 때문인가요?"

"그럼 당연하지. 좋아해. 나도 유키가 너무 좋아!"

입술에 느껴지는 감촉. 몹시도 달콤하고 부드럽다.

아, 사람은 어째서 이렇게, 이토록 따스한 걸까.

"딱 하나 물어보고 싶은 게 있어. 유키는 내 앞에서는 계속 평소처럼 행동했지. 유키에게 걸었던 마인드 셋도 내가 어찌할 수 없을 만큼 진행된 상태였고. 그런데 어떻게 그걸 풀 수 있었던 거야?"

그랬다, 늘 튀어나오던 어이없는 생각. 그것도 세츠카 씨 앞에서는 자취를 감추었다.

그에 대해서는 여태껏 고민해본 적도 없었다. 돌이켜보면 신기했지만, 그 대답은 매우 간결하고 명료했다.


그건 분명──.


"그야, 세츠카 씨는 한 번도 절 상처 입히지 않았으니까요."


그랬다, 이 사람은 줄곧 나를 지켜주었다. 금방이라도 죽으려고 하던 나를 구해줬다. 모든 것에게 거부당했다고 생각하고 있던 나에게 꾸준히 애정을 베풀어주었다. 나에게 있을 곳을 주었다. 여기에 있어도 된다고, 그렇게 말해줬던 것이다.

그때부터 오늘까지 계속 이 사람은 나를 위해 얼마나 많은 마음을 주었을까. 그것은 헌신이라는 말로밖에 설명할 수 없는 것이었다.

그것을 내내 나에게 바쳐주었다. 저절로 고개가 숙여졌다.

"감사합니다."

"유키…… 유키!"

세츠카 씨는 웃었다. 그 눈물은 분명 슬픔 때문이 아니라는 걸 나도 알 수 있을 만큼 환하게 빛나고 있었다.


"배가 가득 찼네."

"그러고 보니 초밥을 쥘 수 있게 됐어요."

"그래?"

"대장에게 배웠거든요. 다음에 세츠카 씨도 같이 가요."

나와 세츠카 씨는 같이 목욕을 했다. 그 무렵부터 쭉 이어온 습관. 세츠카 씨 집에 오면 매번 억지로 끌려갔기에 새삼스레 부끄럽지는 않았다. 그래도 시선은 허공을 방황하고 있었다. 나도 그 뭐야, 사춘기니까.

"주문이 풀린 유키는 앞으로는 상처받는 일이 생길지도 몰라. 그래도 괜찮겠어?"

"괜찮아요. 도와줄 사람들이 많이 있을 것 같거든요."

"그렇구나. 마음이 놓이네."

"세츠카 씨도, 도와주실 거죠?"

"아아 정말! 오늘의 유키는 귀여움이 50% 정도 더 증가해서 누나도 더는 못 참겠어!"

내 편은 언제나 많았다. 악의와 동일한 만큼 선의도 그곳에 있었던 것이다.

내가 그걸 알아차리지 못했을 뿐이다. 상처 입지 않는 대신 꾸준히 망가져 왔다.

하지만 그것도 이제는 끝이다. 나는 상처받더라도 누군가를 슬프게 할 만큼 망가지고 싶지는 않았다.

초경도 나노튜브 같던 최강의 멘탈은 잃어버렸다. 지금의 나에게는 필요 없다.

하지만 그걸로 충분하다. 마침내 나도 앞으로는 감정을 되찾을 수 있을지도 모른다.

무적이던 나는 오늘로 끝이다.


"하지만——."


나는 무심코 웃어버렸다.

기가 막혔다. 나는 나도 모르는 사이에 그것에 상당히 적응해버린 모양이었다.

생각해보면 그도 당연했다. 그 시기가 너무나도 길었으니까. 벌써 10년이 넘게 함께해왔다. 뭐라고 말하든 그것은 이미 내 일부였고 나 그 자체이기도 했다.

"아무래도 전, 그동안의 코코노에 유키토도 마음에 드는 모양이에요. 세츠카 씨가 절 위해 주신 것까지 잃고 싶지도 않고요."

"유키……?"

나는 욕조에서 벌떡 일어섰다. 뿌우.

"과도한 엔저에 대비해 달러를 사두는 게 바로 나, 코코노에 유키토다!"

역시 현재의 세계정세를 생각하면 언제까지 일본에서 안온하게 지낼 수 있을지 알 수 없었다. 저금을 조금씩 달러로 교환해두는 것도 어엿한 자산형성방법 중 하나다. 요즘은 평화 만능주의가 통하는 시대가 아닌 것이다.

정말이지 웃음이 나온다. 맞아, 이런 나도 나라고. 그건 결코 인위적으로 만들어진 인격이 아니었다. 가짜가 아니다. 달랐다. 이 나도 나인 것이다.

"유키, 훌륭해! 그리고 그…… 아래쪽도 훌륭하네."

세츠카 씨의 뺨이 펑 하고 붉게 물들었다. 엇, 잠깐만 기다려. 내가 세츠카 씨한테 뭘 보여주고 있는 거지? 너무 당당한 거 아닌가? 확실히 세츠카 씨하고는 어렸을 때부터 같이 목욕을 해왔지만, 그런 나한테도 사춘기는 오는 거라서. 뿌우.

"괜찮아! 제대로 콘돔도 준비해 뒀으니까. 뭐하면 안 해도 괜찮으니까!"

"아니, 그게 아냐!"

"역 바니도 준비해뒀으니까!"

"이럴 수가! 지금 이 상황에서 듣고 싶지 않았던 최악의 회답 고마워요!"

설마 이게 히카루 겐지 계획*인가?!

뿌우.


유키가 사랑스러운 숨소리를 내며 잠을 자고 있다. 마침내 이날을 맞이했다.

우리에게 오늘은 '약속의 날.' 이날만을 계속 기다려 왔다.

자꾸만 망가져 가는 유키를 보며 자신이 사랑받고 있다는 걸 어서 깨닫기를 바랐다.

유키는 내가 한 번도 상처를 주지 않았다고 말했지만, 사실은 아니다.

---

* 자신보다 연하인 사람을 자신의 이상대로 길러내려고 하는 계획을 말한다. 『히카루 겐지 이야기』에서 계모인 후지츠보를 사랑했던 히카루 겐지가 후지츠보와 닮은 미소녀 와카 무라사키에게 반해 그녀를 직접 키워 아름다운 여성으로 성장시켜 결국 아내로 삼은 데서 유래했다

내가 가장 유키를 상처 입혔다. 내가 그런 일만 하지 않았어도, 이렇게까지 삐뚤어질 일도 없었다. 그래도 그때는 그렇게 하는 수밖에 방법이 없었다.

내 바람은 딱 하나. 유키가 제발 죽지 않는 것이었다.

하지만 그것이 계속 유키를 괴롭혀왔다.

그런데도 유키는 고맙다고 말해줬다. 보상을 받은 것 같은 기분이 들었다.

유키는 내가 저지른 짓을 긍정해줬다.

마침내 안개가 걷힌 듯한 기분이 들어 눈물이 멈추지 않았다.

이제 유키는 괜찮을 거다. 스스로 그걸 알아차렸으니까.

나와 유키가 만난 건 유키가 훨씬 어렸을 때였다. 기억조차 나지 않으리라.

그 당시 나는 이런저런 일들로 고민하고 있었다. 스스로 어떻게 해야 할지 망설이던 시기였다. 그때 언니의 집에서 유키를 봐줄 기회가 생겼다.

그때부터 유키는 손이 많이 가지 않는 아이였지만, 어느 날은 나를 마마라고 불렀다. 자매다. 언니와 얼굴 생김새가 비슷하니 착각할 만도 하다.

뒤뚱거리며 다가온 유키는 나를 그렇게 부르더니 털컥 고개를 기울이며 잠들어버렸다. 지금보다 훨씬 천진난만한 얼굴로.

그 순간, 내 안에서 망설임이 싹 사라졌다. 자신이 얼마나 한심한 걸로 고민하고 있었는지 깨닫게 되자 마음이 홀가분해졌다. 고민 따위는 하잘것없는 것이다.

인생에는 그보다 더 소중한 것이 있다. 나는 유키의 자는 얼굴을 보며 그런 생각에 빠졌다.

그랬던 유키가 저렇게 되다니, 나는 도저히 견딜 수 없었다.

처음으로 언니에게 강렬한 분노를 느꼈다. 예상치 못했던 건 유키가 생각보다 운이 나쁜 편이라는 점이었다. 툭하면 사건 사고에 휘말렸다. 그런 체질인 걸지도 모르지만, 안타깝게도 유소년기 유키의 마음은 그것을 견디지 못했다.

어떻게든 해 주고 싶었다. 그것은 사소한 도움이자 별것 아닌 대중요법이었다.

어디까지나 금세 풀릴 주문, 처음에는 그런 가벼운 마음이었다.

그것이 설마, 이렇게까지 오래 영향을 미치게 될 줄이야…….

하지만 그것도 마침내 끝이 났다. 유키는 자신에게는 도와줄 사람이 있다고 말했다. 그러니까 괜찮다.

유키의 마음을 지킬 주문은 더 이상 필요치 않다.

마음을 리셋할 필요도 더는 없었다.

내가 간섭하는 것도 이제는 끝이리라. 분명 앞으로는 유키도 지금까지처럼 내 집에 와주지 않게 되겠지. 허전한걸…….

"……세츠카 씨…….."

잠꼬대일까. 유키가 옹알거리며 혼잣말한다.

안 돼, 안 돼, 안 된다고! 더 이상 유키를 나한테 묶어둘 순 없어!

그동안 나는 계속 유키를 힘들게 해왔다. 내가 유키를 망가뜨렸다. 그걸 아는데도, 이성은 그렇게 판단하고 있는데도, 유키의 모습을 보자 참을 수 없었다. 응석을 받아 주고 싶다는 충동에 사로잡히고 만다.

　그치만, 이렇게 사랑스러운걸.

　유키가 진실을 깨달으면 틀림없이 나를 미워할 거라 생각했다.

　당연하다. 모든 일의 원인이자 원흉. 유키에게는 나를 증오할 권리가 있다.

　그런데도 유키는 미워하기는커녕 나에게 감사했다. 유키의 미소는 아주 어렸을 때, 나를 마마라고 불러 준 그날 이후로 처음 보았다.

　그전까지는 마음 한편에 죄책감과 의무감을 품고 있었다.

　하지만 유키가 용서해 준다면, 앞으로는──.

　정말 주책이다. 친구들에게 얘기하면 제정신이냐고 의심하겠지.

　나이 차는 엄연한 사실이기에 뒤엎을 수 없다.

　하지만, 그래도 억누를 수 없었다.

　이 마음에 뚜껑을 덮을 수가 없었다.


　──나는 지금, 이 소년을 사랑하고 있다.

## 에필로그

"이게 뭐야아아아아아아아아!"

나는 깜짝 놀라 바닥에 털썩 무릎을 찧었다. 기어이 이날이 오고야 말았다.

아무리 각오를 했다지만, 마음의 준비를 할 시간 정도는 갖고 싶다.

왠지 초조해 보이는 어머니와 누나에게서 잠깐 집에서 나가 있으라는 말을 들은 지 몇 시간. 가족에게 왕따를 당해 슬픔에 잠겨 있는 와중에 비정한 연타가 기다리고 있었다.

외출을 마치고 귀가해 방으로 돌아가자 실내가 거짓말처럼 달라져 있었다.

이게 어떻게 된 일일까요. 리모델링 장인도 깜짝 놀랄 비포 애프터가 펼쳐져 있다.

크림색 벽지가 보기 편했다. 멋스러운 인테리어에 카펫.

형광등까지 꼼꼼하게 LED로 교체돼 있다. 수명이 3배. 친환경적이겠어, 이건!

거주 공간의 성능이 현격히 상승했다. 원래 내 방의 흔적은 조금도 남아 있지 않았다.

무엇보다 눈에 띄는 것은 이래도 안 볼 거냐고 존재감을 주장하고

330

있는 퀸사이즈 침대였다. 터무니없는 위용을 자랑하며 방 안에 떡하니 자리 잡고 있다.

"기어이 퇴거 기한이……."

"어서 와. 어때? 멋지지?"

어쩐지 모습이 보이지 않더라니 예전 내 방에서 어머니와 누나가 빈둥거리고 있었나.

"네 방, 너무 살풍경하길래 리모델링 해봤어. 고마워하도록 해."

"엥, 내 방?"

몹시도 불온한 발언에 무심코 되물었다. 쫓겨난 게 아니었어?

"달리 뭐가 있는데. 아무리 봐도 네 방이잖아."

"아무리 봐도 내 방이 아닌데……."

다시 둘러봤지만, 역시 아무리 봐도 내 방과는 전혀 닮지 않았다.

이런 안락한 방에서는 마음 편히 쉴 수 있을 것 같지 않았다.

"여기가 네가 있을 곳이야. 그래서 그에 맞게 바꿨을 뿐이라고."

누나의 얼굴에 순간 걱정이 어렸다. 마음을 간파당한 것 같은 기분이 들어 말을 삼켰다.

있을 곳. 신기한 감각에 사로잡힌다. 여기가, 내가 있을 장소인 걸까?

여태껏 내 방을 내가 있을 곳이라고 생각해본 적은 없었다.

내가 여기에 있어도, 가족과 함께 있어도 괜찮은 걸까?

"네 방이 좀 허전해 보여서. 멋대로 건드려서 미안해."

어머니가 사과한다. 공짜로 얹혀사는 처지라 감히 불만을 말할 순 없지만, 그래도 마음에 걸리는 구석은 있었다. 그것도 많이.

"어, 어째서 침대가 이렇게 큰 거야?"

"요즘은 늘 같이 자잖니. 그러니까 네가 답답할지도 모른다는 생각이 들어서."

"……그냥, 각자 자기 방에서 자면 되는 거 아냐? ——아아, 엄마 울지 마!"

지극히 타당한 의견은 자연스럽게 봉쇄되었다.

"자기만 하면 몰라도 싱글은 좁잖아."

자는 것 외에 무슨 용도가 있는 건지 모르겠지만, 낯선 상자가 보여서 뚜껑을 열어봤다.

화려한 바닥…… 내용물은 보지 않은 걸로 치고 살며시 뚜껑을 닫았다.

불길한 예감이 들어서 YES라고 그려진 베개를 뒤집어 본다. 예상과는 달리 뒷면도 YES였다.

"양쪽 다 YES였냐고!"

분통을 터뜨리며 베개를 침대에 내동댕이쳤다. 이런 건 대체 어디서 파는 거야…….

"하? 그야 난 거부하지 않을 거니까. NO는 있을 수 없는 일이라고."

"뭐를?!"

"이 침대에서라면 격렬하게 움직여도 괜찮아."

"그러니까 뭘?!"

누나의 눈동자에 하트 마크가 떠 있다. 설마 진심으로——!

"아, 이거? 그냥 콘택트렌즈야."

"교묘하게 헷갈리게 하지 마!"

"같이 자는 거, 기대된다."

"아, 네."

못 들은 걸로 치자. 벽 쪽으로 눈을 돌리자 포스터 두 장이 붙어 있었다.

커다란 B1 사이즈의 어머니 포스터와 누나 포스터(비매품)이다.

"자기주장이 굉장하네."

비매품이 아니라 외설물이 아닐까.

"다음 달엔 수영복이니까. 기대하고 있어."

"갱신되는 거야, 이거?!"

왠지 좀 기대되기 시작했다. 둘 다 미인이니까.

"참고로 네 포스터는 나랑 엄마 방에 붙여놨어."

"그거 참 고마워."

아니아니, 감사하고 있을 때가 아니지! 나는 격노하고 있다. 씩씩!

"이런 포스터를 붙여놓으면 아무도 놀러 올 수가 없잖아!"

아는 사람에게는 도저히 보여줄 수 없다. 매번 뗐다 붙이는 것도 일이다. 이걸 어떻게 할 거냐고!

"넌 친구 같은 건 데려온 적이 없잖아."

"그것도 그런가."

슬픈 결론을 내릴 때쯤, 책상 위에 놓인 사진 액자가 눈에 들어왔다.

바로 며칠 전에 찍은 따끈따끈한 가족 세 사람의 사진이다. 무표정한 나를 사이에 끼고 무뚝뚝한 얼굴의 누나와 밝게 웃는 어머니가 뺨을 맞댄 채 찍혀 있었다.

누나와 어머니는 갸루들 사이에서 유행하는 포즈인지 뭔지를 따라 하고 있었지만, 치명적으로 어울리지 않았다. 누나는 표정이, 어머니는 연령적으로……. 둘 다, 무리하지 마.

"불쾌한 파동이 느껴져."

"거짓말입니다죄송합니다유리님은진짜로미인이고최고십니다용서해주십시오오…… 헤헷, 어떠십니까, 나리. 쇤네가 어깨라도 주물러 드릴깝쇼? 자자, 사양하지 마시고."

누나에게 그렇게 재롱을 떠는데, 어머니가 나와 누나를 동시에 꼭 끌어안았다.

"이제부터는, 아니. 그동안 못 했던 것까지 다 합쳐서 가족끼리 잔뜩 추억을 만들자. 제멋대로지. 이미 늦었지. 그래도 이렇게 기억과 기록을 남기면서 조금씩 관계를 쌓아가고 싶어. 그러니까──."

한없이 부드럽게 머리를 쓰다듬는다. 마치 어머니처럼. 어머니이긴 하지만.

"앞으로도 너희들의 어머니로 있게 해줘."

무슨 일이 있어도 어머니는 어머니다. 아무도 대신할 수 없다.

미워한 적도 없고 늘 감사하는 마음밖에 없다.

부부는 이혼하면 타인이지만, 혈연관계는 그렇게 되지 않는다. 아주 깊은 인연.

그건 분명 '좋다'는 감정을 훌쩍 초월한 곳에 있는 깊디깊은 마음.

만약 이곳이 내가 있을 곳이라면, 조금만이라도 더 여기에 있고 싶다고 바라는 것도 괜찮을지 모른다. 이 셋이서, 가족끼리.

그런 작은 희망 정도를 품는 건 허락될지도 모른다.

딩동. 갑자기 초인종이 울렸다.

엄마한테 끌어안긴 게 평범하게 부끄러웠는지, 살짝 얼굴이 빨개진 누나가 냉큼 도망치듯이 현관으로 향했다. 유리 씨는 저래 봬도 공격에 약한 것이다.

"안녕, 유리. 응, 지금부터 같이 밥이나 먹으러 갈까 싶어서. 얼레, 언니는 어디 있어? 여기는 유키 방——."

친숙한 목소리가 들린다. 방문객은 세츠카 씨였다.

"아."

방 입구에서 시선이 마주쳤다. 세츠카 씨가 그대로 방을 빙 둘러보았다.

"어머, 어쩐 일이야, 세츠카?"

"이게 뭐야아아아아아아아!"

◇

"곧 있으면 수업 참관이네요. 하아, 마음이 무거워요."

"지금 와서 보니 저도 너무 과했던 것 같아서 반성하고 있습니다. 이런 결과가 나올 줄은 상상도 못 했어요. 기껏해야 절반 정도일 줄 알았죠."

"정말 너라는 학생은. ……그렇게 어른이 못 미덥나요?"

"그렇지는 않아요. 감싸 주셔서 감사했어요."

악동으로 악명 높은 나와 학생 지도를 담당하는 산죠지 선생님은 운명의 라이벌 관계다. 하지만 의외로 눈엣가시 취급을 당하는 건 아니고 이렇게 차를 홀짝이며 설교나 듣는 정도의 사이였다. 근신 중에도 걱정해서 연락을 해줬고 계속 내 편을 들어주었다.

"어쨌든 이번 일은 우리 쪽이 잘못한 거예요. 불쾌한 일을 겪게 해서 미안해요. 그래도 너무 방만해지면 안 되니까요!"

"실컷 놀고 만끽한 근신 기간이었으니까 신경 쓰지 마세요."

"그건 그것대로 좀 문제가 될 것 같은데요……?"

오늘도 일본경제 평균 주가는 대 폭락 중이다. 사흘 연속으로 떨어졌다.

하지만 떨어졌을 때 주식을 사는 것이 바로 나, 코코노에 유키토다.

슬슬 매수할 때가 다가오고 있었다. 얼른 세츠카 씨에게 문자로 매수를 원하는 종목을 보내 뒀다. 참고로 자금은 내 개인 머니이니 나쁘게 보지 마시길.

완전히 원래 내 모습으로 돌아왔지만, 이제 와서 착실한 코코노에 유키토가 돼봤자 그건 그것대로 위화감이 장난이 아닐 것이다. 나는 이 상태의 내가 마음에 든다. 그게 그동안의 나였으니까, 이제 와 서둘러 변할 필요는 없었다.

나는 결코 가짜가 아니다. 이전의 나와 이후의 나는 연결돼 있다.

그래서 오늘 내가 산죠지 스즈카 선생님의 학생 지도실로 불려 나온 것이다.

산죠지 선생님은 안경을 낀 지적인 미인으로 아주 인기가 많은 선생님이었다. 영리한 시선이 날카롭게 나에게 와 꽂힌다. 불러낸 이유는 모르겠다. 내가 호출당하는 건 지극히 일상적인 일이라서, 아무 호출도 없는 날이 오히려 비일상적인 느낌이 들 정도였다.

일상이란 대체…… 우고고고!*

왠지 방만이라는 말을 들은 것 같은 기분이 들어서, 나는 산죠지 선생님에게로 시선을 돌렸다.

실내에는 산죠지 선생님의 그윽한 색향이 감돌고 있었다. 더운지 블라우스의 첫 번째 단추가 풀려 있다. 골이 보인다. 게다가 이유는 알 수 없지만 딱 달라붙은 치마를 입은 채 다리를 꼬고 있다. 그 사이로 보여서는 안 될 것이 아른아른…… 후우, 검은색인가.

오늘은 기쁘고도 부끄러운 블랙 프라이데이인 것이었다.

"알겠어요? 풍기를 문란하게 만들 만한 행동은 절대 하면 안 돼요!"

선생님이 훨씬 풍기를 문란하게 만들고 계시지 않나요? 라는 의문이 목 끝까지 차올랐지만, 꾹 삼켰다. 나에게는 훌륭한 눈요깃거리라 굳이 말할 필요성은 느끼지 않았다. 앞으로도 욕망에 충실하게 살아가려고 합니다.

그때, 갑자기 학생 지도실의 문이 기세 좋게 열렸다.

"여기서 뭘 하고 계신 거죠?!"

"산죠지 선생님, 그 애가 대체 무슨 짓을 했다고 불러내신 겁니까!"

누나와 학생회장 등등이 노도처럼 밀려들었다. 난데없는 난입에 나와 산죠지 선생님은 눈을 휘둥그레 떴다.

---

* 〈파이널 판타지 5〉의 라스트 보스 엑스데스가 2페이즈로 돌입하면서 하는 대사 '무(無)란 대체…… 우고고고!'의 패러디.

"당신들이 여기엔 왜 왔어요!"

"선생님이야말로, 대체 뭘 하려고 하셨던 거예요?"

"난 문제가 있는 학생한테 지도를 하려고——."

"코코노에는 아무 짓도 안 했어요!"

"이게 어디가 지도죠?! 제 눈에는 선생님이 덮치려고 하는 것처럼 보이는데요?"

누나가 스마트폰으로 촬영한 사진을 보여주자 산죠지 선생님의 얼굴이 굳었다. 누나도 참, 걱정이 심해서 곤란하다니까.

산죠지 선생님은 학생을 생각하는 훌륭한 선생이지, 결코 학생을 유혹하는 그런 사람이 아닌데. 참고로 내 눈은 옹이구멍이다.

애초에 객관적으로 봐도 내가 문제아인 건 누구나 다 아는 사실이라서, 이렇게 산죠지 선생님에게 호출당하는 건 지극히 당연한 일이다. 그간의 경험상 이 정도는 별것도 아니었다.

"이, 이러면 곤란해, 산죠지 선생!"

"교장 선생님까지 왜 여기에?"

교장도 안색을 바꾸며 들어왔다. 어지간히도 급했는지 숨을 헐떡이고 있었다.

"이 아이가 무슨 짓을 했다는 증거가 있나?"

"아뇨, 하지만 그는 걸핏하면 소동을……."

"그런 불확실한 이유로 지도를 하면 안 되지, 산죠지 선생. 미안하구나, 코코노에. 이 일은 제발 비밀로, 부디 네 가슴속에 묻어주지 않겠니?!"

"교장 선생님, 갑자기 인격까지 정반대가 되신 것 같네요."

교장도 필사적이었다. 요즘은 내가 입만 벙긋해도 안색을 살피는 것 같은 기분이 든다. 일개 학생에게 취할 태도는 아니다. 학급 붕괴가 아닌 학교 붕괴라고 해도 과언이 아니었다. 교육현장의 불쾌한 현실이었다.

"알아들었어? 산죠지 선생. 여기서 더 이 아이에게 무슨 짓을 한다면 나뿐만이 아니라 자네도 언제 처분을 당할지 알 수 없다고. 제발, 제에발 신중하게 행동하도록 해! 부탁해, 산죠지 선생!"

"이상하지 않나요? 그런 학생이 있어도 될 리가──."

"이 일은 전혀 논의의 여지가 없어!"

어느새 나는 절대 권력자가 되어 있었다. 처분이란 게 뭐지?! 학생에게 그런 권한이 있다고 생각하면 너무 무서운데. 일본의 교육제도는 심각한 문제를 품고 있었다.

"자, 이런 데 있지 말고 얼른 돌아가자."

누나가 나를 질질 잡아끌고 갔다. 이런 소동은 대체로 나한테는 일상다반사였다. 벌크 나노 메탈 구조를 지닌 강인한 멘탈은 잃었다 해도, 그렇다고 해서 그동안의 경험이 전부 무로 돌아간 건 아니다.

이제 와서 이 정도로 상처 입을 만큼 연약하지 않은 것이다.

나는 여전히 나로 지금 여기에 있다.

◆

라고 말해봤는데, 죄송합니다, 얕봤습니다.

B반에서는 난데없는 아수라장이 펼쳐지고 있었다.

"유키토, 도시락 싸 왔어. 같이 먹을래?"

"갑자기 그렇게 말해도, 나한테는 어머니가 싸준 애모(愛母) 도시락이……."

"갑작스럽기도 하고 그럴까 봐 양을 적게 싸 왔어."

"유키, 나도 같이 먹어도 돼?"

"시끄럽네. 너희들은 필요 없어. 내가 이 애랑 같이 먹을 거니까."

"누나가 왜 여기에?"

"당연히 너랑 같이 먹으려고 왔겠지?"

"그 한 점 그늘 없는 눈동자를 보니 아무 말도 못 하겠네."

내 주위에는 태풍이 몰아치고 있었다. 일단 누나는 태풍 12호 정도려나. 히나기가 10호고 시오리가 11호다.

요즘 누나는 뻔질나게 우리 반을 찾아왔다. 가끔은 누나의 친구들까지 같이 실실거리며 따라왔다. 그러다 보니 늘 히나기나 시오리와 충돌하는데, 이 두 사람도 최근에 자주 나와 같이 점심을 먹고 있었다.

"코코노에, 있어?"

"코코노에 유키토, 우리랑 동석하지 않을래?"

"괜찮으면 같이 점심을 먹지 않으실래요?"

더위로 해수의 온도가 상승하면 해상에서 회오리가 일어나면서 상승기류가 발생한다.

그로 인해 생겨난 적란운이 태풍을 발생시키는데, 이 학교의 핫스팟으로 이름난 내 주위는 항상 난장판이었다. 태풍이 하나로 끝나지 않는다.

학생회장과 미쿠모 선배, 토죠 선배가 나를 불렀다. 태풍 13호와 14호와 15호다. 학급 내에 폭풍우가 휘몰아친다.

"저기, 혹시 코코노에 있어?"

"소, 소마 선배?! 당장 불러올게요──!"

태풍의 연속 발생은 아직 끝나지 않았다. 자, 다들 고대하고 계셨을 태풍 16호다.

반 아이가 황급히 나를 불렀다. 소마 선배라니 누구지?

어디선가 들어 본 적이 있는 것 같다는 기분이 들었지만 전혀 기억이 나지 않는다.

"너, 언제 소마 선배랑 아는 사이가 됐어. 교우 관계가 대체 어떻게 되어 있는 거야?"

"아니, 나한테도 그런 기억이 없는데."

"유키토 너, 좀 좋아졌나 싶더니 어째 더 악화된 것 같다."

상큼 미남이 한심하다는 듯이 말했다. 우리들은 현재 농구부에 소속되어 있는데, 1학년이 세 명밖에 없던 농구부에도 조금씩 신입 부원이 늘고 있었다.

다 시오리와 여기 있는 상큼 미남 덕택이다. 실수로라도 내 덕분은 아닐 터다.

그래서, 결국 소마 선배는 누구인 건데! 나는 마지못해 그쪽으로 향했다.

"헉, 뭐야, 아마테라스오오미카미* 선배잖아요!"

"드디어 일본풍으로 간 거야?! 그리고 너, 진짜로 내 이름 외울 생

---
* 일본 신화에 나오는 태양의 여신.

각 없지?"

"마음에 담아두지 마세요!"

"짜증 나! 짜증 나는데 어슬렁어슬렁 여기까지 와버린 나한테도 화가 나!"

"그래서, 여기까진 어쩐 일이세요, 아마테라스오오미카미 선배? 아마테라스오오미카미도 동굴에 틀어박혀 있었던 걸 생각하면, 외톨이인 선배와 일치하는 구석이 있네요. 아하하하하."

"외톨이가 아니라고 말했지! 왜 내 얘기를 전혀 듣지 않는 거야?! 요즘 넌 전보다 더 열 받는 것 같아. ──맞다, 그렇지. 너, 근신을 마치고 부활했으면서도 점심시간에 전혀 와주질 않더라. 나랑 있는 게 이젠 재미없어?"

그 말에 쩌적 얼어붙은 것처럼 반 전체가 조용해졌다.

엥, 왜 이러지? 즐거운 점심시간인데?

곳곳에서 "소마 선배까지⋯⋯."라는 목소리가 들려왔지만 잘 이해가 가지 않았다.

"아~, 그건 그러니까 매점에 갈 기회가 줄어들었다고 해야 할까요, 격렬하게 구속을 당하고 있다고 해야 할까요⋯⋯."

"외로우니까 와."

"거기 붙여우, 네 반으로 돌아가! 하우스!"

"엇, 코코노에 유리? 여긴 어쩐 일이야?"

"그르르르르르르!"

오히려 누나가 더 광견 같았다. 저는 고양이랍니다. 야옹.

"잠깐만 유키토, 소마 선배랑 무슨 사이야?!"

"맞아, 유키. 어디서 알게 된 거야?!"

두 사람이 꺅꺅 소란을 피우고 있다. 선배들도 자연스럽게 가담하면서 내 주위에는 대가족이 생성돼 있었다. 소음이 60 데시벨을 넘어간다. 슬슬 규제가 필요했다.

"코코노에, 오늘은 우리 집에 오지 않을래? 부모님이 마침 집을 비우셔서. 내 처──."

"거기서 더 말했다간 봐?!"

"저도 아버지가 당신과 사이좋게 지내라고 말씀하셨어요."

"이쪽에도 있었어?!"

원래는 소극적이고 얌전한 미쿠모 선배가 답지 않게 맹렬한 기세로 활약하고 있다.

매번 생각하는 거지만, 처── 가 뭐지?!

여친 없는 햇수=나이인 나로서는 전혀 이해가…… 라고 말하고 싶었지만 사방에서 쏟아지는 눈총이 그것을 허락하지 않았다.

그치만, 그런 말을 해봤자 날 보고 어떡하라고.

설마, 설마, 설마 이건…….

나는 중대한 사실을 깨닫고 말았다.

"엘리자베스. 궁금한 게 있어."

"음…… 뭔데, 유키토? 왠지 들으면 안 될 것 같은 기분만 들긴 하지만."

나는 주위를 빙 둘러보았다.

만약 착각이라면 후대까지 이어질 망신이 되겠지만, 나는 이 의문을 해결해야만 했다.

"——혹시 내가, 인기 있어?"

"그걸 이제야 알았어?!"
반 아이들이 태클을 걸었다.
그랬구나, 내가 인기가 있었구나…….

◆

복도에는 수업이 없는 교사들이 일렬로 서 있었다.

교장 이하 교원들은 꼼짝도 못 한 채 똑바로 서 있었다. 이마에는
비지땀이 맺혔고 표정은 잔뜩 굳어 있었다.

만에 하나의 대응 부족도 용납되지 않는다. 실로 낭떠러지 끝이
자 배수진이었다.

"훗, 나도 겨드랑이에 땀이 흥건하게 찼어. 떨림이 멈추질 않아."

"별로 알고 싶지 않은 정보를 가르쳐주셔서 감사합니다."

사유리 선생님이 현실도피를 하고 있었다. 이참에 나도 현실도피
나 해두자. 헤헷.

이것 참 장관, 장관이다. 누가 나를 집으로 돌려보내 줘어어어어
어!

수업 참관일. 교실 안은 보호자 여러분들로 넘쳐나고 있었다. 안
녕하세요.

HIPBOSS에게 물었더니 쇼요 고등학교가 개교한 이래로 제일 높

은 참가율이라나.

"오오! 유키토. 너한테 아무 일도 없어서 다행이구나!"

"미쿠리야 아저씨, 오랜만입니다."

그 옆에는 미쿠리야 아주머니가 있었다. 꾸벅 목례를 받았다. 이혼했다고는 해도 세이도에게는 둘 다 필요불가결한 부모님이었다. 그랬다, 안 그래도 터무니없는 참가율을 자랑하는 B반의 수업 참관이지만 개중에는 부모가 모두 참석한 집안도 있었기에 교실 안의 인구밀도가 무시무시할 정도였다. 부모님들 사이의 인사도 활발했다.

교사진은 이미 보호자들의 역린을 건드린 전적이 있어서 더 이상 화를 내게 하지 않으려고 모두 나와 부모님들을 맞이하고 있었다. 아, 토죠 선배의 아버지도 있잖아…….

"흥! 유키토, 난 너를 용서한 게 아니니까!"

"엄마! 극단적인 츤데레가 유행하던 시절은 이미 지났어!"

"그래? 내가 젊었을 때는 아직 주류였는데."

얼굴을 새빨갛게 붉힌 히나기가 아카네 씨를 끌고 간다. 용서를 받을 수 있을 거라고는 생각하지 않지만, 슬슬 선물용 과자라도 사들고 사과하러 가는 편이 좋을지도 모르겠다.

"……네가 말로만 듣던 그 애구나. 흐음, 느낌은 괜찮네. 우리 집은 말이야, 성적으로 고생해서 딸한테는 같은 고생을 시키고 싶지 않아. 그러니 앞으로도 잘 지내주렴."

"헐, 코코노에한테 이상한 소리 하지 마!"

방금 말한 사람은 미네다의 어머니인가. 웅, 왠지 생김새가 닮았네. 그렇다는 건 설마.

"엘리자베스 부인이신가요?"

"엄마한테까지 이상한 별명 붙이지 말라고!"

"어머, 나? 우훗, 왠지 낯간지럽네."

역시 엘리자베스의 어머니. 딱 봐도 기품이 흘러넘치고 있다.

저쪽의 키 큰 선남선녀 부부는 병원에서 만난 적이 있다. 카미시로 가족이다.

인사를 하러 가자 시계를 선물해준 건으로 엄청난 감사를 받았다. 신경 안 쓰셔도 되는데.

"어머머머머머, 네가 코코노에구나! 자, 야미도 이리 와."

현실과 동떨어진 분위기의 포근포근한 아주머니는 샤카도의 엄마였구나.

상큼 미남도 어머니 앞에서는 어쩔 수 없는지 같이 있는 게 어색해 보였다.

"유키토, 이 상황에서 용케 그렇게 태연히 있을 수 있네……."

평소보다 얌전하고 똑 부러지지 못한 상큼 미남. 안면 발전량도 흐린 하늘 수준이다.

"네 눈은 옹이구멍이야? 내 어디가 태연하다는 거야. 이걸 보라고."

"엉……? 어, 어이, 유키토…… 설마, 그건…… 이, 일회용 기저귀?!"

미안, 내가 쌀 것 같아서 그래.

"대체 뭐야?! 저 사람들 대체 뭐야?! 왠지 상관없는 사람도 있는데, 대체 뭐야?!"

여태껏 현실도피를 한 주제에 이러려니 좀 우습긴 하지만, 나는 끼기긱 뒤쪽으로 고개를 돌렸다.

그러자 그곳에 있던 사람들이 활짝 꽃이 핀 것처럼 만면에 미소를 띠며 손을 흔들어 줬다.

"유키, 안녕 안녕~!"

"정말, 얌전히 있어, 세츠카."

"유키토도 어엿한 고등학생이 됐구나."

어머니와 세츠카 씨까지는 이해할 수 있다. 보아하니 둘 다 피로 피를 씻는 싸움에서 결판을 내지 못한 모양이다. 어찌 된 영문인지 둘이 나란히 수업을 참관하러 와 있었다.

오케이. 나도 고등학생이다. 부당한 일이라도 납득하자. 거기까지는 좋은데.

"어째서 히미야마 씨까지 오신 거예요?"

"사회 복귀의 일환이려나. 게다가 꼭 해야 할 얘기도 있어서?"

현대에 되살아난 마녀 히미야마 씨가 의미심장한 시선을 보내자, 교장 선생님 무리가 움찔 몸을 떨었다. 토쿄의 아버지는 안면이 창백했다. 나는 아무것도 못 봤다. 됐지?

그나저나 자꾸 간격을 두지 않고 연이어 몸을 터치해 온다. 손끝이 절묘하게 나를 어루만지고 있었다. 여전히 조금도 방심할 수 없지만, 나에게 도망칠 방법은 없다. 그저 만지는 대로 당하고 있을 뿐이다.

몸을 뒤틀고 있는 와중에 뜻밖에도 나를 도와준 사람은 어머니였다.

"저기…… 죄송한데요. 아들도 싫어하고 있으니 그쯤 하시죠."

"앗, 죄송해요. 하지만 유키토도 싫지 않았지? 지난번에도 내 가슴을 그렇게——."

"가슴?! 잠깐만, 유키토. 가슴이라니 어떻게 된 거야? 아무 짓도 안 한 거 맞지?!"

"어째서 속옷을…… 그걸 벗는 건…… 복숭아색의…… 보여선 안 될……."

"우후후후. 유키토도 남자네."

"유키토, 무슨 일이 있었던 거야?! 하려면 나로 해!"

"——핫?! 분명 지워버렸을 터인 흑역사가?!"

"난 언제든 좋아, 유키토."

"이게 마녀 재판인가……."

마녀 재판이 아니라 솔로몬의 재판일지도 모른다.

이게 어떻게 된 일이야! 허용치 초과라고! 적당히 좀 해!

"정말, 유키!"

세츠카 씨가 화를 내고 있다. 역시 세츠카 씨는 내 편이다!

어머니와 히미야마 씨한테 똑 부러지게 한마디 해주세요!

"유키는 내 거니까!"

"그건 아니지! 언제부터 세츠카 게 됐어?! 유키는 내 아이고——."

"거기 미인 자매, 입 좀 다물어줄래요?"

"자자. 유키토, 내 가슴에서 그게 나오게 해줘도 되니까."

"이젠 틀렸어…… 끝이야……."

반항기를 맞이해본 적이 없는 나는 어머니를 거스르지 못했다.

또 격렬한 자매 싸움이 발발할 기운을 느끼고는 전전긍긍하며 겁에 질렸다.

이제 히미야마 씨는 나를 어루만지는 정도가 아니라 아예 찰싹 달라붙어 있었다.

이상해요, 히미야마 씨! 나의 호소는 조금도 닿을 것 같지 않지만, 어머니와 세츠카 씨는 이마에 푸른 핏줄을 세우고 있었다.

"유키토, 얼른 그 변태 여자한테서 떨어져!"

"맞아! 유키는 나랑 랑데부할 거라고!"

"세츠카 너도 내 아이한테 무슨 소리를 하는 거야?!"

"유키는 내 아이이기도 하니까."

"그렇게 말하면 더더욱 이상하거든?!"

"나라면 이상하지 않은데 말이지? 유키토는 누가 좋아?"

금단의 질문이 나오고야 말았다. 그것은 흡사 목숨과 맞바꿔 마왕을 봉인하기 위해 발동시킨 대마법처럼 날카로웠다. 그 질문에 대답하면 나는 과연 어떻게 되는 걸까? 교회로 가야만……

"유키토, 나지? 그도 그럴 게 네 엄마는 나고——."

"언니가 그런 말을 할 수 있는 처지라고 생각해? 유키야 당연히 나를 제일 좋아하겠지!"

"나라면 유키토가 원하는 걸 전부 하게 해줄 수 있·는·데♡ 우후후후."

뭐지, 이 상황은?! 뭐야, 이 카오스는?!

여기까지 오자 왠지 모든 게 바보 같이 느껴져서 웃음이 나왔다.

나는 그동안 숱한 고생을 해왔지만, 그중에서도 오늘이 제일 힘든 것 같다. 아침부터 온갖 여성들이 나를 난처하게 만들었다.

나는 여태껏 줄곧 여자 운이 나쁘다고 생각해왔지만, 반대로 좋아도 그건 그것대로 문제라는 걸 실감한 하루이기도 했다.

모든 것은 마이너스에서 시작되었다. 이제야 그것이 제로가 된 것에 지나지 않는다.

나와 그녀들의 관계는 여기에서, 이제부터 시작되어 갈 것이었다.

그렇다 쳐도 말이다.

어휴, 정말이지 난 어째서 이렇게——.


"이게, 여난의 상인가…….."


나는 여난의 상으로 극에 달한 남자 코코노에 유키토.

그런 내 연애는 이제부터 시작될…… 지도 모른다.

# 후기

먼저 본 삭품을 구매해주셔서 감사합니다.

여러분의 응원 덕에 이렇게 무사히 2권을 발매할 수 있었습니다.

러브 코미디에 있어서는 안 될 경악스러운 표지의 2권, 어떠셨나요.

1권에서는 히로인을 구하려고 움직인 주인공을 2권에서는 히로인들이 구하는 구도로 만들어 봤습니다. 소중한 걸 되찾아 가는 각자의 분투를 즐겁게 봐주신다면 다행이겠습니다.

사실 웹판은 본 작품의 에필로그로 일단 완결이 난 상태였습니다.

컨셉이 '때늦음에서 시작되는 전혀 시작되지 않는 러브 코미디'였기 때문에 연애가 시작되면 끝나고 맙니다. 그래서 처음에는 이제부터 연애가 시작되는 러브 코미디의 시작지점을 골로 설정하고 있었습니다. 마이너스를 만회해 출발선에 서기까지의 이야기.

그 뒤 이야기를 이어가게 되었습니다만, 이렇게 책으로 낼 기회를 주셔서 기왕 계속하게 된 거 이야기를 좀 더 크고 풍성하게 전개해 보자 싶어 2권에서는 앞으로도 이어질 만한, 웹판에는 없는 다양한 전개를 집어넣었습니다. 어쩌면 앞으로는 히미야마 가 사람들의 마음에 든 주인공이 정계에 뜻을 품는 〈코코노에 유키토 출세기〉가 시작될지도 모르지요.

정 안 되면 인물들을 전부 이세계로 전이시킬까 하는 실없는 생각만 하고 있습니다만, 장르가 러브 코미디라는 것을 잊지 않도록 거듭 명심하려고 합니다.

2권에서는 등장인물이 더욱더 늘어나 와타 선생님께서 새로이 등장한 캐릭터들을 너무나도 멋지게 그려주셨습니다. 감사할 따름입니다. 정말 감사합니다.

출판에 관여해주신 많은 관계자 여러분께도 감사를. 그리고 무엇보다 책을 구매해주신 독자 여러분, 진심으로 감사 인사를 드립니다. 앞으로도 응원 부탁드립니다!

코믹 가르드에서 만화 기획도 진행 중입니다. 그쪽에 관해서도 순차적으로 정보가 공개될 거라 생각하니 기대해주세요!

설마 어머니가 메인이라는, 이래도 되나 싶을 만큼 불온함을 더해가는 『나에게 트라우마를 준 여자들이 힐끔힐끔 보고 있는데, 유감이지만 이미 늦었습니다』.

작중 시간은 여름으로 접어들고 있습니다. 그 말은 '여름! 바다! 풀장! 수영복 편!'이 전개될 거라는 뜻이겠지요. 다음 권에서 뵐 수 있기를 고대하고 있겠습니다.

나에게 **트라우마**를 준 여자들이 **힐끔힐끔** 보고 있는데, 유감이지만 이미 **늦었습니다** **2**

초판 1쇄 인쇄 2024년 6월 10일
초판 1쇄 발행 2024년 6월 15일

저자 : 미도 유라기
번역 : 조기

펴낸이 : 이동섭
편집 : 이민규
디자인 : 조세연
영업·마케팅 : 송정환, 조정훈, 김려홍
e-BOOK : 홍인표, 최정수, 서찬웅, 김은혜, 정희철, 김유빈
관리 : 이윤미

㈜에이케이커뮤니케이션즈
등록 1996년 7월 9일(제302-1996-00026호)
주소 : 08513 서울특별시 금천구 디지털로 178, B동 1805호
TEL : 02-702-7963~5 FAX : 0303-3440-2024
http://www.amusementkorea.co.kr

ISBN 979-11-274-7599-4 04830
ISBN 979-11-274-6694-7 04830 (세트)

ORE NI TORAUMA WO ATAETA JOSHITACHI GA CHIRACHIRA MITE KURUKEDO,
ZANNENDESUGA TEOKUREDESU 2
©2022 Yuragi Mido
First published in Japan in 2022 by OVERLAP, Inc.
Korean translation rights reserved by AK Communications, inc.
Under the license from OVERLAP, Inc., Tokyo JAPAN